J. J. BENÍTEZ

BELÉN

LAS PÁGINAS NO PUBLICADAS EN *CANÁ.*
CABALLO DE TROYA 9

I0891303

Planeta

Obra editada en colaboración con Editorial Planeta – España

© 2022, J. J. Benítez

© 2022, Editorial Planeta S.A. – Barcelona, España

Derechos reservados

© 2022, Editorial Planeta Mexicana, S.A. de C.V.
Bajo el sello editorial PLANETA M.R.
Avenida Presidente Masarik núm. 111,
Piso 2, Polanco V Sección, Miguel Hidalgo
C.P. 11560, Ciudad de México
www.planetadelibros.com.mx

© Ilustraciones del interior, Gradual Map

Primera edición impresa en España: octubre de 2022
ISBN: 978-84-08-26345-6

Primera edición impresa en México: octubre de 2022
Tercera reimpresión en México: agosto de 2023
ISBN: 978-607-07-9252-6

No se permite la reproducción total o parcial de este libro ni su incorporación a un sistema informático, ni su transmisión en cualquier forma o por cualquier medio, sea este electrónico, mecánico, por fotocopia, por grabación u otros métodos, sin el permiso previo y por escrito de los titulares del *copyright.*

La infracción de los derechos mencionados puede ser constitutiva de delito contra la propiedad intelectual (Arts. 229 y siguientes de la Ley Federal de Derechos de Autor y Arts. 424 y siguientes del Código Penal).

Si necesita fotocopiar o escanear algún fragmento de esta obra diríjase al CeMPro (Centro Mexicano de Protección y Fomento de los Derechos de Autor, http://www.cempro.org.mx).

Impreso en los talleres de Litográfica Ingramex, S.A. de C.V.
Centeno núm. 162-1, colonia Granjas Esmeralda, Ciudad de México
Impreso en México –*Printed in Mexico*

A José Manuel Lara Bosch, que fue mi editor.
Ahora sí sabe lo que son los Caballos de Troya.

Índice

Síntesis de lo publicado 7
30 de abril, miércoles (año 27) 12
Del 13 al 15 de mayo (año 27) 34
Del 16 al 26 de mayo (año 27) 44
Del 1 al 7 de junio (año 27) 98
Del 8 al 26 de junio (año 27) 114
Del 27 de junio al 7 de agosto (año 27) 131
Del 8 al 10 de agosto (año 27) 150
Del 11 al 31 de agosto (año 27) 168
Del 1 al 21 de septiembre (año 27) 186
Del 21 de septiembre al 1 de octubre (año 27) 216
Del 2 al 6 de octubre (año 27) 243
Del 7 al 25 de octubre (año 27) 247

אומגה היא ראשית

בראשית אומגה

Omega es el principio.

SÍNTESIS DE LO PUBLICADO

Enero de 1973

En un proyecto secreto, dos pilotos de la USAF (Fuerza Aérea Norteamericana) viajan en el tiempo al año 30 de nuestra era. Concretamente, a la provincia romana de la Judea (actual Israel). Objetivo aparente: seguir los pasos de Jesús de Nazaret y comprobar, con el máximo rigor, cómo fueron sus últimos días. ¿Por qué fue condenado a muerte? ¿Quién era aquel Hombre? ¿Se trataba de un Dios, como aseguran sus seguidores?

Jasón y Eliseo, responsables de la exploración, viven paso a paso las terroríficas horas de la llamada Pasión y Muerte del Galileo. Jasón, en su diario, es claro y rotundo: «Los evangelistas no contaron toda la verdad». Los hechos, al parecer, fueron tergiversados, censurados y mutilados, obedeciendo a determinados intereses. Lo que hoy se cuenta sobre los postreros momentos del Maestro es una sombra de lo que sucedió. Pero algo falló en el experimento, y la operación Caballo de Troya fue repetida (eso le hicieron creer al mayor norteamericano).

Marzo de 1973

Los pilotos norteamericanos «viajan» de nuevo en el tiempo, retornando a la Jerusalén del año 30. Allí comprueban la realidad del sepulcro vacío y las sucesivas «presencias» de un Jesús resucitado. Los científicos quedan perplejos: la resurrección del Galileo fue incuestionable. La nave de exploración fue trasladada al norte, junto al mar de Tiberíades, y Jasón, el mayor de la USAF, asiste a nuevas apariciones del Resucitado. La ciencia no sabe, no comprende, el porqué del «cuerpo glorioso».

Jasón se aventura en Nazaret y reconstruye la infancia y juventud de Jesús. Nada fue como se ha contado. Jesús jamás permaneció oculto. Durante años, las dudas consumen al joven carpintero. Todavía no sabe quién es realmente.

A los veintiséis años, Jesús abandona Nazaret y emprende una serie de viajes «secretos» de los que no hablan los evangelistas.

El mayor va conociendo y entendiendo la personalidad de muchos de los personajes que rodearon al Maestro. Es así como Caballo de Troya desmitifica y coloca en su justo lugar a protagonistas como María, la madre del Galileo, a Poncio y a los apóstoles. Ninguno de los últimos entendió al Maestro y, mucho menos, su familia carnal.

Fascinado por la figura y el pensamiento de Jesús de Nazaret, Jasón toma la decisión de acompañar al Maestro durante su vida pública o de predicación, dejando constancia de cuanto vea y oiga. Eliseo le secunda, pero por unas razones que mantiene ocultas. Nada es lo que parece. Para ello deben actuar al margen de lo establecido oficialmente por Caballo de

Troya. Y aunque sus vidas se hallan hipotecadas por un mal irreversible —consecuencia del propio experimento—, Jasón y Eliseo se arriesgan a un tercer «salto» en el tiempo, retrocediendo al mes de agosto del año 25 de nuestra era. Buscan a Jesús y lo encuentran en el monte Hermón, al norte de la Galilea. Permanecen con Él durante varias semanas y asisten a un acontecimiento trascendental en la vida del Hijo del Hombre: en lo alto de la montaña sagrada, Jesús «recupera» su divinidad. Ahora es un Hombre-Dios. Jesús de Nazaret acaba de cumplir treinta y un años.

Nada de esto fue narrado por los evangelistas...

En septiembre del año 25 de nuestra era, Jesús desciende del Hermón y se incorpora a la vida cotidiana, en la orilla norte del *yam* o mar de Tiberíades. No ha llegado su hora. Parte de su familia carnal vive en Nahum (Cafarnaum), en la casa propiedad del Maestro. Los pilotos descubren una tensa relación familiar. María, la madre, y parte de los hermanos, no entienden el pensamiento del Hijo primogénito. La Señora (María), especialmente, cree en un Mesías político, libertador de Israel, que expulsará a los romanos y conducirá al pueblo elegido al total dominio del mundo. Se trata de una grave crisis —jamás mencionada por los evangelistas— que desembocará en una no menos lamentable situación.

Movidos por el Destino, Jasón y Eliseo, tras una serie de aparentes casualidades, viajan al valle del Jordán y conocen a Yehohanan, también llamado el Anunciador (hoy lo recuerdan como Juan, el Bautista). Nada es como cuentan la historia y la tradición. El diario del mayor resulta esclarecedor. De regreso a Nahum, los exploradores descubren a un Jesús obrero, que espera el momento de inaugurar su vida pública. Todo está dispuesto para la gran aventura.

El mayor vuelve con el Bautista y descubre en él una grave enfermedad mental (de la que tampoco hablan los evangelistas). Y descubre igualmente que las ideas del Anunciador sobre Dios y sobre el reino nada tienen que ver con las del Maestro. Descubre también que algunos de los discípulos de Yehohanan —Pedro, Andrés y Judas— son los futuros apóstoles de Jesús. Y Jasón descubre que la operación Caballo de Troya no es lo que suponía... El mayor descubre a un Jesús leñador y asiste al bautismo del Galileo, pero no en el río Jordán. Nada fue como lo contaron. Finalmente, Jesús se retira a las colinas situadas al este del Jordán y allí permanece durante treinta y nueve días. No era el desierto, y tampoco ayunó. El lugar se llamaba Beit Ids. Allí sucedieron algunos hechos extraordinarios que tampoco fueron transmitidos por los evangelistas. Jesús planificó lo que, en breve, sería su vida pública. Y tomó una serie de importantes decisiones. Nada de esto fue contado. Trabajó en la recogida de la aceituna y llevó a cabo su segundo prodigio conocido.

A lo largo del año 26 de nuestra era, tras el retiro en Beit Ids, Jesús acepta a los seis primeros discípulos. Tampoco ocurrió como lo cuentan los evangelistas. El mayor asiste al milagro de Caná. El Maestro no convirtió el agua en vino, como dicen. Fue mucho más espectacular... Antes de eso, el Galileo procedió a quemar cuando había pintado. Fue otro momento amargo en la vida del Hijo del Hombre. Tras la selección de los restantes discípulos, Jasón acude a la fortaleza de Maqueronte, en el mar Muerto. Allí se encuentra prisionero Yehohanan. Y el mayor asiste a la terrible muerte del Bautista.

El 10 de abril del año 27 de nuestra era, Jesús visita Jerusalén y habla en el Templo por segunda vez (la primera tuvo lugar cuando el Galileo contaba doce años y medio). Sus palabras son consideradas como una blasfemia y empiezan los problemas para el Hijo del Hombre. Jesús califica a los sacerdotes de corruptos. Es el principio del fin de la carrera del Galileo. Ese mismo mes de abril, el Sanedrín ordena la caza y captura de Jesús de Nazaret. Y el Maestro y su grupo se ven obligados a huir.

EL DIARIO

Las presentes páginas deberían haber aparecido en *Caná. Caballo de Troya 9*. Por razones puramente técnicas (el libro era casi inmanejable), la editorial decidió posponerlas. Ahora son publicadas íntegramente. Solicito disculpas.

J. J. Benítez

30 DE ABRIL, MIÉRCOLES (AÑO 27)

Mientras huíamos en la oscuridad recordé el texto de la orden de caza y captura del Maestro, redactado por el Sanedrín. Decía así:

«Año 3787 del Santo, bendito sea...[1] Los que entregan su nombre, tras considerar la santa Ley, estiman que Jesús, constructor de barcos en Nahum, debe comparecer ante este sagrado tribunal para dar cuenta de sus pecados contra el Santo, bendito sea su nombre. Esta corte movilizará los medios necesarios para que la Ley sea satisfecha y el tal Jesús, hijo de José, sujeto a dominio».

Al final del escrito se leía: «*He'tec*» (copia).

Al pie aparecían los nombres de 53 sanedritas que estaban de acuerdo con el procedimiento de captura de Jesús.

Era el primer ataque serio contra Jesús. La primera carga oficial, y perfectamente estructurada, por parte de las castas sacerdotales, los escribas o doctores de la ley, los saduceos y los fariseos contra el Hijo

[1] Los judíos consideraban que el primer día de la creación ocurrió el 7 de octubre del año 3761 antes de Cristo. Roma, por su parte, tenía su propio calendario, establecido por Julio César (calendario juliano), reformado posteriormente por el emperador Augusto. De este último procede nuestro año de doce meses. *(N. del m.)*

del Hombre. Si lo capturaban lo torturarían y, probablemente, lo ejecutarían.

Hicimos bien en escapar de Betania.

Nos detuvimos en mitad de la noche. Nadie nos perseguía. No recuerdo el lugar. Era puro bosque. Y cada cual buscó refugio entre los árboles, tratando de dormir. Yo lo conseguí a medias. Hasta la llegada del alba permanecí atento al camino. Ni rastro de los odiados levitas. Y con las primeras luces proseguimos la marcha. Dejamos atrás Belén y, por consejo de Tomás, fuimos a parar a una aldeíta llamada Beit Sahur, a poco más de dos kilómetros al sureste de la referida Belén o Beit Lahm.

Beit Sahur era casi un barrio de Belén. Lo formaban veinte o treinta casas de piedra, agarradas las unas a las otras para no caer por la pendiente de una de las colinas que habitaban la zona. Conté diez promontorios con alturas superiores a 700 metros. Era una aldea tranquila, perdida entre canchales, cuevas y campos de trigo y cebada. La población —no llegarían a trescientos— era beduina en su mayoría. Gente recia, observadora y callada. Se dedicaban al pastoreo y a la agricultura. Poca cosa. Ovejas, hortalizas y algunos olivos perdidos entre las rocas. En el centro del pueblo reinaba una enorme cisterna a la que acudían regularmente para abastecerse de agua.

Instalamos el campamento a las afueras de la aldea, cerca de lo que llamaban los campos de Boz. Allí, según la tradición, tuvo lugar el enamoramiento de Boz y Ruth, la moabita. Según el libro de Ruth (2, 3-4), la bella moabita se puso a espigar detrás de los segadores. Y al llegar Boz, Ruth le explicó el grado de parentesco que los unía. Boz quedó prendado de Ruth y terminaron casándose. De esa unión nacería Obed, padre de Jesé y abuelo del rey David.

Allí permanecimos escondidos durante doce días.

Los *badu* (beduinos) no preguntaron. Se limitaron a vendernos las provisiones que Felipe fue necesitando. Nos miraban con curiosidad, eso sí, pero se mantuvieron a distancia.

Jesús aparecía tranquilo. Por la mañana —temprano—, tras el desayuno, tomaba a *Zal*, el perro de color estaño, y se alejaba hacia las colinas. Allí permanecía, en soledad, hasta la caída del sol. Según sus propias palabras «eran las horas más felices del día, en conexión con el Padre Azul». Andrés, el jefe de los discípulos, trató de convencerlo para que lo acompañara la *tabbah* (la escolta formada por Pedro y los hermanos Zebedeo: Juan y Santiago), pero el Maestro rechazó la sensata oferta.

Jesús vestía la habitual túnica blanca, sin costuras, algo chamuscada a raíz del incidente con Ajašdarpan, el niño de los huesos de cristal que fue milagrosamente sanado en los olivos de Beit Ids. Al retirarse a las colinas anudaba la habitual cinta blanca alrededor de la cabeza o recogía los cabellos color caramelo en una cola. Sus ojos rasgados —color miel— brillaban de felicidad. No lograba entenderlo. El Sanedrín lo perseguía, para matarlo, y Él se mantenía tranquilo y relajado. Sonreía a todo el mundo, por cualquier motivo, mostrando aquella dentadura blanca e impecable. La piel, bronceada, le proporcionaba un atractivo especial.

Y lo vimos alejarse con sus largas y típicas zancadas... El Galileo, sí, era un hermoso ejemplar: 1,81 metros de estatura, hombros anchos y poderosos, cuerpo musculoso, sin un gramo de grasa, piernas de atleta, y manos largas y estilizadas. Solo la nariz —prominente y típicamente judía— desentonaba en aquel rostro alargado y caucásico. La barba, partida en dos, en un color oro viejo, aparecía algo más larga de lo habitual.

Al desaparecer en las colinas, los discípulos volvieron a las andadas. Las discusiones se hicieron interminables. Todos temían la súbita llegada de los levitas, la policía del Templo. Y tenían razón. Jerusalén se hallaba muy cerca, a escasos once kilómetros. Si alguien los delataba, el Sanedrín se les echaría encima. El odio de los sacerdotes hacia el Maestro era imparable...

Los únicos que no participaron en la polémica fueron Felipe, el intendente, y los gemelos de Alfeo, atareados en los preparativos de las comidas. El resto pretendía salir de aquel lugar, y lo antes posible. Pero no llegaban a un acuerdo sobre el destino final. Andrés intentaba mediar, y aconsejaba consultar al rabí. Nadie le escuchaba. Por supuesto, nadie predicó.

Yo aproveché la proximidad de Belén para investigar un viejo asunto. Mejor dicho, tres... Tenía tiempo de sobra. Y, como digo, me propuse indagar sobre la mítica estrella que, al parecer, acompañó a los Magos. ¿Qué había de cierto? ¿Se trataba de una leyenda? Si existieron, ¿quiénes fueron los Magos? ¿Qué pretendían? Y, por último, ¿fue cierta la matanza de los inocentes? ¿Quién ordenó el infanticidio? ¿Cuántos niños menores de dos años fueron sacrificados?

Cada mañana caminaba hasta Belén y conversaba con sus habitantes; especialmente con los más ancianos.

La aldea, en aquel tiempo, sumaba cuarenta o cincuenta familias. Era un pueblo menor, con las casas de piedra, de color rosado, orientadas hacia el este. En los días claros se distinguía la lámina azul del mar Muerto o lago Salado. Beit Lahm reposaba sobre dos colinas (la más alta de 777 metros sobre el nivel del Mediterráneo y a 1267 sobre el referido mar Muerto). Todo, a su alrededor, eran cavernas, rocas blancas y azules, y terrazas en las que prosperaban huertos, árboles frutales, olivos y, más allá, cereales (básicamente trigo). Los habitantes, de origen beduino, eran diestros en el pastoreo. Las cavernas (conté tres de gran capacidad y otras veinte menores) eran destinadas al almacenamiento de víveres y de ganado. Era gente sencilla y amable que presumía de su vecino más ilustre: Raquel, mencionada en el Génesis (35, 19), e hija de Labán.[1]

Mis conversaciones con los habitantes de Belén dieron fruto, aunque algunos aspectos de las pesquisas quedaron en la bruma. Habían transcurrido más de treinta años... Pero me di por satisfecho. He aquí lo que acerté a poner de pie:

1. En las noches anteriores y posteriores al 21 de agosto del año menos 7, los vecinos de Belén y de la comarca (incluida la ciudad de Jerusalén) quedaron asombrados ante la presencia en el firmamento de miles de puntos luminosos (ellos las llamaban «estrellas») que se movían de sur a norte. El «espectáculo» se prolongó durante una semana. Los puntos de luz corrían por el cielo nocturno y, en ocasiones, se detenían o descendían a gran velocidad, iluminando las colinas «como si fuera de día». El ganado —me conta-

[1] Jacob trabajó siete años gratis para Labán por su amor a Raquel. Raquel murió al dar a luz a su segundo hijo, Benjamín. Fue enterrada cerca de Belén. *(N. del m.)*

ban— se mostraba inquieto. Y algunas ovejas aparecieron muertas, sin una gota de sangre. Ese 21 de agosto (año menos 7), como se recordará, nació Jesús en la aldea de Belén. La noticia de las miles de luces que fueron vistas en la comarca me fue adelantada por el *sheikh* de Beit Ids. Él fue testigo de excepción cuando se encontraba en las proximidades de Hebrón, al sur de Belén.[1] «Algo grande va a suceder», clamaba la gente. Y tenían razón...

2. Respecto a la estrella de Belén no tuve tanta suerte. Las noticias eran confusas. Como digo, habían transcurrido muchos años. No recordaban con exactitud. Algo escucharon: una luz potentísima fue vista sobre Belén y merodeó por los alrededores durante días. Traté de localizar el establo en el que la Señora dio a luz. Imposible. Todo aparecía cambiado. Durante las conversaciones, uno de los ancianos me proporcionó una pista que consideré interesante. Precisamente en Beit Sahur, la aldea en la que acampábamos, vivía una familia beduina a la que llamaban Zeben. Aquella gente —según mi informante— tuvo una singular experiencia en el mes de *tišri* (septiembre-octubre) del año menos 7. Es decir, a los pocos días del nacimiento del Maestro. Al parecer, una luz enorme y vivísima se presentó en los campos que rodean Beit Sahur. Y los Zeben —padre y dos hijos— se encontraron de cara con unos seres muy extraños. Descendieron de la luz y les hablaron. Para el viejo de Belén eran los temidos *žnun*. Tihy y Sahab eran sus hijos. También estuvieron presentes en el extraordinario encuentro. En Beit Sahur podían darme razón...

[1] Amplia información en *Jordán. Caballo de Troya 8. (N. del a.)*

Y me pregunté: ¿se trataba de la aparición de los «ángeles» a los pastores, anunciada en el evangelio de Lucas? No podía fiarme. A la vista de lo vivido hasta esos momentos, los textos evangélicos eran un perfecto desastre. Y pensé que Lucas, en su capítulo 2, seguía inventando.

Al retornar al campamento peiné la pequeña aldea de Beit Sahur. No tardé en localizar al clan de los Zeben. Mi gozo en un pozo. Tihy y Sahab —de profesión pastores— se encontraban en el desierto de Judá, al sur, en un lugar que llamaron la Gran Olla, al pie del monte Holed. Interrogué al resto de la familia sobre la gran luz y los supuestos *žnun*, pero se negaron a hablar del asunto. Traía mala suerte. Eso dijeron. Tuve que resignarme. Viajar al sur no entraba en mis planes inmediatos. Mi objetivo era seguir a Jesús de Nazaret allí donde fuera y ser testigo de sus obras y de sus palabras. Y el Destino—naturalmente— sonrió burlón...

Los vecinos de Belén sí tenían memoria de la visita a la aldea de un grupo de notables, justamente en el referido mes de *tišri* del año menos 7. Fue un acontecimiento. Algo así no pasó inadvertido para los humildes pastores y campesinos. Un buen día se presentó en la aldea una caravana de gente singular. Hablaban raro. Vestían ropas orientales y parecían ricos. Contaron cien camellos y numerosos esclavos. Dijeron ser príncipes. Habían viajado desde Eretz Shin'ar («La tierra de Shinar», en Mesopotamia).[1]

Al parecer, según contaron, meses antes se había presentado en la ciudad caldea de Ur un misterioso

[1] En aquel tiempo, las principales ciudades de Mesopotamia eran Ur, Sippar, Babilonia, Acad, Nippur, Umma, Isin, Shuruppak, Uruk, Larsa y El Ubaid. *(N. del m.)*

educador religioso. Era un individuo muy alto, con una túnica que cambiaba de color, y una sonrisa encantadora. Quedé asombrado. Yo conocía a ese personaje... Pues bien, el educador (?) informó a los príncipes sobre la «inminente llegada al mundo de la luz de la vida». Sería en forma de niño y entre los judíos.

Y los notables, príncipes y sacerdotes de la región se pusieron en camino. El viaje se prolongó durante tres meses. Una luz vivísima los guiaba durante el día. En la noche, el singular «astro» permanecía sobre el campamento, iluminándolo como si fuera de día. Al llegar a Jerusalén preguntaron por la «luz de la vida que acababa de nacer», pero nadie les dio razón. Y casi al final, por aparente casualidad (?), los príncipes de Shinar fueron a coincidir en el Templo con Zacarías, el esposo de Isabel, prima segunda de la Señora. Zacarías confirmó el nacimiento del Mesías e indicó el lugar donde se hallaba Jesús. Fue así cómo los Magos llegaron hasta el Niño.

Los vecinos de Belén recordaban los nombres de algunos de estos príncipes y sacerdotes llegados de Oriente. Mencionaron a un tal Peroz, y a Jazdegerd, y a Hormizd, y a Magalath... En el número de notables no se pusieron de acuerdo. Hablaban de cuatro. Otros aseguraban que fueron ocho. Lo importante —para quien esto escribe— es que los príncipes, reyes, sacerdotes o astrólogos fueron una realidad.

3. La matanza de los inocentes. Según mis informaciones, proporcionadas en su momento por María, la Señora,[1] el rey Herodes el Grande supo de la presencia de los notables de Shinar en la ciudad de Jeru-

[1] Amplia información en *Masada. Caballo de Troya 2. (N. del a.)*

salén. Y, al parecer, se entrevistó con ellos. Los de Shinar confirmaron la existencia del «nuevo rey de los judíos» y partieron hacia Mesopotamia. A partir de esos momentos, Herodes trató de ubicar al incómodo «rey». Pero su legión de confidentes no tuvo éxito. No había forma de localizar al bebé. Un año más tarde —en octubre del menos 6—, desquiciado ante el fracaso de sus espías, Herodes el Grande dio una orden terrible: pasar a cuchillo a los varones menores de dos años de edad de la aldea de Belén y alrededores; lo que los judíos llamaban *gamul* o destetados. En aquel tiempo, casi todos los niños judíos eran amamantados hasta los dos años.

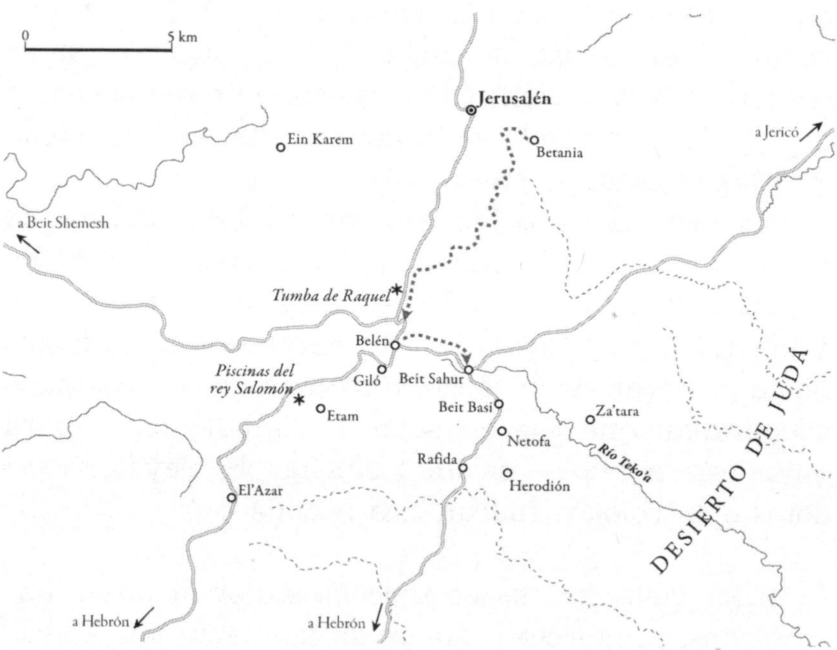

Huida de Jesús y los discípulos hasta la aldea de Beit Sahur.

La orden, como digo, afectó a la aldea de Belén y otros poblados próximos.

Pero la noticia terminó filtrándose y llegó a oídos de Zacarías, el pariente de María. El sacerdote se las ingenió para dar aviso a los padres terrenales de Jesús y estos lograron escapar de Belén pocas horas antes del infanticidio. Zacarías entregó una bolsa con dinero a José y la familia pudo huir hacia la ciudad egipcia de Alejandría. El pequeño Jesús contaba catorce meses de edad.

La notica de la inminente llegada de las tropas de Herodes el Grande circuló, rápida, por Belén y unos sesenta niños menores de dos años fueron sacados de la aldea y escondidos en las montañas de Hebrón y en el cercano desierto de Judá. Horas después —al alba—, la temida guardia gala de Herodes se presentaba en Belén.

Según mis informantes, fue el caos. Los niños que no consiguieron salir de la aldea fueron trasladados a una de las cuevas en las que almacenaban el grano. En total, diez madres con su prole. Y allí permanecieron, temerosas y en silencio. Los galos recorrieron el pueblo, pero, al no encontrar un solo niño menor de dos años, tomaron a una de las familias y amenazaron con ejecutarla si no les informaban sobre el paradero de los bebés. Y fueron los vecinos de Belén quienes delataron a las madres que se ocultaban en la gruta.

Al entrar en la cueva, la guardia pretoriana de Herodes arrancó a las criaturas de los brazos de las madres y, ante el horror de las mujeres y del resto de los hijos que las acompañaban, degollaron a los bebés allí mismo. Los gritos —estremecedores— fueron oídos durante horas.

Y allí, sobre la sangre de las criaturas, algunas madres e hijas fueron salvajemente violadas por los soldados. Los galos gritaban y reían como locos. A la terrible masacre se unió la vergüenza y el deshonor.

Otras aldeas cercanas —advertidas— consiguieron ocultar a los niños. El poblado de Giló no tuvo tanta suerte. Giló era una diminuta aldea, ubicada en lo alto de un picacho, al sur de Belén. Los galos entraron en el pueblecito hacia la hora sexta (mediodía) y derribaron e incendiaron las humildes chozas. Reunieron a los vecinos en el centro del poblado y consiguieron localizar a seis niños menores de dos años de edad. Los degollaron y violaron a las mujeres. No hubo posibilidad de defensa. Según los ancianos a los que consulté, los galos sumaban más de quinientos hombres. De haberse defendido, el pueblo entero habría sido masacrado.

La matanza de Belén y Giló alcanzó a dieciséis niños.

La «hazaña» de Herodes, el odiado edomita, marcó un antes y un después en la vida de aquella región de Judea. Los asesinatos y las violaciones no fueron olvidados. Muchos juraron venganza... Y el maldito Herodes propagó entonces una serie de bulos, culpando del infanticidio al brazo armado de los fariseos: los celotas. Por supuesto, nadie creyó aquellos rumores.

El 13 de marzo del menos 4 (dos años después de los asesinatos de los bebés), Herodes fallecía entre horribles dolores y «consumido por los gusanos» (posible leucemia linfática). Según el historiador Flavio Josefo (*Guerra* y *Antigüedades*), la enfermedad de Herodes fue un castigo divino. Eso afirmaba el pueblo.

Cada día, al regresar al campamento, Jesús escuchaba los resultados de mis pesquisas. No hacía preguntas. Después, tras la cena, tomaba la flauta dulce, regalo de Har, y tocaba hasta que las llamas de la hoguera caían rendidas.[1]

Lo noté triste. Supuse que la muerte de los inocentes le había afectado, y mucho.

Pero no estoy siendo totalmente sincero...

Yo también me sentí triste. Más que eso: me sentí hundido y sin fuerzas. Tras verificar que el infanticidio fue real, mi mente se desplomó. Me ahogaba. El recuerdo de aquella matanza me incendió por dentro.

Ayudaba en la cocina y en la limpieza del campamento, pero lo hacía de una forma mecánica. La tristeza me consumía y, lo que era peor, no sabía cómo salir de aquella angustiosa situación. La depresión me rondaba...

Y llegó el viernes, 9 de mayo del año 27.

Jesús, como tenía por costumbre, se alejó temprano hacia las colinas. Deseaba conversar con el Padre. *Zal* se fue con Él. Y yo procedí a la limpieza habitual del campamento.

Al entrar en la tienda del Maestro reparé en algo que me tenía intrigado desde hacía tiempo. La «almohada» en la que Jesús reposaba la cabeza era una piedra cilíndrica de unos cinco kilos de peso y un hermoso color verde manzana.

Me aproximé, intrigado.

Estaba solo.

Acaricié el cilindro y me pregunté: «¿Qué se siente al dormir sobre una "almohada" tan extraña?»

Y decidí probar.

Como digo, me hallaba solo. Los discípulos estaban ocupados en otras tareas.

[1] Amplia información sobre Har y su hermana Nŭ, la tetrapléjica, en *Caná. Caballo de Troya* 9. (N del a.).

Me tumbé y reposé la cabeza sobre la bella piedra. La noté fría; deliciosamente fría.

No sé qué sucedió. No he logrado explicarlo satisfactoriamente. Quizá fue el cansancio y la tristeza de aquellas jornadas. No sé...

La cuestión es que, al poco, me invadió un profundo sueño. Fue como si flotase... Y tuve una rara ensoñación.

Me vi en una playa de arena blanca y harinosa... El cielo era azul y el mar de un color turquesa bellísimo. Había mucha gente. Al fondo distinguí la selva y extensos palmerales... Deduje que se trataba de algún lugar del Caribe... De pronto, la gente empezó a gritar y a correr... Huían... Pero, ¿de qué?... Y en el cielo aparecieron cientos, miles de bombas de fuego... Eran enormes... Silbaban y caían con estrépito, provocando enormes cráteres... Muchas personas fueron alcanzadas por las rocas de fuego y pulverizadas... Era el caos... Yo no podía moverme... Entonces vi llegar a una mujer... Caminó por la playa hasta mí... Y se detuvo a escasos metros... Era alta y rubia... Parecía muy enfadada... En la frente lucía una palabra... Parecía pintada, pero no estoy seguro... Vestía una larga túnica, hasta los pies... Esa palabra, en la frente, era MAGOG... Yo sabía lo que significaba... MAGOG equivale a «tierra de Gog» ... MAGOG, según el Génesis (10, 1-2), fue uno de los hijos de Jafet y nieto de Adán... En hebreo, utilizado como adjetivo o sustantivo, significa «techo alto, gigante o jefe» (entre otras acepciones) ... Para muchos, MAGOG representa el mal (químicamente puro) y también la oscuridad... Se trata, según los exégetas, de un personaje bárbaro que, en un futuro, traerá el caos al mundo... Y la mujer —de pronto— desapareció... La gente continuaba corriendo por la playa... Fue entonces cuando la vi... Quedé espantado... En el horizonte marino surgió una ola enorme... En realidad, era una muralla de agua... Se aproximaba, veloz... Era inmensa... Calculé mil metros de altura... Era negra... Y la ola se precipitó sobre nosotros, arrasando la playa... A partir de esos momentos, el sueño se convirtió en algo convulso... Vi cadáveres por todas partes... Después llegaron la oscuridad y los gritos... Gritos de socorro en muchos idiomas... Me costaba respirar... El aire era cenizo... Todo era miedo... Y las tinieblas —no sé cómo lo supe— duraron nueve años... Caravanas interminables de seres humanos se arrastraban de norte a sur... Eran rostros famélicos... Era puro miedo... El mundo carecía de orden... Y, de pronto, en mitad de las tinieblas, vi aquellas luces... Miles de luces... Ocupaban todo el firmamento... Escoltaban y protegían a una enorme nave... Era gigantesca... En la base lucía una especie de emblema: tres círculos azules y concéntricos... Yo conocía ese emblema... Era la bandera de Jesús de Nazaret... Mejor dicho, Micael (el verdadero nombre del Maestro) ... La nave se situó sobre mi cabeza y proyectó un cono de luz amarilla sobre quien esto escribe... Y por el haz de luz vi descender a alguien... ¡Era el Maestro!... No lucía la habitual barba... Tenía el cabello suelto y largo, hasta los hombros y vestía la habitual túnica blanca (algo chamuscada) ... Y me dije: «Eso habría que solucionarlo. Tengo que comprarle una túnica nueva» ... Micael sonreía... Se acercó y exclamó:

—Prometí volver... ¿Recuerdas?

Fin del sueño.

Podía ser la hora quinta (once de la mañana) cuando desperté.

Fue asombroso. Al margen del sueño, me sentí muy bien. La tristeza y la angustia de los días anteriores habían desaparecido. Me levanté pletórico. ¿Qué clase de piedra era aquella?

Cuando retorné a la «cuna» intenté averiguar la naturaleza de la «almohada». «Santa Claus», el ordenador central, me proporcionó una posible pista. Podía tratarse de un mineral conocido como «crisoprasa», una forma de calcedonia con cierto contenido de níquel (ya sea en forma de óxido o de silicato). Las minas más importantes se hallaban localizadas en las regiones de Silesia, los Urales y California. Otro tipo de calcedonia —denominado «prasio»—, también de color verde, aparecía en yacimientos de la India y China. ¿Dónde consiguió el Maestro la desconcertante piedra cilíndrica? No tenía la menor idea. Por supuesto, «Santa Claus» dejó claro que la «crisoprasa» no tenía ningún poder excepcional. Era una gema utilizada en joyería, y nada más.

No hice caso. «Santa Claus» era —únicamente— un supercientífico. Y estuve seguro: la piedra verde manzana ejercía algún tipo de control sobre la mente humana o sobre los sueños. A partir de esos momentos la bauticé como la «almohada de la esperanza».

Esa tarde, cuando el Maestro regresó al campamento, me buscó con la mirada. Creo que enrojecí... Él sabía que me había quedado dormido sobre su almohada. Terminó sonriendo y me guiñó el ojo.

Mensaje recibido.

El domingo, 11 de mayo (año 27), se registró un suceso inquietante.

No sé qué sucedió. Bueno, sí lo sé... Alguien se fue de la lengua. La cuestión es que esa mañana —hacia la sexta (mediodía)— una representación de vecinos de Belén se presentó en el campamento. Jesús se hallaba en las colinas, con *Zal*.

Hablaron con Andrés, el jefe de los íntimos.

Los pastores querían confirmar una noticia: ¿se hallaba el futuro rey de los judíos en Beit Sahur? Como digo, alguien había delatado al Hijo del Hombre.

Juan Zebedeo —sin meditarlo— se apresuró a decir que sí. Y facilitó toda suerte de detalles. «El Mesías —dijo— es Jesús, el carpintero, nacido en Belén».

Noté sorpresa entre los vecinos. Hablaron entre ellos y discutieron. Las caras no me gustaron. Algo tramaban...

Uno de los pastores regresó frente a los discípulos y preguntó abiertamente:

—¿Es ese Jesús el que provocó la matanza de Herodes el Grande en Giló y en nuestra aldea?

Nadie se atrevió a responder.

Por último, tras escupir a los pies de Andrés, los vecinos dieron media vuelta y se alejaron con prisas.

Pero el incidente no terminó ahí.

Esa tarde, Felipe, tras abastecerse en Beit Sahur, retornó con una noticia preocupante. Tras la visita de los vecinos de Belén al campamento, la presencia del «culpable de los asesinatos de los infantes» en las cercanías de Beit Sahur se propagó, veloz, por toda la comarca. Pero eso no fue lo peor. Una de las familias de Giló había jurado tomar venganza contra el Galileo. Se trataba de un clan beduino —los Gahalin—, originario del *wadi* Mujib. Al parecer, los Gahalin perdieron a uno de sus hijos en la horrible matanza de los bebés en octubre del año menos 6. Y reclamaban venganza. Los *badu* (beduinos) lo llamaban la «ley de la sangre». Felipe explicó que, aunque Jesús no fue el responsable de esas muertes, la imposibilidad de acceder a Herodes el Grande —ya fallecido—, o a sus descendientes, hizo que todas las miradas se centraran en el Maestro. Él se había salvado, pero no así el bebé de los Gahalin. Y reclamaron su sangre. En aquel tiempo, la ley de la venganza era una realidad habitual entre los *badu*. Si las tribus no llegaban a un acuerdo previo —denominado *ben ameh*—, al cometerse un asesinato, toda la tribu era responsable. «La sangre —decían— llama a la sangre». Y durante tres días, el clan al que pertenecía el asesino era masacrado. Solo las mujeres y los niños eran respetados. El resto, hombres y animales, era degollado sin piedad. Si el asesino lograba escapar, los familiares del asesinado debían buscar la venganza entre los descendientes (incluida la cuarta generación). No importaba que la ley encarcelara al asesino. La familia del muerto tenía que satisfacer la *ta'r* (sangre vertida), dando muerte al responsable. Si los familiares y descendientes del asesino deseaban dormir en paz solo tenían un camino: pagar. A ese pago lo llamaban el «camello del sueño».

Felipe añadió que quizá convenía parlamentar con la familia de los Gahalin. Tampoco hubo acuerdo.

Para colmo, según el intendente, una de las hermanas del bebé asesinado por la guardia gala de Herodes era una tal Sigal, una reconocida hechicera en la zona en la que nos encontrábamos. Cuando asesinaron al niño de los Gahalin, Sigal contaba cinco años de edad. Fue violada por los soldados sobre la sangre de su hermano. Ella, al parecer, se encargaría de la *ta'r* contra el Maestro.

Los íntimos volvieron a discutir. Lo mejor —decían— era escapar. Tomás, el incrédulo, se mofó del miedo de sus compañeros.

Cuando Jesús regresó, Andrés le puso al corriente sobre la visita de los vecinos de Belén; pero no mencionó el asunto de la venganza del clan beduino de Giló.

A la mañana siguiente, 12 de mayo, lunes, a eso de la tercia (nueve horas), vimos aproximarse al campamento a dos hombres y a una mujer. Jesús se había retirado a las colinas. Nadie los conocía. Los hombres eran ancianos. La mujer aparentaba unos cuarenta años. Vestía de negro y lucía unos ojos de color violeta, espectaculares. Deduje que podía tratarse de Sigal, la hechicera. Sigal, en hebreo, significa «violeta». No me equivoqué.

No hablaron con nadie.

Uno de los ancianos cargaba un saco.

Y la mujer inició un extraño ritual. Se descalzó y, con ambas manos, fue dibujando un círculo sobre la tierra. Calculé dos metros de diámetro.

Los discípulos se aproximaron, inquietos. ¿Quién era aquella mujer? Felipe confirmó mis sospechas. No había duda: era la hermana del bebé asesinado. Algunos de los íntimos palidecieron. ¿Qué podían hacer? Nadie se atrevió a moverse. Y la bruja —sin levantar la vista— trazó un segundo círculo, concéntrico con el primero. Los ancianos vigilaban de cerca.

Acto seguido caminó hacia los hombres y revolvió en el saco que sostenía uno de ellos. Le vi extraer una figurilla humana de unos treinta centímetros, de color negro brillante. Parecía madera, o quizá cera. Tomó la figura con la mano izquierda y retornó al centro del círculo menor. Se situó mirando al oeste y le vi introducir algo en la boca. Lo masticó despacio y, al cabo de unos minutos, lo escupió. Bartolomé, el Oso de Caná, informó al grupo:

—Es raíz de cardo... Está preparando el conjuro para provocar la muerte del rabí...

La hechicera se inclinó sobre los restos de la raíz de cardo y los cubrió con tierra. Después, en silencio, procedió a clavar una serie de largas agujas en la figurilla que sostenía. Obviamente se trataba de cera.

Una de las agujas perforó la boca. Otras dos fueron clavadas en los ojos. Una cuarta atravesó el costado derecho de la imagen. La quinta fue introducida en los genitales. La sexta y la séptima se hundieron en las muñecas. La última fue a parar al pie derecho.

El Oso, atento, continuó explicando:

—Las agujas tienen la misión de provocar dolor —mucho dolor— en las partes donde son introducidas. Eso, poco a poco, llevará a la víctima a la muerte.

Ni Bartolomé ni el resto de los íntimos se percataron de un detalle asombroso. No podían saberlo... La hechicera había clavado algunas de las agujas en zonas concretas de la figurilla que, años después, coincidirían con la lanzada y los clavos que atravesaron el costado derecho, las muñecas y los pies del crucificado (dos en las muñecas y uno que perforó ambos pies). ¿Cómo era posible? Sinceramente, quedé perplejo.

Esta clase de conjuro o maleficio era muy antiguo. Los griegos llamaban *kolossoi* a las figurillas (generalmente de cera, madera o bronce). Las *kolossoi* eran acompañadas de finas tablillas de plomo en las que se grababa el nombre de la víctima.

Terminada la perforación, Sigal depositó la figurilla entre los círculos, elevó los brazos al cielo, y empezó a entonar una serie de palabras para las que no hallé traducción. *Orkízô* y *Apolássô* fueron las más repetidas.

Nadie se atrevió a intervenir. Los íntimos estaban aterrorizados.

El Oso añadió que aquel tipo de hechiceras era especialmente peligroso.

—Matan con la mirada —explicó, convencido—. Con una sola mirada pueden comerse el corazón de los hombres...

Todos le creyeron; todos menos Tomás. Y narró algunos casos de gente aojada; es decir, hechizados por el mal de ojo. Y se refirió, especialmente, a Perseo, el primer ser mitológico que, al parecer, se enfrentó a la gorgona, una criatura que mataba con la mirada.

Por supuesto, no creí una sola palabra.

Y allí permanecieron todo el día. La bruja de los hermosos ojos violetas no se movió del centro de los círculos. De vez en cuando entonaba las misteriosas palabras y permanecía horas con los brazos en alto. Los ancianos, aburridos, terminaron sentados, siempre pendientes de Sigal. Los discípulos —conmovidos— retornaron a sus obligaciones. Yo no perdí de vista a la hechicera. Algo me decía que aquella situación no terminaría bien.

Con la caída del sol retornó Jesús.

Andrés le puso en antecedentes. Y el Maestro, sin decir una sola palabra, caminó hasta los círculos. Se detuvo a un metro del círculo mayor y miró a Sigal. Esta, muy tranquila, arreció en sus invocaciones. Jesús no se inmutó. Tenía la mirada grave. Y terminó girando sobre los talones y alejándose hacia su tienda. La bruja recogió la figurilla y se alejó con prisas hacia Giló. Los ancianos la siguieron.

Esa noche, tras la cena, el Hijo del Hombre se dirigió a su gente e intentó explicar que los conjuros solo son una inútil pérdida de tiempo.

—Sois portadores de la *nitzutz* (la chispa divina) —aseguró— y, en consecuencia, nada ni nadie puede entrar en vuestra mente sin su consentimiento.

Creo que las sensatas palabras del rabí tuvieron escaso éxito. Sencillamente, no le creyeron. Los íntimos estaban aterrorizados.

Pero la conversación fue interrumpida por la súbita llegada al campamento de David Zebedeo, el jefe de los correos y hermano de Juan y Santiago. Traía malas noticias. El Sanedrín sabía de la presencia del «carpintero loco» en Beit Sahur.

Era inevitable. Tarde o temprano sucedería...

La policía del Templo (los levitas) no tardaría en llegar. Y Andrés dio las órdenes oportunas. Había que levantar el campamento y huir de nuevo.

Y surgió la polémica: ¿Huir? ¿Hacia dónde?

El Maestro se mantuvo tranquilo y en silencio. Se limitó a escuchar y a remover las brasas de la hoguera.

Andrés, con buen criterio, propuso Hebrón, una de las «ciudades refugio» previstas por la ley.[1] Se hallaba

[1] Según el libro de Josué (20, 1-9), Yavé estableció una serie de «ciudades refugio» (seis en total: Cades, en la Galilea; Siquem, en la montaña de Efraím; Hebrón, en Judea; Béser, al este de Jericó; Ramot, en Gaaland; y Golán, en Basán). En dichas ciudades podían buscar refugio aquellos que hubieran matado a alguien «por inadvertencia». De esta forma evitaban la «ley de la sangre o de la venganza». Así lo establecían también el Éxodo (21, 12-14) y Números (25, 9-29). Estos «refugios» debían hallarse a distancias equidistantes (tres a un lado del río Jordán y otras tres en la zona opuesta). Al huido se le proporcionaba casa y protección hasta que se llevara a cabo el juicio. Nadie podía tocarlo. *(N. del m.)*

al sur de Beit Sahur, a cosa de una o dos jornadas de viaje. Todos terminaron aceptando. Tomás, responsable de los itinerarios, aportó una sugerencia interesante: convenía despistar a los levitas. Y apuntó la posibilidad de dar un rodeo con el fin de confundirlos. Marcharían hacia Hebrón, pero caminando por el desierto de Judá. No tenían prisa. Ninguna prisa...

Y al alba huimos de Beit Sahur.

DEL 13 AL 15 DE MAYO (AÑO 27)

Que la nueva huida coincidiera con el 13 de mayo nos benefició. Los días 9, 11 y 13 de ese mes de mayo, como ya informé en su momento, eran considerados nefastos por los romanos. Eran las fechas en las que los «lemures» (los espíritus de los muertos) regresaban a la vida y acosaban a los humanos; especialmente a los que habían provocado muertes violentas. El que no adoptaba precauciones podía ser víctima de dichos fantasmas y terminaba loco. Para evitarlo, los paganos se encerraban en sus casas y echaban mano de todo tipo de rituales. Con el tiempo, esta superstición terminó convirtiéndose en la fiesta de las Lemurias. Y los judíos —cada vez más helenizados— terminaron contagiándose del temor a los muertos.

En efecto, nadie nos persiguió. O, al menos, no lo hicieron en la dirección correcta. Supuse que los levitas habían tomado el camino más corto hacia la ciudad de Hebrón.

De todas formas, nos movimos rápido.

Dejamos atrás los pueblos de Beit Basi, Netofa y Za'tara y rodeamos a cierta distancia el impresionante Herodium, la tumba del odiado Herodes el Grande. Numerosos soldados vigilaban en lo alto del gran cono de tierra. No convenía llamar la atención. Y nos alejamos, presurosos, hacia el sureste. Yo había contemplado el Herodium desde el aire y lamenté no poder acercarme.[1]

A partir de allí, a escasos doce kilómetros de Jerusalén, nos envolvió el desierto de Judá. ¿Cómo describirlo? Ochenta kilómetros —de norte a sur— de tierras blancas y rojas, abrasadas... Ochenta kilómetros por otros veinte de ancho de cañadas, barrancas resecas, colinas de yeso y aldeas minúsculas, encaramadas en lejanos picachos; aldeas mudas y olvidadas, habitadas por pastores y, sobre todo, por el silencio.

[1] El Herodium —llamado así en honor de su constructor, el rey Herodes el Grande— era un conjunto arquitectónico de gran magnitud y con múltiples funciones. Fue palacio de verano, monumento, tumba real, fortaleza y ciudad administrativa. Se hallaba dividido en dos partes: en la superior, en la cima del gran cono artificial, fue alzado el palacio de verano (a 758 metros de altitud). En la base del monte fue dispuesta una sede administrativa, con numerosas edificaciones y piscinas. El lugar fue elegido por Herodes en recuerdo de una de sus primeras victorias militares; en este caso en el año 40 a. de J. C. y contra los partos. Los mandaba el príncipe asmoneo Antígono. El enorme complejo fue levantado entre los años 23 y 20 antes de Cristo y sobre una superficie de 2 hectáreas. Herodes no reparó en gastos. El edificio ubicado en la cima tenía forma de cilindro, con un diámetro de 30 metros. Lo protegían dos murallas paralelas y una dotación de trescientos soldados. El cilindro alcanzaba los 30 metros de altura, con un total de siete plantas y los más ricos mármoles de Carrara. El oro utilizado superaba las tres toneladas. El cilindro, según mis informaciones, estaba inspirado en el célebre faro de Alejandría. En el interior del cono fue dispuesta la tumba del rey constructor: un pesado sarcófago de piedra roja, oro y cincuenta tipos de gemas. Al fallecer Herodes el Grande, el Herodium pasó a manos de su hijo, Arquelao, que gobernó hasta el año 6 de nuestra era. Finalmente, el extraordinario palacio cayó en manos de los romanos. El incansable arqueólogo judío Ehud Netzer dedicó su vida a las excavaciones en el Herodium. Él sabía que el sarcófago de Herodes se hallaba bajo el gran cilindro, pero no llegó a descubrirlo. *(N. del m.)*

Tomás buscó la margen izquierda del *nahal* o río Teko'a y por allí continuamos. El cauce se encontraba seco. En esta ocasión, el bizco encabezaba al grupo. El Maestro caminaba detrás, con su habitual cinta blanca sujetando los cabellos. La idea de Andrés y de Tomás era alcanzar el oasis de En Gedi, en la costa occidental del mar de la Sal, en cuestión de un par de días. Distancia aproximada: 40 kilómetros.

Tomé cuantas referencias pude.

Debíamos caminar con cuidado. El desierto de piedra aparecía infectado de serpientes y escorpiones. Estos últimos —los temidos *akrab*— eran sumamente peligrosos. En este viaje conté catorce especies diferentes. Los más ponzoñosos eran los amarillos y los llamados «matadores». Rondaban los cien milímetros de longitud. Tomás advirtió: nada de levantar piedras... Y recordé las aventuras con el bueno de Tarpelay en la desembocadura del Jordán en el mar Muerto. Los amarillos (*Leiurus quinquestriatus*) se presentaban en cuadrillas, especialmente al alba y al atardecer. Se introducían bajo las ropas o en los sacos de viaje. En ocasiones se camuflaban bajos las *halot*, las arenas del desierto. Si los pisabas podían atacar. La muerte era cuestión de dos minutos...

La temperatura fue aumentando. A la hora tercia (nueve de la mañana) calculé que podíamos rondar los 40 grados Celsius. Aquello empezaba a convertirse en un suplicio. Tomás, nervioso, parecía buscar una sombra o una caverna en la que poder refugiarse. Negativo. El horizonte era plano, salpicado aquí y allá por torres dolomíticas, arcilla calcinada, y millones y millones de pequeños fósiles marinos. Recogí algunos y los inspeccioné. Encontré también numerosos nódulos y concreciones (acumulación de materia alrededor de un núcleo). Distinguí nódulos de sílex coalescentes y concreciones carbonatadas, todos ellos en rocas sedimentarias.

En la lejanía se recortaban los íbices y las cabras montesas. Saltaban entre las rocas y regalaban algo de humanidad al desolado paisaje. Y, más allá, alguna difusa mancha negra. Eran las tiendas de los *badu*, los beduinos. Grandes *jaimas* formadas por pieles de cabra. Andrés decidió que no era oportuno aproximarse a los nómadas. El *reda* de Felipe, además, no hubiera resistido el traqueteo entre las rocas.

Y hacia la séptima (13 horas), nos detuvimos. El calor era asfixiante. Podíamos estar a 44 grados Celsius, como poco. Las mulas sudaban, *Zal* sudaba, la *Chipriota* sudaba, todos nos estábamos deshidratando.

Pero los cielos nos protegieron. Al salir de uno de los recodos del polvoriento camino distinguimos una *ein*, una fuente de agua dulce, prisionera entre las rocas azules. Allí nos refrescamos y recuperamos el aliento. Jesús dejó beber a todos. Él fue el último en saciar la sed.

Era asombroso. ¡Un manantial en mitad del infierno!... Según mis informaciones, el desierto de Judá —uno de los más agresivos del planeta— disfruta de 50 milímetros de lluvia al año. Al otro lado de las montañas, en Hebrón, las precipitaciones superaban los 600 y 700 milímetros. Aquella fuente fue un regalo del Padre Azul, lo sé...

Fueron los gemelos los que distinguieron la cueva. A escasa distancia, en uno de los farallones, se abría una gruta de regulares dimensiones.

Andrés dio la orden. Acamparíamos en la caverna.

Y fuimos aproximándonos.

Pero, a escasos metros, el jefe ordenó que nos detuviéramos. Y solicitó silencio. Se oía una especie de cántico. Eran varias voces... Procedía, sin duda, del interior de la gruta.

Tomás tomó la iniciativa y, espada en mano, se asomó a la cueva. Al poco regresó junto al expectante grupo y anunció que nos hallábamos ante la gruta de Nácar. Así la llamó.

El lugar estaba habitado por una orden eremítica a la que llamaban *hesy*. Los monjes buscaban la felicidad a través de la soledad, el ayuno y la penitencia. Según Tomás, en aquel desierto abundaban los ermitaños. Se daban los terapeutas, procedentes de Egipto; los bautistas y los umbilicarios, entre otros. Estos últimos se pasaban la vida contemplando sus ombligos (!!).

Una antigua leyenda —según Bartolomé— aseguraba que el que entraba en la cueva de Nácar no salía en 300 años... En lo más profundo de la misma habitaban los *žnun*, unos diablos con cuernos y los pies en forma de horquilla. Brillaban con luz propia. La piel era puro nácar. Algunos disponían de largas colas con las que atrapaban a los curiosos e incautos.

Conforme el Oso relataba estas historias, los íntimos fueron palideciendo. Y se resistieron a entrar en la gruta.

Tomás volvió a reírse de sus compañeros y se dirigió, decidido, a la boca de la caverna. El Galileo se fue tras él. Y yo trepé por el pequeño terraplén, siguiendo los pasos de ambos.

El resto de los discípulos permaneció en el camino, pasmado.

La entrada a la cueva era angosta. Tuve que inclinarme. Después accedí a una gran sala, muy espaciosa, y asombrosamente blanca. Algunas lucernas, en las paredes, proporcionaban una relativa claridad. Era desconcertante... El techo, los muros y el piso de la caverna deslumbraban con su blancura. Era un blanco leche con reflejos rosas y azules. La caliza chorreaba humedad. Al fondo se adivinaba una larga y oscura galería...

Media docena de *hesy* nos contemplaba, desconcertada. Eran individuos famélicos, todo huesos, adornados con larguísimas melenas, barbas blancas e interminables, y taparrabos de piel de gacela. Se encontraban sentados en mitad de la cueva, formando un círculo. En el centro parpadeaban dos lámparas de aceite.

Al ver entrar a Tomás y al Galileo interrumpieron los cánticos. Pero el silencio duró poco. Al comprobar que éramos simples caminantes prosiguieron en sus alabanzas a Yavé, y con renovadas fuerzas.

Tomás y el Maestro inspeccionaron la sala y decidieron que, en efecto, era el lugar apropiado para descansar.

Pero el tiempo cambió súbitamente...

Un viento abrasador y tenaz se precipitó sobre el desierto, levantando murallas de arena. Era una tormenta seca, muy temible.

Felipe cubrió las cabezas de las mulas con grandes sacos y arrastró a la *Chipriota* hasta el interior de la cueva. Los íntimos no tuvieron más remedio que refugiarse en la caverna de Nácar. Solo Pedro y Juan Zebedeo se negaron a entrar. Y permanecieron a un paso de la boca. Pero la tormenta arreció y terminó doblegando a los supersticiosos discípulos. Y, en minutos, el desierto se transformó en una densa y silbante nube amarilla.

Allí permanecimos dos días.

Terminamos compartiendo comida y conversación con los monjes.

Por lo que acerté a entender, los *hesy* estimaban que la forma más rápida y eficaz de llegar al «corazón de Dios» era mediante la vida contemplativa. Pasaban el día casi en silencio, dedicados a la contemplación interior, a la oración, y a los mencionados cánticos. Hacían vida en común. Rara vez abandonaban la cueva. Su mundo era su mente.

Esa noche, ganada la confianza de los monjes, el Maestro y los íntimos sostuvieron una interesante (e inútil) conversación con los eremitas. He aquí lo que recuerdo:

Jesús, naturalmente, habló del Padre Azul, del regalo de la chispa divina y de la inmortalidad del alma. Pero los monjes dudaron.

—¿Un Dios que lo perdona todo? —preguntaron, incrédulos.

—Un Dios de AMOR —replicó el Galileo.

Me buscó con la mirada y subrayó:

—AMOR..., con mayúsculas.

—¿Ese Dios ama a sus enemigos? —intervino uno de los *hesy*.

El Maestro siguió acariciando a *Zal*, tumbado a sus pies, y proclamó:

—El Padre Azul no tiene enemigos... Nadie puede compará rsele.

—¿Ese Dios ayuna?

—No lo necesita...

El Maestro permaneció en silencio unos segundos y declaró con valentía:

—No lo necesita y no lo recomienda...

Los monjes murmuraron, desaprobando la respuesta de Jesús. Y el Maestro continuó:

—...Salvo que tú lo elijas.

No entendieron. Y continuaron las preguntas de los ermitaños.

—Tu Dios, ese Padre Azul, ¿ama el silencio?

—Él es el silencio...

—¿Y por qué tu Dios no aconseja el ayuno?

—La mente no necesita el ayuno... La mente tiene una misión más importante: acarrear experiencias hasta el alma. El ayuno debilita la mente... No es bueno para el alma.

Algunos de los monjes no quisieron seguir escuchando al Hijo del Hombre. Se levantaron y se perdieron por el oscuro túnel que nacía en la sala. Pero el más anciano siguió interrogando al rabí:

—¿Y qué me dices de la vida contemplativa? ¿Le gusta a ese Padre Azul?

Jesús fue nuevamente sincero.

—Si ese tipo de vida es elegido por ti..., está bien. Pero hay otras opciones más interesantes, meritorias y difíciles.

—¿Como cuáles?

—Servir a los demás.

—¿Tu Dios es grande o bueno?

El Maestro replicó con una seguridad que me dejó perplejo:

—La grandeza y la bondad son inseparables.

—Supongo que es un Dios varón —terció otro de los *hesy*.

La respuesta del Galileo los dejó con la boca abierta.

—El Padre Azul tiene más de Madre que de Padre.

Tomás manifestó su disconformidad. Y el Maestro le salió al paso:

—Tomás, tu escepticismo es saludable..., pero te dará más sed.

—Rabí, —terció otro de los monjes—, ¿consideras que Yavé es misericordioso?

—Yavé es el pasado —sentenció Jesús—. Olvidadlo... He venido para retirar la venda del miedo de vuestros ojos. Todos los Dioses son necesariamente misericordiosos. De lo contrario no serían Dioses.

—Y los hombres —intervino el más anciano— ¿por qué no son misericordiosos?

El Maestro sonrió con desgana. Y anunció:

—Es un problema de madurez... Todo llegará.

—Dime, rabí, ¿tú crees en la vida eterna?

—Yo soy la vida eterna. El que cree en mí seguirá vivo...

Rectificó sobre la marcha, al tiempo que me miraba:

—VIVO..., con mayúsculas.

Mensaje recibido.

—Dinos, rabí —preguntó otro de los ermitaños—, ¿cómo es la eternidad?

Jesús levantó la mano izquierda y dibujó un círculo en el aire con el dedo índice. Y exclamó, sonriente:

—Circular... La eternidad es circular.

Creo que tampoco entendieron gran cosa.

El 15 de mayo, jueves, la tormenta de arena cedió y fue posible reanudar la marcha.

Pero, al abandonar la cueva de Nácar, recibimos una sorpresa.

Sigal, la hechicera de los hermosos ojos violetas, se hallaba junto al *reda*. Aparecía sola, con la única compañía de un hatillo.

¿Cómo pudo encontrarnos?

Los discípulos estaban espantados.

Tomás y el Maestro se colocaron a la cabeza del grupo y proseguimos en dirección al mar de la Sal (mar Muerto).

Sigal nos seguía a cierta distancia...

No hubo mayores incidencias, salvo la falta de agua. La pasada tormenta de arena había cegado las charcas, contaminando las escasas reservas. Felipe nos sacó del apuro. Buscó una determinada planta (creo que la *Asteriscus graveolens*) y desinfectó el agua con las raíces. Todos le felicitaron.

Esa noche acampamos entre las rocas y disfrutamos del fuego del campamento y de las ocho mil estrellas que salieron a darnos la bienvenida.

Una de ellas —lo sé— era mi amada.

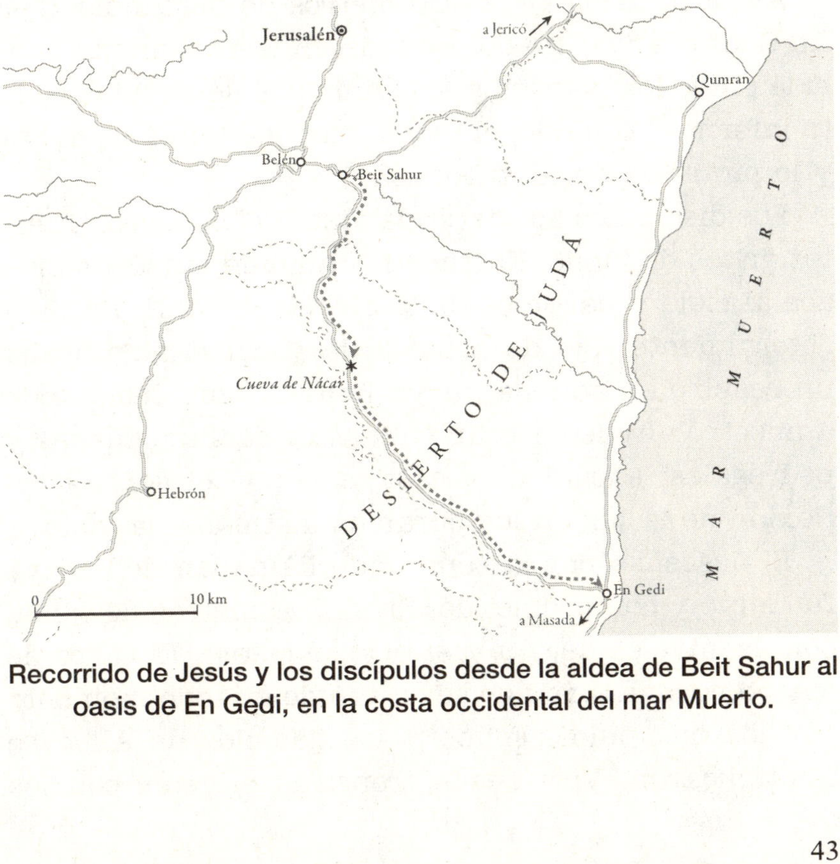

Recorrido de Jesús y los discípulos desde la aldea de Beit Sahur al oasis de En Gedi, en la costa occidental del mar Muerto.

DEL 16 AL 26 DE MAYO (AÑO 27)

Divisamos el oasis de En Gedi poco después de la hora quinta (once de la mañana) del 16 de mayo del año 27, viernes.

Soplaba un fuerte viento del noroeste.

A nuestros pies —a 200 metros de profundidad—, En Gedi era una mancha verde, milagrosamente surgida entre los blancos y los amarillos de aquel desierto infernal. Al fondo, el viento rizaba el mar de la Sal y lo pintaba de azul turquesa.

Los discípulos acogieron la vista del oasis con fuertes gritos de júbilo. El Maestro también lanzó los brazos al cielo y participó de la alegría general. En Gedi (literalmente «Ojo de agua de la gacela») significaba un respiro en aquella nueva huida. Como decía, todo a nuestro alrededor eran colinas de caolín, cañadas y pedregales, a cual más castigado por el sol. La reflexión de la luz en los páramos lastimaba la vista.

El descenso por la senda que llamaban de Zeruya fue lento y comprometido. Eran 200 metros de caída, con desniveles del 20 y el 30 por ciento. El carro de cuatro ruedas tuvo que ser retenido en todo momento por los discípulos. Felipe y los gemelos de Alfeo se multiplicaron. Vi a Jesús frenando el *reda*, con los músculos tensos como ballestas. Poco faltó para que el carro y las mulas se precipitasen por el barranco.

Felipe sufrió mucho...

Y, lentamente, el desierto quedó atrás. Y entramos en una zona de extensos cañaverales y frondosos bosques de palmeras, acacias, azufaifos, cordias y maeruas.

Aquel prodigio —en las estribaciones del duro desierto de Judá— tenía su origen en la presencia de cuatro poderosos manantiales de agua dulce, con un caudal superior a los tres millones de metros cúbicos anuales. El agua procedía de las montañas de Hebrón, se filtraba bajo tierra, y aparecía en el oasis con gran fuerza, formando cascadas y lagunas. A esto había que sumar la bendición de dos importantes ríos: el Arugot y el David, que desembocaban también en el oasis.

Permanecí seis días en En Gedi. Fueron jornadas tranquilas (relativamente). La temperatura se «suavizó», descendiendo a 38 grados Celsius. Era difícil respirar. La verdad es que pasé la mayor parte del tiempo en las piscinas naturales y bajo las cascadas.

Pero debo ir paso a paso...

La aldea de En Gedi se levantaba cerca de la costa del mar de la Sal. Era un puñado de casas de piedra blanca, desordenadas y ariscas, con las puertas verdes y descoloridas por el salitre y la indiferencia del mundo. Conté setenta viviendas, con un total de trescientas familias. La mayoría era judía. Pero también me crucé con beduinos, egipcios y mesopotámicos. Se llevaban bien. «El desierto —cantaban los *badu*— hace amigos a la fuerza». En Gedi se dedicaba, fundamentalmente, a la agricultura. En especial a los dátiles (supe de más de diez especies), a las plantas aromáticas, a la alheña (con la que pintaban el cabello, dientes y uñas) y, sobre todo, al «gran secreto del oasis»: el *aparsemon* (un bálsamo cotizadísimo, regalo de Marco Antonio a Cleopatra).

Los habitantes del oasis eran extraordinariamente laboriosos. Habían sabido aprovechar la fuerza y la bendición de los manantiales, construyendo una intrincada red de canalizaciones. Conté quince grandes depósitos de agua, siempre repletos y limpios. Lo normal es que recogieran dos y tres cosechas al año.

Felipe fue el que más disfrutó. Y llenó el *reda* con toda suerte de frutos y plantas medicinales. Empezó con las algas y líquenes que colonizaban las cascadas y las rocas de los ríos. Después se dedicó a los helechos. El *Adiantum capillus* era especialmente aconsejable para el dolor de vientre (según el intendente). Seleccionó varias clases de cañas (en especial la *Arundo donax*), con la que confeccionó una mermelada muy dulce. Un día llegó con una orquídea bellísima. La descubrió en la grieta de una roca. «Santa Claus» —semanas más tarde— aseguró que podía tratarse de la *Epipactis veratrifolia*. Se hizo también con la célebre manzana de Sodoma (*Calotropis procera*). Los frutos (huecos) se asemejan a manzanas. Al cortar las ramas y las hojas aparecía un licor blanco, muy tóxico. Herodes Antipas era uno de los grandes exportadores del veneno. ¿A qué lo destinaban? Comimos igualmente las pequeñas «manzanas» procedentes del azufaifo (dulcísimas), así como un fruto de color naranja —muy pegajoso— al que llamaban *cordis*. Los ruiseñores se los disputaban. El Maestro lo tomaba al terminar la cena, como postre. El carro, por supuesto, fue cargado con la joya de En Gedi: el bálsamo (*Balanites aegyptiaca*). Según los *badu*, su fruto amargo contiene fuego. «Solo lo consumen los asesinos», decían. La verdad es que los *rofé* o médicos de entonces lo utilizaban para curar las migrañas y las enfermedades de los ojos. Era carísimo.

Esa tarde, tras montar el campamento al este de la aldea, a corta distancia del lago Salado, Bartolomé hizo las delicias del grupo, narrando —a su manera— algunos episodios de la historia del oasis. El Maestro escuchaba, fascinado. Según el Oso de Caná, unos mil años atrás, un joven David (el que llegaría a ser rey de Israel), perseguido por Saúl, se refugió en En Gedi. «Eran cuatrocientos —dramatizaba el Oso—. Cuatrocientos héroes que luchaban sin cuartel contra el odiado rey Saúl...». Y un buen día, Saúl entró en una de las cuevas del oasis... Y se quedó dormido. En esa gruta se hallaban David y varios de sus soldados... David pudo haber matado a su enemigo, pero se limitó a cortar una parte de la túnica de Saúl... Después, a gritos, desde una de las colinas, le hizo saber al rey que le había perdonado la vida... Y le mostró el trozo del vestido.

La historia —probablemente falsa— entusiasmó a los discípulos. Y aplaudieron, felices. Bartolomé se alzó y correspondió con una exagerada reverencia.

El sábado, 17 de mayo, permanecimos en el campamento.

Jesús entró en la aldea y la recorrió despacio, haciendo «im». Todo le interesaba: las familias, sus sueños, las enfermedades, los niños, las cosechas... Y la gente respondió con sorpresa y con agradecimiento.

Andrés, con buen criterio, imaginando que el Maestro deseaba caminar por el oasis, se las ingenió para contratar a uno de los pastores de cabras. Lo llamaban Nadir. Era el tuerto con mejor visión en todo el desierto de Judá. Conocía la zona como la palma de la mano.

Y el domingo, 18 de mayo (año 27), con la luz violeta del alba, el grupo se encaminó al *nahal* o río Arugot, muy cercano. Felipe, los gemelos y el Iscariote se quedaron en el campamento, con *Zal*. El perro de color estaño llevaba dos días con vómitos y el Maestro optó por ahorrarle el sufrimiento de la ascensión hasta la cota «200». El plan —trazado por Nadir— era simple: remontar el *wadi* hasta alcanzar uno de los saltos de agua. Lo llamaban la «cascada escondida», muy cerca de la gran plataforma del desierto de Judá. En cuestión de dos horas deberíamos llegar a la «escondida».

Al principio todo fue bien. Ascendimos por un par de cañones y dejamos atrás algunos pequeños manantiales, adornados por ejércitos de juncos y cañas. Algunos íbices nubios —sorprendidos— huyeron entre las rocas, trepando por los canchales. Era una familia de cabras montesas, integrada por un macho y tres hembras. Los cuernos del macho eran espectaculares.

Después, entre los enormes farallones, vimos asomar las cabezas de una colonia de damanes, una suerte de «conejos», especialmente inteligentes, y que Eliseo y yo tuvimos la fortuna de observar durante la estancia en la montaña sagrada: el Hermón. Siguieron nuestros pasos con curiosidad y desconfianza y terminaron ocultándose entre las grietas de las rocas.

Hacia la tercia (9 horas), el calor apretó y Nadir recomendó que hiciéramos un alto.

Nos acomodamos al pie de un tamarisco y Andrés procedió a repartir pan, miel y queso.

El Oso se interesó por la fauna del oasis, y Nadir explicó que, en aquellas tierras, habitaban el leopardo, el lobo, la hiena rayada, el zorro rojo, quince especies de murciélagos, dos tipos de serpientes altamente venenosas, lagartos «y todas las ranas del mundo». Yo fui entrenado para distinguir los ofidios peligrosos. Sabía que, en aquel oasis, proliferaba la *Tractaspic* (víbora de En Gedi) y la *Echis coloratus*. Ambas serpientes eran mortales.

Yo pregunté por las aves, mi especialidad. El guía, satisfecho ante mi curiosidad, enumeró varias especies. Habló de la *tristram*, un ave negra con alas anaranjadas y de canto potente. Se refirió también a las «cantoras» (probables *Turdoides squamiceps*), casi siempre en el suelo y, naturalmente, no podía faltar una de mis favoritas: la «collalba negra» (*Oenanthe leucopyga*). Y me informó igualmente de la existencia de la perdiz de arena, de los abundantes buitres egipcios y del águila de Bonelli (*Hieraatus fasciatus*). En total, unas doscientas especies, casi todas migradoras. Tuvimos la suerte de llegar en plena primavera. El oasis rebosaba de vida...

Y proseguimos río arriba.

Al poco, el camino se aventuró —valiente— en un espeso bosque de álamos del Éufrates. El perfume era exquisito. Y el guía señaló las ramas de los árboles. Quedé perplejo. Era el reino de las hormigas tejedoras. Las llamaban *nemala ha'oreget*. Las larvas segregaban unas finísimas fibras de seda que servían para construir los nidos. ¡Nidos de seda a cinco y diez metros del suelo! El Maestro, maravillado, preguntó y preguntó.

Y, lentamente, nos aproximamos al salto de agua.

Podía ser la hora quinta (once de la mañana).

Primero escuchamos el rumor de la cascada. Después, entre los cañones y la apretada vegetación, se presentó ella... Era una cascada de quince metros de altura, blanca y espumosa. La cascada «escondida» nos recibió alegre. Parecía saber quién la visitaba... Una familia de helechos «cabello de ángel» la acompañaba a derecha e izquierda. Y al pie, una importante laguna de agua caliente. El olor a azufre era intenso. Se trataba, en efecto, de una fuente termal. Calculé la temperatura en unos 38 grados Celsius.

El grupo decidió tomar un baño. Lo necesitaban.

Nadir recomendó prudencia. No le faltaba razón. El agua caliente siempre debilita... Pero no. El guía no se refería a eso...

Por supuesto, nadie le hizo caso.

El Galileo fue el primero en desnudarse. Colgó la túnica y el taparrabo en una de las ramas de un álamo y corrió, feliz, hacia la piscina natural. Dio un par de saltos y se precipitó de cabeza en las aguas. Al poco lo vimos emerger. Y reclamó a los discípulos...

Los íntimos le imitaron, en tropel. Y disfrutaron del baño.

Nadir y este explorador permanecimos en la orilla, pendientes.

Inspeccioné el lugar. Parecía tranquilo. Tomé algunas referencias y caminé por la orilla. Finalmente, Nadir y yo fuimos a sentarnos a la sombra de un viejo sauce. El calor era sofocante. Situé la vara de Moisés entre las piernas y me dediqué a contemplar al Hijo del Hombre. No lograba acostumbrarme. Era un Hombre-Dios y, sin embargo, lo veía tan próximo, tan humano... Jesús reía. Salpicaba a todo el mundo. Se sumergía. Saltaba sobre los hombros de Andrés y de Pedro e intentaba hundirlos. Se resistía cuando

Mateo y otros trataban igualmente de sumergirlo. Nadaba con poder. Era como un niño... Aquellos hombres lo amaban de verdad.

Pasados quince o veinte minutos, el Maestro —agotado— optó por salir de la piscina. Lo hizo despacio.

Al llegar a la orilla se detuvo y procedió a escurrir los cabellos. Lo hizo con ambas manos, y delicadamente.

El grupo continuó en el agua, relajado y feliz.

Fue en esos instantes cuando Nadir se puso en pie e intentó alertar al Galileo.

Y señaló a los pies de Jesús.

Mi corazón dio un salto...

Una serpiente se deslizaba por la arena, a escasa distancia de los pies desnudos del rabí.

El guía le dio una orden:

—¡No te muevas!

El Maestro descubrió al ofidio y, en efecto, no se movió. Continuó escurriendo el cabello, lentamente.

Llevé los dedos de la mano derecha a la parte superior del cayado y acaricié el clavo que activaba el láser de gas. Y lamenté no haber tenido tiempo de utilizar las «crótalos», las lentes de contacto. Si disparaba podía errar...

En un primer momento, la serpiente —de casi un metro— me pareció una *Coluber*, una de las típicas víboras del desierto. Era venenosa, muy venenosa.

El reptil avanzaba despacio hacia el pie izquierdo del Hijo del Hombre. Se hallaba a medio metro...

Pero algo no encajaba. La víbora no lucía el típico color rojizo amarronado de las *Coluber*. Era negra, con la punta del hocico levantada hacia arriba.

Y, de pronto, el ofidio se detuvo. Se alzó y se colocó en posición de ataque. Y emitió un fuerte silbido.

Estaba claro. Se disponía a cargar sobre el pie de Jesús.

El Maestro, pálido, no la perdía de vista. Él sabía, probablemente, que la mordedura de aquel animal era mortal.

¿Qué hacía?

Tenía que arriesgarme y disparar...

La seguridad del Galileo era lo primero.

No hubo tiempo.

Todo fue vertiginoso.

De pronto, en mitad de aquel cielo azul, se presentó un destello. Fue como un relámpago, pero azul y sin trueno.

Todos los vimos.

La «luz» (?) llenó el lugar y todo se volvió azul: la cascada, la piscina, los discípulos, los árboles...

No sé qué pudo durar el destello... ¿Un minuto?

Y, tal como apareció, así se extinguió.

Y todo regresó a su color habitual.

¿Qué había sucedido?

El cielo, como digo, estaba azul, sin rastro de nubes. ¿Dónde se hallaba la tormenta?

Obviamente no fue un relámpago...

Entonces me fijé en la víbora. Yacía en tierra, inmóvil, y aparentemente muerta. El cráneo humeaba. Algo la había fulminado.

Nadir y este explorador corrimos hacia el Maestro.

¿Qué había sucedido?

Jesús recogió la ropa, se vistió y, sin mediar una sola palabra, se alejó de la cascada, descendiendo hacia la aldea.

Los discípulos salieron del agua y preguntaron qué había pasado.

Nadie supo qué decir.

Quien esto escribe se inclinó sobre la serpiente y la examinó. El guía, a mi lado, reconoció que se trataba de una *saraf*, un animal de especial peligrosidad. Era larga y pesada, con un cuerno escamoso en la nariz. Los colmillos eran temibles. Según Nadir, la serpiente se encontraba en pleno período de apareamiento. Eso la hacía más agresiva. El cráneo presentaba un diminuto orificio, aún humeante. Y el guía y quien esto escribe, como dos perfectos idiotas, dirigimos las miradas hacia el azul del cielo.

El veneno —según comprobé días más tarde— era fortísimo. Consistía en una mezcla de proteínas enzimáticas, lípidos, cationes y péptidos. Los efectos —proteolíticos, hemolíticos, neurotóxicos y coagulantes— eran mortales en cuestión de minutos. De haber mordido al Galileo, este habría sufrido una vasodilatación general, con una súbita y peligrosa caída de la tensión. Los tejidos hubieran quedado necrosados y la acción hemolítica podría haber destruido los glóbulos rojos. Los neurotóxicos, finalmente, habrían provocado una parálisis muscular generalizada. En mi botiquín de campaña no figuraba un antídoto contra el veneno de la *saraf*. Hubiera necesitado penicilina, hidrocortisona y adrenalina, como poco.

Y el bueno de Nadir planteó la gran pregunta: «¿Quién había terminado con la vida de la serpiente?»

A mi mente llegó una respuesta: «Su "gente" había actuado de nuevo...»

Pero guardé silencio. Nadie hubiera aceptado algo así.

Dos horas después entrábamos en el campamento.

Sigal, la hechicera, había dibujado dos nuevos círculos concéntricos cerca de las tiendas y canturreaba no sé qué nuevos conjuros contra el Maestro. Esta vez manipulaba una larga cuerda en la que había alineado nuevos nudos. Al acariciar cada nudo —según Bartolomé—, la bruja enviaba maldiciones a la víctima.

Estábamos tan rendidos que, sinceramente, casi no le prestamos atención... Y allí siguió, entonando miserias.

Al día siguiente, lunes, 19 de mayo (año 27), Jesús se levantó de un humor excelente. Parecía haber olvidado el incidente con la víbora.

Mientras desayunábamos se acercó a este explorador y, sonriendo, comentó:

—Mi «gente» me cuida..., pero gracias por tu gran corazón.

Me guiñó el ojo y se dedicó a *Zal*. El perro de los ojos oblicuos no mejoraba. A los vómitos se unieron unas intensas diarreas. El pobre animal aparecía postrado —sin fuerzas— a la sombra del carro cubierto.

Felipe, sabiamente, le suministraba agua con limón en abundancia y tres dosis al día de «cariofilada». Tomaba una cucharada con la raíz de esta planta y la calentaba sin llegar al punto de ebullición. El propio intendente la recogía cada mañana en las orillas del río Arugot. Recolectaba las grandes hojas pecioladas y basales, así como el tallo subterráneo, en forma de remolacha, y preparaba la infusión. Decía que el brebaje era bueno para las diarreas y para el dolor de muelas. No lo dudé. Felipe sabía mucho de plantas medicinales.

Fue a lo largo de esa mañana cuando Pedro y Juan Zebedeo propusieron algo interesante: visitar la colonia *nazir* existente en el oasis. La oportunidad era única.

Los *nazir*, como ya expliqué en su momento, formaban un grupo aparte en la comunidad judía. Eran llamados «reservados» o «guardados» (de la raíz hebrea *nzr*) (no confundir con *notzri*: habitante de Nazaret o nazareno).

Según lo establecido en Números (6, 1-21), el que se comprometía con el «nazireato» debía cumplir tres grandes obligaciones: no beber vino (ni nada procedente de la vid: uvas frescas o secas, pulpa u hollejo, vinagre, etc.), dejarse crecer el pelo y no tocar a los muertos. Fue, seguramente, una orden de Yavé ante la desmedida afición de los cananeos por el vino: «...No beberás vino ni bebidas embriagadoras, ni vinagre de vino, ni ningún zumo de uvas».

El cabello, para los *nazir*, era otra señal de santidad. Nadie debía cortárselo. Podían atusar el pelo, echarlo a un lado o recogerlo en trenzas, pero nunca peinarlo. Si el *nazir* bebía vino o tocaba a un muerto (voluntaria o involuntariamente) perdía el carácter sagrado y debía rasurarse la cabeza, empezando de cero. Hacerse *nazir* obedecía, generalmente, a una promesa cumplida. Por ejemplo: se hacían *nazir* si un hijo sanaba de una enfermedad o si se libraba de ir a la guerra. El «nazireato» era temporal o perpetuo. El tiempo mínimo fue establecido en treinta días. Yehohanan y Abner, el pequeño gran hombre, eran *nazir* a perpetuidad. La ley oral dedicaba nueve capítulos al «nazireato», con un total de sesenta disposiciones, a cual más absurda. El *nazir*, por ejemplo, no podía tocar a un muerto, aunque fuera su padre, su madre o sus hermanos. Solo había una excepción: «que el *nazir* encontrase al muerto en el camino». «Si yace de forma usual —reza la Misná—, puede removerlo, lo mismo que la tierra sobre la que yace». Las mujeres podían ser *nazir*, pero siempre sujetas al criterio del padre o del esposo. Los paganos, en cambio, lo tenían prohibido. Si una mujer *nazir* rompía los votos por culpa del vino o por el contacto con un muerto, era castigada con cuarenta azotes.

Los discípulos aceptaron. El Maestro no se pronunció, pero confirmó que se uniría al grupo. Y la visita a la colonia *nazir* fue fijada para el día siguiente. Andrés se ocupó de contratar de nuevo al pastor tuerto. Nos serviría de guía.

Desde primera hora de la mañana, Sigal, la bruja de Giló, volvió a afanarse en su venganza. En esta ocasión la vimos dibujar los dos círculos concéntricos habituales, con una estrella de cinco puntas en el centro. El vértice superior miraba al Este. Entonces se hizo con un puñado de sal y lo depositó en el centro de la estrella. Extendió los brazos hacia el cielo, con las palmas de las manos hacia arriba, y gritó, en árabe:

—¡Mi poder está en el nombre de la Estrella Matutina!

...

Colocó la mano izquierda bajo el codo derecho y, con los dedos índice y anular de la derecha, indicó el puñado de sal, al tiempo que volvía a gritar:

—¡En el nombre todopoderoso de la Estrella Matutina yo te condeno!

Acto seguido —también con la mano derecha— dibujó en el aire una estrella de cinco puntas y volvió a bramar:

—¡Por el fuego, por el agua, por la tierra y por el aire yo te condeno, Jesús, hijo de José!... ¡Seas maldito por dos mil años!

Y me pregunté: «¿Cuándo come?» Nunca la vi beber o alimentarse. Pregunté a Felipe y a los gemelos. Nadie supo darme razón.

Y Jesús, como tenía por costumbre, se encaminó a la aldea de En Gedi, acompañado de la *tabbah*, la escolta habitual (Pedro y los hermanos Zebedeo). Allí permaneció todo el día, practicando una de sus aficiones favoritas: hacer «'im».

El 20 de mayo del año 27, martes, amaneció a las 04 horas y 32 minutos (TU). Eso marcaban los relojes de la «cuna».

Nadir, el guía, se presentó puntual.

Y emprendimos la marcha hacia el *wadi* David, a poco más de un kilómetro del campamento (siempre hacia el norte). Felipe y los gemelos de Alfeo se quedaron en la cocina, con *Zal*.

E iniciamos el ascenso hacia la meseta desértica de Judá, situada en la cota «200».

Dejamos atrás tres cascadas y hacia la tercia (nueve de la mañana) llegamos a la boca de la gruta en la que, supuestamente, David había perdonado la vida del rey Saúl.

Echamos un vistazo. Nada del otro mundo. Se trataba de una cueva no muy grande, sin nada de particular. El bueno de Samuel (1, 23-29) exageró. Allí no cabían ni veinte personas...

Muy cerca, en la margen derecha del río, se distinguían los restos de un templo. Nos entretuvimos un rato, recorriendo los muros y las columnas. Nadir aseguró que estábamos ante una construcción muy antigua; probablemente del 3000 antes de Cristo. Algo más al sur, en el *wadi* Mishmar, habían sido descubiertos más de cuatrocientos vasos de cobre y marfil, utilizados, seguramente, en dicho templo.

Minutos después divisamos la colonia *nazir*, al pie de una curiosa cascada. La mitad izquierda del agua brotaba caliente (a cosa de 30 grados Celsius); la otra mitad era fría. Decenas de tórtolas nos recibieron con sus trinos. Los cuervos de cola en abanico y los grajos *tristram* huyeron al vernos. ¡Qué desagradecidos!

¡Qué decepción! La aldea *nazir* era un mísero puñado de chozas de piedra y paja, levantadas en círculo en una tímida planicie. Conté doce cabañas.

Algunos *nazir* salieron de las chozas y nos observaron, curiosos. Pero no se movieron. Casi todos lucían largas cabelleras, sucias y enredadas. No vi mujeres.

Uno de los tipos entró en una de las chozas. Y apareció, al poco, con otro individuo. Este se aproximó a nuestro grupo y Nadir le salió al paso.

Parlamentaron.

Y el hombre —el jefe de la colonia— dijo que sí: hablaríamos. Pero deberíamos pagar un as por cabeza. Andrés aceptó y Judas Iscariote desembolsó lo acordado: once ases.

Y fueron a sentarse a la sombra, junto a una de las cabañas. Yo seguí de pie, pendiente de todo.

El anciano y líder de los *nazir* dijo llamarse Ahuv («Amado», en hebreo). Era calvo y gordo como una bola de sebo. «¡Vaya *nazir*! —me dije— sin un solo pelo...!» Una barba blanca y deshilachada le llegaba al ombligo. Se cubría con una túnica negra. Carecía de dientes.

Y, como si se tratase de algo habitual, Ahuv procedió a explicar quiénes eran los *nazir*, por qué se dejaban el pelo largo, y por qué no podían tocar a los difuntos.

Escuché algunas risitas mal contenidas... Imaginé que se debían a la aparatosa calva del líder.

El Maestro escuchaba atento y con el rostro grave.

Las moscas nos comían.

Y empecé a notar un olor a podrido, muy desagradable.

El hombre invocó el libro de los Jueces (13, 1-25) y habló de Manóaj, que tenía una esposa estéril. Un hombre luminoso se presentó ante la mujer de Manóaj y le dijo que daría a luz un hijo. Entonces le recomendó que no bebiera vino. Ese niño fue el célebre Sansón, *nazir* desde su nacimiento.

Y seguí percibiendo aquel olor...

Fue en esos instantes, mientras Ahuv relataba la historia de Sansón, cuando oímos aquel ruido; mejor dicho, aquellos ruidos...

Nos miramos, incrédulos.

¡Vaya y revaya!

Y el líder de la colonia *nazir* siguió pedorreando sin el menor pudor. Las ventosidades se hicieron más frecuentes...

Yo no sabía dónde esconderme.

El olor era insoportable.

Fue entonces cuando se presentó aquel personaje.

¡Asombroso!

Podía medir 2,40 metros de altura. Presentaba una cabellera negra, hasta la cintura, y unas manos enormes. Se cubría con una túnica roja y raída y reía por cualquier motivo.

Depositó unas pequeñas bolas grises en las manos de Ahuv, sonrió a la asombrada concurrencia, y se alejó.

Al retornar al campamento, Felipe me explicó. Las bolas de color gris eran corteza de abedul, muy recomendadas contra las infecciones bucales y la flatulencia. Eso no lo sabía: ¡chicle de abedul!

Según Nadir, el gigante era otro miembro de la comuna *nazir*. Se llamaba Adiel («Atavío de Dios» en hebreo). Una mañana, siendo un bebé, fue encontrado a las puertas de una de las cabañas. Nadie sabía quién era su madre. Para los judíos se trataba de un *nefilim*, un descendiente de los ángeles caídos. Números (13, 32) los menciona cuando Moisés envió espías a la «tierra que mana leche y miel». Todo el mundo los temía.

Y la reunión con el jefe *nazir* terminó como era de esperar...

Harto de tanta ventosidad, Andrés se puso en pie, dio las gracias por las explicaciones, y animó a los suyos para que abandonaran la aldea.

Todos obedecieron, más que agradecidos.

Y retornamos al campamento.

En el camino de vuelta nadie hizo comentario alguno. No merecía la pena...

Tras casi una semana en el oasis de En Gedi, todo estaba visto.

El único «atractivo» era Sigal, la bruja, pero también empezaba a aburrirnos.

Y en la tarde del miércoles, 21 de mayo (año 27), Bartolomé, el Oso de Caná, recibió una excelente idea: propuso hacer una visita a la cercana aldea de los esenios, ubicada a 33 kilómetros al norte, en aquella misma orilla occidental del mar de la Sal.

El Maestro —nunca supe por qué— declinó la invitación. Y lo mismo sucedió con el resto de los íntimos. Solo Tomás y el referido Bartolomé optaron por la nueva aventura. Yo me uní a ellos, naturalmente.

Y el 22, jueves, nos despedimos del campamento. *Zal* mejoraba.

Regresaríamos en dos o tres días.

El camino fue tranquilo y sujeto al enemigo número uno en aquellas latitudes: el tórrido calor. En ningún momento bajamos de los 40 grados Celsius.

Y poco antes del ocaso, previsto ese día para las 18 horas y 21 minutos, divisamos la aldea de Qumrán. Se hallaba a cierta distancia del mar Muerto (calculé unos dos kilómetros) y apaciblemente dormida sobre una terraza de marga amarilla y blanca. La miraban decenas de suaves colinas y barrancas, ahora doradas por el sol. Más allá, igualmente muerto, se distinguía el desierto de Judá.

Qumrán era una pequeña ciudadela, montada, como digo, sobre una dócil meseta. En total, si no conté mal, sumaba una veintena de casas de piedra, todas de una planta. Una torre cuadrada —de dos pisos— era la reina del secaral.

La aldea —no sé si llamarla así— aparecía abrazada por una muralla de dos metros de altura y escasa consistencia.

Alrededor, en los barrancos y cañadas, distinguí del orden de doscientas cuevas; la mayoría de bocas insignificantes (parecían simples agujeros en las rocas).

Pero no estoy siendo riguroso...

En aquel tiempo, Qumrán no era conocida por este nombre. Qumrán es una derivación muy posterior —en árabe— de la palabra hebrea *'omron* (Gomorra). El lugar recibía otras designaciones. La más popular era «Secacah». También lo llamaban «la tierra de Assayya» o de los «Curadores», en clara referencia a los habitantes de la ciudadela. Muchos de ellos se dedicaban a la medicina. Los propios esenios se autodenominaban «los Guardianes de la Alianza» (*«Nozrei ha-Brit»*) o «los Hacedores de la Ley» (*«Osei ha-Torah»*). Esta expresión (*«Osei ha-Torah»*) pudo ser el origen de la palabra «esenio» (la forma colectiva de *Osei ha-Torah* es, precisamente, *osim*).

Yo había leído mucho sobre los esenios. Estudié los textos de Flavio Josefo, de Plinio el Viejo y de Filón de Alejandría. Pero las dudas sobre la secta no terminaban nunca. ¿Era un grupo con la misma filosofía que Jesús de Nazaret? Es más: ¿el Maestro fue un esenio, como aventuran muchos autores del siglo xx? Aquella era una magnífica oportunidad para tratar de verificarlo.

El sendero nos llevó, de la mano, hasta la puerta principal de la ciudadela, en la cara nororiental de la muralla.

Un monje portero —todo de blanco— nos salió al paso. Era un anciano esquelético, con la piel abrasada, y cuatro pelos peleados entre sí en las regiones parietales. Cuando miraba traspasaba.

Bartolomé estuvo listo.

Nos presentó como discípulos del «hacedor de maravillas», el constructor de barcos de Nahum. Deseábamos visitar la comunidad y aprender.

El monje escuchó en silencio. Nos cacheó uno por uno y solicitó calma. Avisaría al *maskil*: el instructor jefe o maestro de la secta. Y se perdió entre los edificios.

Este explorador aprovechó para tomar referencias. Lo sé: no tengo remedio...

Entre los callejones observé poco movimiento.

Algunos hombres —de blanco inmaculado— iban y venían. Todos vestían igual: con túnicas cortas, hasta las rodillas, y turbantes igualmente blancos.

El monje guardián regresó al poco. Lo acompañaban tres individuos.

Uno de ellos —el *maskil*— dijo llamarse Honi. Era alto, atlético, y de mediana edad. Los ojos —muy claros— eran inquisidores y demostraban inteligencia. La túnica y las sandalias aparecían rotas y viejas.

Los otros no se presentaron. Era gente igualmente curtida en la dureza del desierto. No hablaron en ningún momento.

Y el Oso repitió lo ya expuesto al monje portero. Deseábamos conocer la ciudadela y sus costumbres.

Honi escuchó en silencio y siguió observándonos.

Después nos invitó a entrar en la sala que servía de puesto de guardia y portería, y Honi —directamente— fue a lo que le interesaba: el Maestro. El *maskil* había oído hablar de Jesús, y mucho. Sabía de sus prodigios y de sus sanaciones portentosas. Assi, el esenio del *kan* del lago Hule, al norte de la Galilea, les había puesto en antecedentes. Assi hablaba maravillas del Galileo.

Tomás y Bartolomé confirmaron las palabras de Honi. Yo me mantuve en silencio. Solo era un observador...

Finalmente, el maestro instructor rogó que aceptáramos su hospitalidad. Y allí pernoctamos, en la portería, en la compañía del monje portero.

Fueron casi cuatro días, intensos e inolvidables. Aprendí mucho.

Nos trataron cordialmente y respondieron a todas nuestras preguntas. A cambio, los discípulos tuvieron que aclarar algunas de las dudas de los esenios.

Recorrimos la comuna, siempre en la compañía de Honi, y verifiqué que la ocupaban unas doscientas personas, todos varones. No vi mujeres. Muchos eran ancianos. Dormían en las cuevas próximas y trabajaban, comían, se bañaban, hablaban y cantaban en las dependencias de la ciudadela.

El edificio más alto —no el más notable— era una torre cuadrada de dos alturas. Había servido como defensa en los primeros años de la ciudadela;

de eso hacía más de un siglo. Ahora la destinaban a almacén.

Visitamos un total de dieciséis piscinas, pulcramente encaladas. Las utilizaban a diario en la obligada e importantísima liturgia de la pureza ritual. Varias canalizaciones trasvasaban el agua dulce y salada desde el desierto de Judá y desde los manantiales de Hiam el-Shaga, al sur de Qumrán. La más grande alcanzaba cuarenta metros de longitud. Se destinaba a rituales colectivos. Era el *mik-vah* santo.

Disponían también de una lavandería, perfectamente protegida con yeso y piedra. Un fortísimo terremoto —en el año 31 a. de J. C.— la había destruido. Pero los laboriosos esenios la volvieron a levantar.[1]

La ciudadela contaba con un taller de alfarería, otro de forja, uno destinado a la confección de papiros y pergaminos, otro en el que trabajaban en el soplado de vidrio, una panadería, una cocina de enormes dimensiones con un total de cinco chimeneas, varias despensas, con capacidad para varias toneladas de alimentos, una sala de asambleas con bancos de yeso, el comedor común o «refectorio» en el que se sentaban sobre esteras y el *scriptorium* o sala de copistas; posiblemente, el lugar más importante de la ciudadela.

Al pasear por el *scriptorium* (una sala de más de veinte metros de longitud) contemplé en las mesas de yeso a seis escribanos. Todos eran ancianos. Cantaban los textos que escribían. Y lo hacían bajo la atenta mirada de un maestro copista. Utilizaban cálamos hendidos y tintas negras y rojas. Las primeras eran preparadas con hollín, agua y resinas. Para las rojas

[1] En el citado seísmo —según Flavio Josefo— murieron treinta mil personas. *(N. del m.)*

elegían el cinabrio. Los pergaminos eran gruesos. Habían desprendido el pelo y la capa superior de la piel. Las hojas, cuya longitud variaba entre 90 y 26 centímetros, eran cosidas y pegadas, formando así los rollos. Casi todos los papiros y pergaminos aparecían escritos en hebreo, aunque también acerté a descubrir algunos textos en griego y arameo. Los copistas elaboraban una preciosa letra «cuadrada» o «asiria» a la que llamaban *ra'atz*. Una vez terminados, los rollos eran cuidadosamente atados con cintas de cuero y almacenados en largas estanterías de madera.

Al curiosear entre las mesas de los copistas pude leer textos dedicados al estudio del firmamento, a los ángeles, a los *merkavah* o «carros de fuego», referencias al diluvio universal, y a un asunto que me dejó intrigado. El escribano cantaba y escribía sobre una serie de tesoros escondidos en Jerusalén y en las proximidades del mar de la Sal. En total, según pude oír y leer, 63 tesoros, con un total de 4630 talentos de oro y plata. O lo que es lo mismo: 115.750 kilos de oro y plata (en lingotes) (!). Me hubiera gustado preguntar sobre el particular, pero no me atreví. Dichos tesoros —que yo sepa— no han sido hallados...

Y Honi nos habló de la historia de la secta y del porqué de la retirada de los esenios al desierto.

En realidad, la *yahad*, o comunidad, se hallaba repartida por todo Israel. Trabajaban como médicos o «auxiliadores» en numerosas ciudades y pueblos. Assi era un ejemplo. Era fácil distinguirlos. Siempre vestían de blanco y su perfil era alegre y generoso.

Los esenios formaron parte de una tendencia de tipo apocalíptico que floreció en el país a finales del siglo III antes de Cristo. Pero, hacia el año 130 a. de J. C., un personaje al que llamaron Maestro de Justicia (probablemente un sacerdote) dijo haber recibido una revelación. Y el Maestro de Justicia arrastró a parte de los esenios al desierto y a otros lugares.

Cuando Bartolomé preguntó sobre la naturaleza de aquella revelación, Honi aseguró que un ser de luz se le había presentado a Zadok (este era el nombre del Maestro de Justicia), anunciándole el final de nuestra era. «La oscuridad y el hielo caerán sobre el mundo». Eso reveló el ser luminoso. Y recordé las filípicas de Yehohanan... En otras palabras: los esenios huyeron de Jerusalén ante el inminente fin del mundo (según ellos).

Pero no fue la única razón para la huida. Los esenios —según Honi— no aceptaban la corrupción de las castas sacerdotales y tampoco el calendario lunar, establecido en el Templo desde hacía siglos y que marcaba la organización del culto.

Los esenios se inclinaron por el calendario solar, reducido a 364 días y dividido en cuatro trimestres de 91 días. Cada trimestre arrancaba en miércoles (el día de la creación, según los judíos). Este era el sistema exigido por el libro de Henoc y por el de los Jubileos. Según los esenios, el calendario solar tenía enormes ventajas sobre el lunar. Los días de los meses correspondientes caían siempre en los mismos días de la semana. Esto hacía que las fiestas y solemnidades aparecieran en fechas concretas; siempre las mismas. Era otro símbolo —importantísimo— de lo que denominaban «pureza ritual».

Pero había más... Los esenios no soportaban la presencia de los ciegos, de los sordos o de los tullidos en la Ciudad Santa (Jerusalén). Eso era «contaminación». Y aborrecían los sacrificios de los gentiles y la impureza provocada por el comercio de pieles, por las uniones ilícitas, por los matrimonios entre sacerdotes y laicos, por los leprosos, y por la abundancia de perros callejeros en la ciudad. Todo era miseria y sacrilegio para la hermandad de Qumrán. ¿Cómo compartir techo con aquellos que mezclan el lino y la lana en una sola vestimenta? ¿Cómo aceptar en el Templo el trigo de los gentiles o los cambistas de monedas? ¿Qué decir de las «burritas» (prostitutas) en el Atrio de los Gentiles? ¿Cómo convivir con los que no se preocupan del contacto con los muertos? Para los esenios —en suma— la cohabitación con la impureza era la catástrofe de las catástrofes... Y decidieron cortar por lo sano, huyendo al desierto: el lugar santo en el que se prepararían para la batalla final y la conquista de Jerusalén.

Es importante considerar este capítulo —el de la obediencia total a la ley de Moisés— para entender el pensamiento esenio. Las Escrituras eran su único faro. Si permanecían en una ciudad que no respetaba la pureza ritual, ellos, los esenios, caían en pecado de forma automática. Y eso era lo que sucedía en Jerusalén. Si el Templo resultaba profanado por los mercaderes, por las prostitutas, y con toda suerte de negocios paganos, ellos, los esenios, caían en desgracia a los ojos de Yavé. Si las fiestas no coincidían por lo establecido por la Ley, ellos, los esenios, estaban de más en aquel lugar (supuestamente sagrado). Si los propios sacerdotes no eran capaces de imponer la Ley y, más aún, la violaban de continuo, ellos, los esenios, tenían que abandonar esa ciudad de pecado y refugiarse lejos... Por eso, insisto, huyeron al mar de la Sal.

Cada día (incluido el sábado), los esenios se levantaban poco antes del amanecer. Una campana lejana los despertaba.

Y rezaban y cantaban de cara al sol, animándole «para que se alzara». Se vestían en las cuevas y acudían a la ciudadela o a sus lugares de trabajo, en los campos y palmerales. Eran panaderos, herreros, copistas, sopladores de vidrio, carpinteros, cocineros, campesinos, pescadores, cazadores o pastores. Cuidaban de las fuentes de Aïn Feshkha y recolectaban dátiles en Aïn Ghazal. Confeccionaban papiros y pergaminos y los vendían a buen precio. Disponían de rebaños de ovejas, cazaban gacelas, y trabajaban en una «piscifactoría», en las lagunas y canales de Feshkha. Fabricaban utensilios de cocina y una excelente cerámica.

A la hora quinta (once de la mañana), otro largo toque de campana avisaba. Era la hora de la solemne «comida de paz». La llamaban *shelâmîm*. «Yavé —decían— era testigo».

Acudían a las piscinas, se sometían al sagrado ritual del baño, cambiaban los vestidos por otros nuevos (recién planchados) y entraban en el «refectorio». Para compartir la *shelâmîm* era necesario que el aspirante a esenio llevara dos años en la comunidad, como mínimo. Por supuesto, antes de la inmersión, el esenio tenía la obligación de recitar sus pecados y arrepentirse de ellos. El maestro instructor se hallaba presente y lo oía todo.

Aunque éramos «extranjeros», Honi permitió que nos sentáramos con ellos. Se trataba de una sala larguísima, de 22 metros de longitud por casi cinco de ancho, orientada de este a oeste, como marcaba la Ley.

Se sentaban en esteras y formando hileras. El silencio era total. Un sacerdote bendecía el pan y el vino y lo repartía. Después, los cocineros proporcionaban la comida: verduras, carne o pescado y dátiles. El vino no era exactamente vino. Lo llamaban *tirosh*. Era un zumo de frutas sin fermentar. Casi nunca hablaban. A veces lo hacía uno de los «veteranos» y todo el mundo escuchaba con devoción.

Terminada la comida recuperaban las viejas túnicas y retornaban a sus labores.

A la puesta de sol, antes de ingresar en la ciudadela, hacían sus necesidades. Era lo establecido por la Ley.

Practicaban un agujero en la tierra, se cubrían la cabeza con el manto, y defecaban. Después tapaban los excrementos con la tierra. «De esta forma —decían— no ofendían a los cielos». En sábado estaba prohibido defecar.

Regresaban a la ciudadela, volvían a sumergirse en las piscinas, y dedicaban el resto de la noche a rezar y a cantar. Casi no dormían.

La comunidad era regida por un consejo de diez hombres. Disponían de un Manual de Disciplina —muy rígido— al que llamaban *Serekh ha-Yayad*.

El aspirante debía pasar un período de prueba que oscilaba entre uno y tres años, dependiendo de sus riquezas...

Tenían su propio código penal.

Creían en dos Mesías, uno de tipo religioso (Mesías de Aarón) y otro de carácter militar (Mesías de Israel), que liberaría al país del yugo de los *kittim* (romanos). Según Honi, estábamos muy cerca de esa liberación. La conquista de Jerusalén —aseguraba— se prolongará durante seis años. Una vez restablecido el culto, se harán planes para derrotar al resto del mundo. «Esa lucha contra las naciones —decía— durará otros 33 años». Y explicaba cómo serían los ejércitos, y cómo sus soldados: «... Los hombres tendrán de cuarenta a cincuenta años... Los inspectores de los campamentos de cincuenta a sesenta... Los oficiales de cuarenta a cincuenta y los que despojarán los cadáveres y recogerán los botines, de veinticinco a treinta años de edad».

Yo oía perplejo. Estaban convencidos: la lucha contra los impuros era inminente. De ahí que el personaje de Jesús —posible Mesías guerrero— les interesara vivamente.

Sostenían que el hombre estaba formado por nueve partes de luz y una de oscuridad. Ellos —los Guardianes de la Alianza e Hijos de la Luz— estaban destinados a cambiar el mundo. Lo único que importaba era la Ley de Moisés. Y el candidato, al hacerse esenio de pleno derecho, debía formular un solemne juramento. Debía entregarse, con todo su corazón y toda su alma, al cumplimiento de la citada Ley. Todo lo demás era secundario.

Los esenios estudiaban la naturaleza de los ángeles; especialmente la de los rebeldes. Veneraban a Pitágoras. Decían conocer el poder de las piedras. Eran consumados kabalistas y dedicaban muchas horas al estudio de la influencia de los astros en los seres humanos. Mejor dicho: a la supuesta influencia... Creían que el hombre nace con el destino trazado y que nada ni nadie puede modificarlo. Con la mujer no lo tenían tan claro... Despreciaban el matrimonio y consideraban a la mujer como un ser inferior «del que proceden todas las calamidades». Aun así, adoptaban a los huérfanos. Si contraían matrimonio lo hacían fuera de la ciudadela y concedían tres años a la mujer para que demostrara su fertilidad. Durante el embarazo no mantenían relaciones sexuales. El aceite, para los esenios, era una maldición. Estaba prohibido ungirse con cualquier tipo de aceite. La piel seca era una bendición. No debían escupir a la derecha; solo a la izquierda y sobre un pañuelo. La razón la buscaban en el Talmud (Salmo 91, 7): «Caerán mil a tu lado y diez mil a tu mano derecha...». En otras palabras, para los fanáticos religiosos la derecha era santa...

El sábado era un día especialísimo para los esenios. Cocinaban el día anterior (hacer fuego estaba prohibido). No podían mover los muebles o los enseres de la cocina. No discutían o dialogaban sobre asuntos laborales. Medían las palabras y cantaban a media voz. No se afeitaban ni se cortaban el pelo. No podían matar piojos. No se lavaban y no orinaban o defecaban. La mayor parte de la jornada era dedicada al estudio y a la oración. Estaba prohibido prestar dinero o tomar decisiones importantes.

Cuando el aspirante a esenio era admitido en la secta, todos sus bienes y posesiones eran donados al consejo. Y el dinero y las riquezas eran repartidos entre todos.

Si el esenio enfermaba o envejecía —y no era apto para el trabajo—, la comunidad se hacía cargo de él. Y el enfermo recibía un salario, la comida, y el cuidado de la secta. Sí, los esenios fueron los inventores de la «seguridad social» ...

Durante esos intensos días, como digo, Honi preguntó mucho sobre el «hacedor de maravillas». Los discípulos respondían, entusiasmados, aunque equivocaron lo esencial. Los íntimos explicaron que Jesús, en efecto, era el Mesías guerrero y rompedor de dientes que aguardaban los Hijos de la Luz. Él echaría al mar a los odiados romanos.

Los esenios escribían todo lo que decían Tomás y el Oso de Caná.

A mí también me preguntaron. Y fui sincero:

—El Maestro es mucho más que un libertador político...

Pero no aceptaron mi idea.

El 24 de mayo, sábado, Honi expresó su deseo de acompañarnos a En Gedi. Deseaba conocer al supuesto Mesías.

Los discípulos, encantados, dieron las gracias al *maskil* y juraron que no se arrepentiría. Se equivocaron...

Y el lunes, 26 de mayo (año 27), al alba, partimos hacia el oasis.

A Honi lo acompañaban otros tres miembros del consejo de Qumrán.

Por el camino traté de ordenar los pensamientos. ¿Qué había visto en la ciudadela? ¿Cuáles eran las diferencias más notables entre el pensamiento y el hacer de los esenios y la filosofía del Hijo del Hombre?

Esto fue lo que deduje:

1. Los esenios, para ingresar en la comunidad, exigían entre uno y tres años de prueba. Jesús no.
2. Los esenios odiaban a los sacerdotes de Jerusalén. El Maestro nunca odió a nadie.
3. Los esenios no admitían a las mujeres en sus campamentos. Las despreciaban. El Galileo no actuaba así. En su vida pública se rodeó de un grupo de mujeres evangelistas.
4. Los esenios repudiaban a los leprosos, enfermos y tarados. Jesús los amaba.
5. Los esenios escribían. Jesús nunca escribió.
6. Los esenios no tocaban el aceite. Jesús lo utili-

zaba con frecuencia.

7. Veneraban el calendario solar. A Jesús le traían sin cuidado los calendarios (todos).
8. Evitaban la corrupción de las ciudades; especialmente la de Jerusalén. El Maestro visitaba la Ciudad Santa con regularidad y se paseaba, feliz, por sus calles.
9. Los esenios confiscaban los bienes del que entraba en la secta. Jesús no actuaba así.
10. Los esenios se lavaban antes de las comidas. Al Galileo no le preocupaba la pureza ritual.
11. En sábado, los esenios no defecaban. En ese sentido, el rabí actuaba con total naturalidad.
12. La secta de Qumrán contemplaba severos castigos contra los que infringían la Ley de Moisés o los secretos de la comunidad. Uno de ellos obligaba a comer hierba al pecador. El Maestro jamás castigó a nadie.
13. Los esenios practicaban la adivinación y la astrología. Jesús demostró que el futuro no existe.
14. Los esenios no cambiaban de ropa o calzado hasta que se rompía o desgastaba. El Galileo no actuaba así.
15. Se podía entrar en la secta a partir de los veinte años. Jesús no estableció ninguna limitación para acceder a su mensaje.
16. Los esenios estimaban que el hombre nace en los dominios de los Hijos de la Luz o de la Oscuridad. Jesús predicó que todos procedemos del Padre Azul y a Él regresaremos.
17. Para defecar, los esenios se cubrían —obligatoriamente— con el manto. Jesús nunca actuó así.

18. Para los esenios, los jóvenes eran inferiores a los adultos. Jesús no practicaba esa filosofía.
19. Consideraban que cada persona está integrada por nueve partes de luz y una de oscuridad. El Galileo nunca habló de eso.
20. Los esenios no pronunciaban palabras profanas antes de la salida del sol. A Jesús le traía sin cuidado.
21. Los esenios creían en dos Mesías. El Hijo del Hombre nunca se consideró Mesías libertador. Su papel fue mucho más importante.
22. Los esenios disponían de un rígido código penal. Jesús no.
23. En la secta de Qumrán existía un estricto orden jerárquico. En el grupo del Galileo solo había un jefe: Andrés. Nadie era más que nadie.
24. Los esenios creían que Yavé castigaba a los apóstatas. Jesús admitió en sus filas a todo el mundo.
25. Los esenios elaboraban planes para derrotar militarmente al resto de las naciones. Jesús jamás entró en política.
26. No podían pronunciar el sagrado nombre de Yavé. Jesús hablaba a todas horas de su Padre Azul. Así lo llamaba.
27. La palabra *ishah* (mujer) no aparece en la Regla de la Comunidad de Qumrán. El Maestro consideró a la mujer exactamente igual que al hombre.
28. Los esenios creían que Yavé disponía de poderes ocultos que terminarían con la maldad de los *kittim* (romanos). Jesús jamás se pronunció en ese sentido.

29. Los esenios difícilmente hablaban de su filosofía con los no iniciados. Jesús hablaba con todo el mundo.
30. La secta de Qumrán era fanática de la Ley de Moisés. El Hijo del Hombre solo era fanático del Padre Azul.

En definitiva, aunque los conoció, Jesús de Nazaret no tuvo nada que ver con el mundo esenio. Y, por supuesto, no fue un esenio, como aseguran algunos... Ambos pensamientos y mensajes se hallaban a años luz.

Fuimos recibidos en el campamento de En Gedi con especial alegría.

El Maestro besó en las mejillas a los esenios y esa noche, tras la cena, asistí a otra interesante conversación.

Honi fue directo a lo que le interesaba.

—Dicen tus discípulos que eres el Mesías libertador... ¿Qué tienes que decir?

El Maestro dirigió la mirada hacia Tomás y el Oso de Caná. Estos bajaron los ojos.

—Mi reino, el que anuncio —habló Jesús—, es invisible y alado. No necesita espadas ni escudos... No soy el Mesías que esperáis.

El Galileo guardó silencio y contempló las caras de los esenios. Estaban perplejos. Y Jesús redondeó:

—En verdad os digo que ese Mesías militar no llegará nunca...

Honi se revolvió, nervioso. Y preguntó, desafiante:

—¿Estás tú por encima de la Torá? La Ley dice...

El Galileo no le permitió continuar.

—La Ley de la que hablas fue idea del que me ha enviado. E insisto: no habrá ejércitos ni Mesías rompedor de dientes. Y te diré más... Vosotros no conquistaréis Jerusalén. La Ciudad Santa será conquistada y demolida por vuestros enemigos.

Los esenios se pusieron en pie y, escandalizados, hicieron ademán de abandonar la reunión. Pero Andrés solicitó calma. Obviamente, Honi y los otros no comprendieron. Jesús estaba anunciando el cerco y el asalto de Jerusalén por el general romano Tito, por encargo de su padre, Vespasiano. Eso sucedería 43 años más tarde.

—¿También eres profeta? —se burló uno de los esenios.

El Hijo del Hombre lo miró y lo envolvió en su sonrisa.

—Soy más que eso...

Honi continuó apretando al Galileo.

—Dicen que eres capaz de convertir el agua en vino y hacer caer fuego del cielo...

—Pregúntales a estos...

Y el rabí señaló a los suyos. Los discípulos asintieron.

—Y si eso es así —prosiguió Honi—, ¿en nombre de quién lo haces? ¿De dónde procede tu poder? ¿Eres un hijo de la luz o de las tinieblas?

—Siempre actúo —replicó el Maestro— en nombre del que me ha enviado. Él es el Padre de la Luz.

—¿Hablas de Belial (Satán)?

Jesús sonrió, pícaro, y contestó:

—Ese sigue al servicio del que me envía...

—¿Belial es un criado?

—No exactamente —aclaró el rabí—, pero ahora está pendiente del juicio. Quizá sea exterminado... Todo depende.

—¿Depende de qué?

Honi era insaciable.

El Maestro señaló hacia las brillantes ocho mil estrellas que contemplábamos. Todos seguimos la dirección de su dedo índice izquierdo. Algunos luceros replicaron con destellos azules y rojos.

—Depende de la misericordia de los Dioses...

—Pero, dinos, ¿quién te envía? No entiendo...

La confusión de los esenios iba en aumento.

—Os lo he dicho —terció Jesús—. He sido enviado por el Padre Azul...

—¿Te refieres a Yavé, bendito sea?

—Más arriba...

—¿Más arriba?

Honi estalló:

—¿Te burlas de nosotros? ¿Qué hay más arriba de Dios?

El Galileo fue sincero, muy sincero... Demasiado, según mi corto entender:

—Yavé no fue Dios...

Las caras eran de espanto.

—Yavé fue otro enviado. Pero eso es historia. Ahora, lo que cuenta, es la esperanza que os ofrezco.

—¿Esperanza? —Honi no acertaba con las palabras— ¿Es que hay algo más importante que la derrota de los hijos de las tinieblas?

Deduje que hablaba de los *kittim* (romanos).

—¿A qué esperanza te refieres? —bramó otro de los esenios.

—Hablo de la única esperanza que importa: la vida tras la muerte...

—¿Y qué sabes tú de eso?

—Yo seré muerto por los *kittim,* pero me levantaré al tercer día.

Silencio absoluto. Nadie entendió el alcance de las proféticas palabras de Jesús de Nazaret.

Los esenios se miraron, desconcertados. Sus pensamientos gritaban: «¡Es un loco!»

—¿Y ese Padre Azul —intervino otro de los esenios— te ha enviado para proclamar que hay vida tras la muerte?

Jesús asintió con el rostro grave.

—Pero eso ya lo sabemos —añadió el esenio—. Lo dice la Ley y nuestros sabios...

—Lo que no dice la Ley —le corrigió el rabí— es que seréis inmortales hagáis lo que hagáis y penséis lo que penséis.

—Eso es imposible e injusto —declaró Honi, muy enfadado—. Los romanos y los infieles pagarán...

—Nadie pagará —cortó el Maestro—. Esa es la verdadera Ley. Nadie será juzgado por lo que eligió.

—Ellos, los romanos, ¿también se salvarán?

La pregunta de Honi quedó en el aire, cargada de plomo. Los discípulos —especialmente Juan Zebedeo, el Iscariote, y Simón, el Zelota— defendían la postura del esenio. Los malditos *kittim* tenían que pagar...

—Todos estáis destinados al Paraíso —y el Galileo repitió la frase, deletreándola con especial énfasis—. Todos estáis destinados al Paraíso...

Hizo una breve pausa y, a media voz, declaró:

—... De momento.

No comprendieron. No comprendí. ¿Qué quiso decir? ¿De momento?

Y Honi siguió a lo suyo:

—Pero Yavé, bendito sea su nombre, vendrá a juzgar a los impuros. Así lo dice la Ley...

Jesús fue duro y claro:

—No confundas la voluntad del Padre Azul con los intereses de los hombres. Esa Ley a la que te refieres fue manipulada por los que la escribieron. Dios no vendrá a juzgar a nadie. Es más: ni siquiera vendrá...

Los esenios se miraron, irritados. Y Honi preguntó:

—¿También niegas el Juicio Final?

—No habrá Juicio Final. No es necesario.

La verdad es que empezaba a divertirme...

—¡Eso es blasfemia!

Allí terminó la conversación. Honi y el resto se alzaron y, sin despedirse, se alejaron del campamento.

«Otra batalla perdida», me dije.

El 27 de mayo del año 27, martes, volvió a suceder...

Hacia las 18 horas, faltando unos treinta minutos para la puesta de sol, quien esto escribe se hallaba en la cocina de campaña, colaborando en los preparativos para la cena.

El Maestro acababa de regresar de la cascada Perdida. Había dedicado la jornada a «conversar» con Ab-bā.

Todo aparecía tranquilo o, mejor dicho, aparentemente tranquilo...

Sigal, la hechicera, continuaba con sus inútiles encantamientos, clavando toda suerte de agujas en el muñequito de cera. Ya nadie le prestaba atención.

Y, como digo, cerca ya del ocaso, se presentó aquel hombre.

Era un beduino joven y fuerte.

Cargaba en los brazos a una mujer, también *badawi* (beduina).

Se llamaba Zswina («la bella»).

Y preguntó por el «hacedor de maravillas».

Lo necesitaba. Eso dijo.

Andrés, el jefe del campamento, se hizo cargo del asunto y preguntó por qué deseaba hablar con el Galileo.

El joven depositó a la mujer en el suelo y se explicó.

Zswina era su madre. Hacía años que no era capaz de desenvolverse por sí misma. Caminaba como los borrachos. No podía sostener un plato entre las manos. Hablaba con torpeza, y cada vez peor.

El instinto me previno. Algo estaba a punto de suceder...

Lo dejé todo y me aproximé a la señora. La examiné detenidamente.

Había sido muy bella. Tenía los ojos marrones y achinados y una sonrisa delicada. Era de pequeña estatura, delgada, y con los cabellos rubios recogidos en un moño. Vestía una brillante túnica azul.

Me miró, inquieta. Y percibí un acusado nistagmo en ambos ojos (movimientos oculares súbitos).

La tranquilicé y seguí preguntando al hijo.

Por los datos aportados por el muchacho deduje que la beduina padecía una *ataxia* («sin orden», en griego); es decir, una enfermedad degenerativa que provoca la descoordinación de los movimientos musculares. Dicha descoordinación afectaba a brazos, piernas, manos, dedos, ojos y mecanismo de tragado.

Hubiera necesitado la participación de los «nemos» para confirmarlo, pero el dictamen parecía evidente.

Pensé también en una «atrofia multisistémica»[1] —que englobaría tres síndromes: degeneración estrio-

[1] No se conoce la etiopatogenia de la «atrofia multisistémica» (AMS). De haber utilizado los «nemos», lo más probable es que —a nivel macroscópico— hubieran aparecido una atrofia masiva y la coloración anormal del putamen junto a la despigmentación de la sustancia negra. Cuando la atrofia olivo-ponto-cerebelosa esporádica es evidente, las olivas bulbares aparecen reducidas de tamaño, el pie de la protuberancia se hace agudo y el volumen de cerebelo se reduce. El rasgo histológico más notable es la presencia de inclusiones argirófilas intracitoplasmáticas en las células gliales (contienen alfa-sinucleína y ubicuitina). *(N. del m.)*

nígrica, atrofia olivo-ponto-cerebelosa esporádica y síndrome de Shey-Drager— pero la imposibilidad de penetrar en su cerebro me hizo dudar.

Sea como fuere, el mal era irreversible y letal.

Pregunté cuánto tiempo hacía que presentaba aquellos síntomas y el hijo aclaró que unos siete años. Era, más o menos, lo establecido por los neurólogos. El mal da la cara cuando el paciente ronda los cincuenta y cinco años y tiene una duración que oscila entre siete y nueve años. Zswina estaba llegando al final... No tardaría en morir. El cerebelo, probablemente, se hallaba dañado.

Ante la curiosidad general me atreví a llevar a cabo una serie de sencillas pruebas que confirmaron la «ataxia» o la «atrofia multisistémica». Zswina era zurda. Así que situé su dedo índice izquierdo frente a su rostro y solicité que se tocara la punta de la nariz. Obedeció, pero no logró alcanzar la nariz. El dedo terminaba siempre en la boca, en los ojos, o en las mejillas.

Después le mostré un vaso de madera y rogué que lo tomara. La mujer se esforzó, pero no hubo forma de que se hiciera con él. La mano llegaba con violencia, y derribaba el vaso, o no llegaba. En algunos momentos, al tratar de aprehenderlo, el temblor de la mano se hacía especialmente intenso, imposibilitando la sencilla operación.

Lo tuve claro: la mujer padecía una temida «ataxia». Los cien mil millones de neuronas del cerebelo estaban muriendo.[1]

[1] Era más que probable que las células mayores, y más importantes, las llamadas «de Purkinje», sufrieran un deterioro irreversible. Estas células son las únicas neuronas de la corteza cerebelosa que, mediante sus largas prolongaciones, envían señales al interior del ce-

Terminé la breve inspección y, pensativo, me retiré de nuevo a la cocina.

Felipe me interrogó. ¿Qué sucedía?

Le expliqué —como pude— el mal que padecía la beduina y ahí quedó el asunto.

Felipe coincidió conmigo: «Eso tiene mala cara...».

Y el joven *badawi* permaneció junto a las tiendas, suplicando la presencia del rabí de Galilea.

—¡Solo necesito que la toque! —gritaba en árabe—. ¡El Maestro la curará!

Y de los gritos pasó a las lágrimas. El silencio en el campamento fue total. Todos nos conmovimos. ¿Qué podíamos hacer?

Y todos volvimos las miradas hacia la tienda de pieles de cabra del Hijo del Hombre. Pero Jesús no terminaba de salir.

Estuve seguro. Todos lo estábamos. El Maestro estaba oyendo las súplicas del joven beduino. A no ser que estuviera dormido... Pero no. El rabí no solía dormir antes de la cena. Él sabía lo que estaba sucediendo...

Fue entonces, ante la sorpresa general, cuando Sigal, la hechicera de los hermosos ojos color violeta, abandonó los círculos concéntricos y se dirigió a la mujer impedida.

Llevaba en las manos una escudilla de madera.

Seguí los movimientos con curiosidad.

¿Qué se proponía?

Regresé junto a Zswina y comprobé que la escudilla contenía barro; el barro negro del mar de la Sal, tan abundante y apreciado por mujeres y hombres.

---

rebelo; desde allí salen hacia el cerebro, en especial a la corteza motora (responsable de las órdenes motoras). *(N. del m.)*

Sigal tomó una porción de la arcilla y, canturreando algo sobre la Estrella Matutina, fue a embadurnar la cara de la asombrada *badu*. Pintó una raya en la frente, paralela a las cejas, y otras dos en las mejillas; una a cada lado de la nariz.

El hijo, igualmente perplejo, dejó de gritar y llorar. Algunos discípulos, con Andrés a la cabeza, se acercaron, curiosos, hasta la bruja.

Y la hechicera arreció en sus cánticos:

—¡El barro es la vida! —cantaba. — ¡Él te devolverá la salud que perdiste por tus malas obras!...

¡Qué disparate! Zswina no estaba enferma por sus malas obras... Y Sigal prosiguió:

—¡Por la brillante Estrella Matutina, yo te conjuro!... ¡Maldito «žnun», sal de ella!

Y, cuando se disponía a untar la cara de la beduina por segunda vez, una mano detuvo los dedos de Sigal.

¡Era el Maestro!

No lo vimos llegar...

Tomó la escudilla con el barro negro y la depositó —despacio— en el suelo.

Sigal, contrariada, se alzó y se alejó en silencio.

Después, arrodillándose frente a Zswina, el Hijo del Hombre acarició los cabellos de la mujer y le regaló su mejor sonrisa. Se aproximó al bello rostro de la beduina y le cantó en árabe:

—*Shukran!!... Ituwwel 'emr-k!!* («Que Él te alargue la vida»).

Fue instantáneo.

La penumbra del atardecer retrocedió y todo, en el campamento y alrededores, se volvió azul.

No supimos o no quisimos reaccionar. Ya sabíamos lo que aquello significaba...

Y nos miramos, incrédulos. Ropas, caras, manos, tiendas, tierra... ¡Todo lucía una viva luminosidad azul!... ¿Qué estaba pasando? ¡Qué pregunta tan idiota!...

El «rayo azul» —sin trueno— se prolongó durante diez segundos.

Fue en esos instantes cuando percibí un extraño cosquilleo en manos y pies.

Después, todo volvió a la normalidad. La luz se extinguió y noté un intenso y delicado olor a mandarina, el perfume que este explorador asociaba con el amor.

El Maestro, sin perder la sonrisa, tomó a la beduina de la mano y la ayudó a incorporarse.

¡Dios bendito!

¡Zswina aparecía sanada!... ¡Caminaba sin tropiezo!... ¡Se movía ágil y segura, sin ayuda de nadie!... ¡Los movimientos erráticos de los ojos también desaparecieron!... ¡El pulso era firme!...

Y la beduina, desconcertada, corrió hacia el hijo, abrazándole entre lágrimas y risas. Los dos lloraron. Todos lloramos, asombrados.

Jesús giró sobre los talones y se encaminó a su tienda. Al pasar frente a este explorador me guiñó el ojo derecho.

Mensaje recibido.

Lástima... Los esenios no estaban allí.

Esa noche traté de racionalizar lo ocurrido. Imposible.

Una vez más me encontré atado de pies y manos. La sanación de Zswina era algo imposible para la ciencia. ¡Alguien había regenerado cien mil millones de neuronas y en diez segundos!... Pensé, incluso, en el barro negro de Sigal. Sabía que esa arcilla del mar de la Sal disfruta de propiedades terapéuticas.[1] Pero rechacé la idea. ¡Qué absurdo! El barro no tuvo nada que ver con la desaparición de la «ataxia». El barro no tuvo acceso al interior del cerebelo de la beduina. Y aunque lo hubiera tenido...

Sencillamente, me rendí a la evidencia. La mujer estaba curada y sin rastro alguno de la dolencia. La ciencia del siglo XX no habría podido explicar lo ocurrido en En Gedi ni en mil años...

El Maestro, una vez más, fue misericordioso con sus criaturas. Eso era todo.

Al retornar a la «cuna» intenté hallar alguna explicación para la misteriosa luminosidad azul que solía preceder a los portentos y sanaciones del Hijo del Hombre.

Tampoco encontré una respuesta medianamente seria y científica.

«Santa Claus» señaló la radiación de Cherenkov como una hipotética solución. En palabras sencillas: alguien provocaba una radiación electromagnética de color azul. La radiación podía estar ocasionada por el paso de partículas cargadas eléctricamente. No me convenció. Además, ¿quién y por qué necesitaba de esa radiación antes de un prodigio?

Lo sé: no sabemos nada...

Y decidí salir de aquel laberinto. Lo importante, una vez más, no era el cómo...

¡Ah!... Por cierto, a partir de esa noche (más exactamente desde el «rayo azul»), *Zal* también recuperó la vitalidad. Los vómitos y las diarreas desaparecieron.

[1] El 80 por ciento de los componentes sólidos del barro negro del mar Muerto son minerales y vegetales. Ni la calcita, la dolomita, el cuarzo, el feldespato y los minerales arcillosos (mica, montmorillonita y caolinita) están capacitados para curar una «ataxia». *(N. del m.)*

Como decía el Maestro, quien tenga oídos que oiga...

Al día siguiente, 28 de mayo (año 27), por consejo del prudente Andrés, partimos hacia la ciudad refugio de Hebrón, al oeste, a poco más de treinta kilómetros.

Eso representaba un día de marcha; como mucho dos.

Entre la secta de Qumrán, el Galileo había empezado a cosechar nuevos enemigos. Cualquiera podía irse de la lengua y delatarle. Convenía alejarse de la zona.

Seguimos el cauce del *wadi* Arugot.

Sigal, la bruja, nos seguía a cierta distancia. Y me pregunté más de una y más de dos veces: «¿Qué pensaban hacer con la hechicera?»

La travesía del desierto de Judá fue rápida y sin incidencias.

Como consecuencia del sofocante calor —alrededor de 40 y 45 grados Celsius— nos veíamos obligados a caminar, únicamente, en las primeras horas de la mañana (entre el alba y la sexta: mediodía). El resto lo pasábamos en las cuevas o en las proximidades de las escasas fuentes.

Y el 29 de mayo, jueves, dejamos atrás las sufridas aldeas de Banu Na'im y Kiryat Arba'.

El paisaje cambió. El desierto de Judá permaneció en la lejanía, como un mal recuerdo. Y entramos en la cadena montañosa de Hebrón: más de quinientas colinas, con una altura media de 900 metros; valles recogidos y fértiles; cien manantiales; aire puro; bosques gigantescos; ganado por doquier; cientos de grutas y caseríos perdidos en las laderas de los montes.

Y aquí y allá, diminutas aldeas de piedra gris —laboriosas y mudas— con largos penachos de humo y arriesgados tejados de madera, a dos aguas.

La población era mayoritariamente *badu* (beduina).

Por precaución esquivamos la cercana ciudad de Hebrón. Era el primer sitio en el que habrían buscado los levitas, la policía del Templo de Jerusalén.

Y Tomás, responsable de los itinerarios de los viajes, recomendó caminar hacia el noreste, al encuentro de la sagrada cueva de Machpela, a escasa distancia de la ciudad refugio.

Así lo hicimos.

Alcanzamos el lugar a la hora quinta (once de la mañana) del citado 29 de mayo.

La gruta de Machpela se abría en la cima de una colina de 1020 metros, rodeada de espesos e interminables bosques. Era célebre porque en ella reposaban los restos de algunos de los grandes patriarcas judíos. A saber: Sara, Abraham, Isaac, Rebeca, Lía y Jacob. Abraham Avinu («Abraham, nuestro padre») —así lo llamaban— era considerado como el «primer judío», aunque todo el mundo sabía que era mesopotámico. Concretamente de la región de Ur. Actual Irak. Tras emigrar con su padre —Teraj— a la zona de Haran, Abraham decide viajar hacia el sur, hacia Canaán. Un ser de luz se le presentó tras la muerte de Teraj y le propuso marchar hacia una tierra de leche y miel. Abraham tenía setenta y cinco años. Hacia 1980 antes de Cristo, el clan de Abraham se establece en Siquem. Y de allí viajan hasta Hebrón. Sabiendo que su muerte estaba próxima, Abraham compra un encinar a Efrón, el hitita, por un total de 400 siclos de plata. Así lo relata el Génesis (23, 8-16). Allí se encuentra la cueva de Machpela y Abraham la prepara para su sepultura. Siglos después, el rey Herodes el Grande —tan sanguinario como buen constructor— cubre la cueva con un recinto suntuoso. Las paredes, integradas por gigantescos bloques, se alzan a 13 metros de altura. El santuario forma un paralelogramo rectangular de 59 por 34 metros. Los muros eran impresionantes: 2,65 metros de grosor. El paso del tiempo había proporcionado a los bloques una pátina suave que brillaba al sol como el oro viejo.

Un camino muy cuidado unía el santuario con la ciudad de Hebrón. Después, decidido, se aventuraba entre los bosques, buscando la ciudad de Jerusalén, a poco más de treinta kilómetros.

El tránsito de hombres y carros era incesante. Hasta la cueva de Machpela llegaban judíos de todo el país y, sobre todo, de la diáspora.

Alrededor de veinte sacerdotes, con sus ayudantes, se turnaban en el cuidado y en la custodia del lugar. Quizá, tras la Ciudad Santa (Jerusalén), Machpela era la referencia más sagrada de Israel.

Quedé maravillado.

En el interior, rodeados de tímidas candelas y de un silencio de plomo, se alineaban seis féretros de piedra. Los de los hombres —Abraham, Isaac y Jacob— aparecían cubiertos por sendos mantos verdes, bordados en oro. Los de las mujeres —Sara, Rebeca y Lía— eran de color púrpura.

El carro y el campamento fueron ubicados a cierta distancia del santuario y del camino, entre los bosques.

El lugar, aparentemente tranquilo, se hallaba perfumado por cientos de terebintos.

No lejos cantaba un manantial joven y nervioso.

Esa tarde del jueves, 29 de mayo (año 27), los gemelos de Alfeo se acercaron a Andrés y le contaron un extraño sueño; mejor dicho, una pesadilla. La habían tenido la noche anterior. Curiosamente, ambos soñaron lo mismo. Se vieron en las aguas de Kursi —su ciudad—, en la costa oriental del *yam* o mar de Tiberíades. En los sueños, las mujeres e hijos de los Alfeo gritaban con desesperación. Se ahogaban...

Aquello inquietó a los humildes y siempre silenciosos gemelos y, naturalmente, a los supersticiosos discípulos.

Andrés habló con el Maestro y ambos decidieron enviar al *yam* a Bartolomé, responsable del cuidado de las familias durante las giras de predicación. Hacía mucho que no tenían noticias de las esposas e hijos. Judas Iscariote lo acompañaría. En aquel tiempo, como mencioné en su momento, los parientes que dependían —económicamente— del grupo apostólico sumaban 34 personas. Es decir: 34 problemas...

Y así fue. El 30 de mayo, viernes, el Oso y el Iscariote se perdieron por el camino principal, rumbo a Jerusalén. Desde allí caminarían hacia el norte, siguiendo la margen derecha del río Jordán.

Eso significaba que los discípulos permanecerían ausentes durante una o dos semanas.

Andrés reunió a la tropa y, por consejo del Galileo, recomendó paciencia y silencio. Nada de predicación. Ninguna visita a la ciudad de Hebrón. Deberíamos esperar el regreso de Bartolomé y de Judas. Después, ya veríamos...

Y empecé a maquinar un plan.

Tenía tiempo de sobra.

Pero antes fui testigo de algo terrible.

En la mañana del sábado, 31 de mayo (año 27), algo aburridos, Pedro, Juan Zebedeo y Simón, el Zelota, tuvieron la idea de visitar el no menos célebre encinar de Mamré. En dicho bosque, según la tradición, Abraham había visto llegar a dos ángeles (otros hablaban de tres). Eran altos y vestían de blanco, con pantalones ajustados, al estilo de los persas. El patriarca los invitó a comer y uno de los ángeles le hizo saber que Sara, su esposa, tendría un hijo en breve.

Según Tomás, el encinar en cuestión se encontraba hacia el noreste, no muy lejos. El lugar era conocido como Ramet el-Jalil o la colina del Amigo.

La tradición había convertido esos bosques en otro lugar de peregrinaje. La gente acudía hasta las encinas y colgaba ropas y cintas de colores en las ramas; tanto en solicitud de favores como en cumplimiento de las promesas recibidas.

Me pareció una bonita excursión...

Me equivoqué.

El Maestro se había retirado a las profundidades del bosque que nos acogía. *Zal* se fue con Él.

Y Tomás y quien esto escribe decidimos unirnos a los aventureros. Allí, en el campamento, había poco que hacer.

Partimos hacia la tercia (nueve de la mañana), con la recomendación de Andrés de que fuéramos prudentes y, sobre todo, de que no mencionáramos la presencia del Hijo del Hombre en la zona. Pedro habló por todos y juró que estaríamos de vuelta antes del ocaso.

También se equivocó.

El retorno fue mucho antes..., y catastrófico.

Dejamos atrás algunas de las alturas y, guiados por Tomás, fuimos a parar a un poblado llamado Elon

Shevut. Allí confirmaron que nos hallábamos muy cerca del encinar de los ángeles. Ellos —beduinos— lo llamaban la colina Amarilla.

En efecto, al poco iniciamos el ascenso. Se trataba de un monte de 967 metros de altura, habitado por miles de encinas comunes (la heroica *Quercus calliprinus*) y los aromáticos terebintos (*Pistacia palestina*). Un caminillo casi invisible nos condujo a la cima.

¡Qué delicia!... La cumbre —redondeada— se cubría con un manto amarillo, de pura marga. Las encinas habían conquistado la pequeña planicie, respetando, únicamente, un calvero de cuarenta o cincuenta metros en el que suspiraba una familia de rocas azules.

Pero, ¡sorpresa!... No éramos los únicos en la cima de la colina Amarilla.

Sentada en una de las lajas aparecía Sigal, la hechicera.

¿Cómo llegó al lugar?

Aquella mujer era un misterio...

Nos aproximamos y saludamos.

La bruja nos miró, pero no respondió.

Había dispuesto a sus pies una pequeña cántara, con una miel rubia y espesa. En los costados de la hechicera de Giló ardían dos teas. Supuse que llevaba tiempo en la cumbre. Las antorchas aparecían medio consumidas.

Y siguió canturreando uno de sus maleficios contra el Hijo del Hombre.

Pedro y el resto terminaron ignorándola y volvieron al encinar, buscando los árboles sagrados.

Yo me fui tras ellos.

Así transcurrieron los minutos; quizá una hora. Calculo que, cuando sucedió lo que sucedió, podía ser la quinta (once de la mañana).

Finalmente, Tomás encontró lo que buscaban: una enorme encina centenaria de cuyas ramas colgaban cíngulos y túnicas de colores. A su alrededor aparecían vasijas y cuencos de madera, repletos de frutas y nubes de moscas.

Pedro y Juan Zebedeo acariciaron la corteza del árbol y se arrodillaron.

Pedro lloraba.

Pero, al poco, Tomás llamó nuestra atención y señaló hacia el calvero.

Nos encontrábamos a cuarenta o cincuenta pasos de la bruja.

¡Vaya!... Me eché a temblar.

En la linde del bosque se había presentado un osezno, una cría de oso.

No tendría más de cinco meses.

Y digo que me eché a temblar porque, por lo general, detrás de un osezno llega siempre el resto de la familia...

La cría, desconfiada, olfateó el aire. No había viento.

Sigal continuaba sentada sobre una de las piedras, con los ojos cerrados, y los brazos en alto, entonando hechizos.

Tomás hizo una señal, reclamando silencio. Y nos parapetamos detrás de los árboles.

Acaricié la parte superior del cayado y me preparé. Algo me decía que aquello podía terminar mal, muy mal...

No me equivoqué.

Y el osezno, de pelo negro y apretado, fue acercándose y husmeando entre las sorprendidas rocas azules.

Finalmente localizó la cántara, olfateó en todas direcciones y, feliz, terminó volcando el recipiente, y devorando la apetitosa miel.

En esos instantes, la bruja abrió los ojos y contempló la escena. Y, sin meditarlo, se alzó, tomó una de las antorchas y la lanzó —furiosa— contra el osezno. En fuego terminó entre los cuartos traseros del animal y, muy posiblemente, lo quemó.

La cría lanzó un chillido y huyó, a la carrera, hacia las encinas que se alzaban al otro lado del calvero.

Sigal regresó a la roca y volvió a sentarse, reiniciando los cánticos.

No me equivoqué...

Dos minutos después vimos aparecer aquella mole en el lindero del bosque.

Era el padre o la madre del osezno.

El animal medía más de dos metros. Era negro, con una cabeza enorme, un hocico alargado y blancuzco, y unas garras blancas, de unos diez centímetros, afiladas como navajas de barbero. Los ojos eran dos puntos negros y amenazantes. Podía pesar entre 200 y 300 kilos.

Acaricié los ultrasonidos...

Pero no tuve tiempo de disparar.

Todo fue muy rápido.

El oso, de pronto, se lanzó al galope sobre la hechicera.

El corazón se detuvo...

Tres segundos después, Sigal era violentamente derribada por aquel monstruo.

Y el plantígrado lanzó un zarpazo sobre la cabeza de la mujer.

Sigal quedó inconsciente. Creo que no supo lo que estaba sucediendo.

Pensé que era el final de la bella hechicera de los ojos violetas...

Pero no.

En esos instantes, en un arranque que le honra, Simón, el Zelota, saltó al calvero y, espada en mano, corrió hacia el oso, gritando como un loco.

El animal giró la cabeza y olvidó —momentáneamente— a la mujer. Eso la salvó...

Se puso en pie, alzó los brazos, y rugió, furioso.

Fue lo último que hizo.

En segundos, el hierro que empuñaba el discípulo quedó sepultado en el pecho del oso, rompiéndole el corazón.

Y el animal se desplomó, muerto.

En la caída arrastró al bravo Zelota.

Los íntimos y este explorador corrimos hacia el calvero.

¡Dios bendito!... Había sangre por todas partes.

El Zelota tenía los ojos muy abiertos. Pensé que aquella mole lo había reventado. Pero no...

Retiramos al animal y el discípulo quedó liberado. Se hallaba bien, aunque contusionado.

Temblaba como una hoja.

Y, sin mediar palabra, tomó la empuñadura del *gladius* y desenterró la espada. Después procedió a limpiar la hoja en el pelo de la osa. Era una hembra...

Examiné a Sigal.

Seguía viva, pero inconsciente.

La osa le había arrancado el ojo derecho. La cara aparecía cruzada por tres enormes y profundas heridas —paralelas—, desde la ceja derecha a la zona izquierda del mentón.

Perdía mucha sangre.

Tomás se desnudó.

Cubrió la cabeza de la mujer con la túnica e intentó taponar las heridas.

Y, sin pérdida de tiempo, cargamos el cuerpo de la infeliz, iniciando el traslado al campamento.

El descenso, por los bosques, fue un suplicio añadido.

Tropezamos y caímos en varias ocasiones, y el cuerpo desmayado de Sigal rodó por las pendientes.

Juan Zebedeo maldecía y exigía que abandonáramos a la «maldita pagana». Por supuesto, nadie le prestó atención.

No sé cuánta sangre llegó a perder...

Pero la mujer resistió.

Una hora después alcanzábamos el campamento.

Felipe se hizo cargo.

Limpió las heridas con senecio y desinfectó con tintura de árnica, aplicando compresas de lino.

«Aun así —pensé—, ¿resistirá? Las heridas eran graves. La infección no tardaría en presentarse».

Después le proporcionó una infusión de lúpulo, que actuó como relajante, y solicitó que la dejáramos descansar.

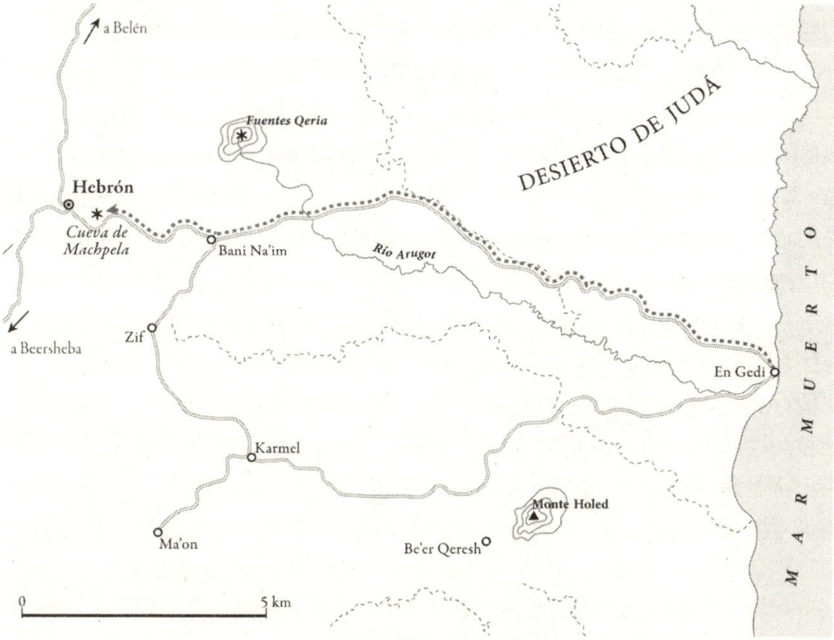

Camino desde el oasis de En Gedi a las proximidades de la cueva de Machpela, cerca de Hebrón.

Con el ocaso regresó el Galileo.

Andrés y Felipe le pusieron al corriente y el Hijo del Hombre, tras felicitar al Zelota, se aproximó a la cocina. Allí reposaba Sigal.

Se arrodilló junto a la mujer, tomó las manos de la hechicera entre las suyas, y permaneció a su lado, en silencio, durante un largo rato.

La mirada del Maestro se iluminó.

Por un momento pensé que la sanaría.

Pero no...

Besó las manos de Sigal —dulcemente— y terminó retirándose.

Así era Jesús de Nazaret.

No odiaba a nadie; ni siquiera a los que trataban de matarlo...

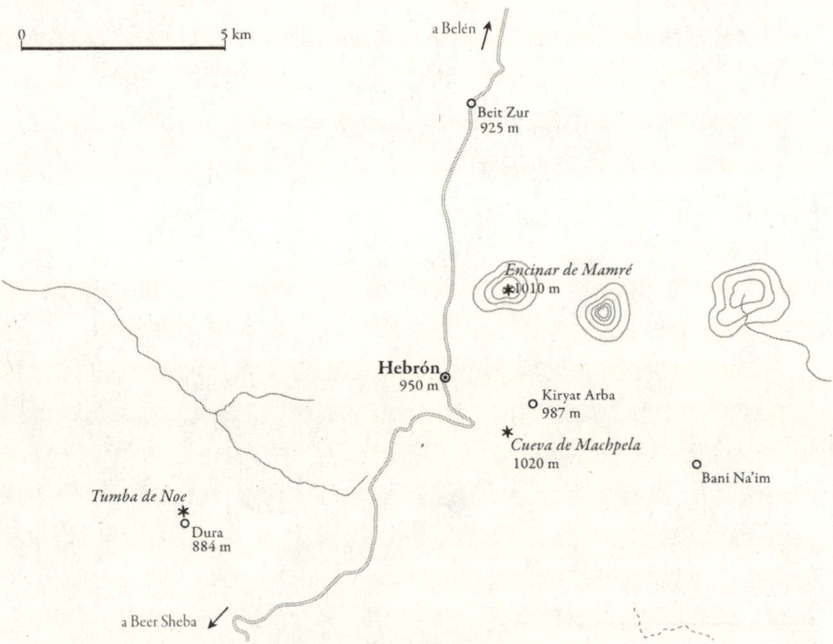

Ubicación del encinar de Mamré, al noreste de la ciudad refugio de Hebrón.

Al día siguiente Felipe solicitó permiso para retirar el cuerpo de la osa.

Acudieron a buscarlo, lo trocearon, y lo trasladaron a la despensa del campamento. La piel y las garras fueron vendidas. Y tuvimos carne durante algunos días. Felipe preparó un excelente estofado.

DEL 1 AL 7 DE JUNIO
(AÑO 27)

Y puse en marcha mi plan...

Aprovecharía esos días de obligada inactividad para intentar localizar a un pastor llamado Ezda.

Según mis noticias —recogidas en En Gedi y proporcionadas en su día por Yehohanan (alias el Bautista)— el tal Ezda acompañó al gigante de las siete trenzas durante su larga estancia en el desierto de Judá. En total, más de treinta meses. Corría el año 22 de nuestra era...

Yehohanan disponía de un rebaño de ovejas y cabras y lo pastoreaba en las proximidades del referido oasis de En Gedi. El joven Ezda podía contar unos quince años. Era el ayudante del Bautista.

Pues bien, en esos meses, al parecer, Yehohanan tuvo varios encuentros con criaturas singulares. Eso me dijo. Las llamó *hayyot* o «vivientes».

No debía concederle mucho crédito, pero tampoco quise rechazar sus asombrosas afirmaciones. Convenía investigar. ¿Eran ciertas las visiones de los *merkavah* o «carros de fuego» que aseguraba haber visto? ¿Quién le proporcionó el pergamino «323», también llamado de «la victoria»?

El domingo, 1 de junio (año 27), conversé con el Maestro y le expuse mis deseos de localizar al pastor y viajar al sur del desierto.

Escuchó en silencio, me observó con curiosidad, y me animó a marchar. Al despedirse comentó:

—Regresa, por favor, e infórmame...

Y partí temprano, en dirección norte, en búsqueda de Beit Zur, la ciudad en la que —según mis informaciones— vivía o había vivido Ezda.

Desde el campamento descendí a la calzada romana que llevaba a Jerusalén. Una hora después había recorrido los cinco kilómetros y medio que me separaban de Beit Zur. Fue una marcha cómoda.

Beit Zur o la Casa de Pedernal era una pequeña ciudad, de unos 15.000 habitantes, penosamente aupada en lo alto de un peñasco de 990 metros de altura. La Biblia la cita varias veces. Josué (15, 58) y 2 Crónicas (11, 7) hablan de ella y de la poderosa fortaleza levantada por el rey Roboan. En realidad, su nombre primitivo fue Bet Tzur o «Casa de la Roca». Era una ciudad cananea —muy antigua—, habitada desde el siglo XVIII antes de Cristo. En las guerras macabeas desempeñó un papel muy destacado. En aquel lugar, Judas venció al general Lisias. Posteriormente fue conquistada por Antíoco V Eupátor y reconquistada por los judíos bajo el mandato de Simón Macabeo. La muralla conservaba parte de su antiguo esplendor. Los muros eran asombrosos: más de dos metros de grosor. Beit Zur (así la llamaré) ocupaba un lugar estratégico, controlando los caminos que llevaban a Belén, a Hebrón y a Beer Shevá. La familia dominante en la ciudad eran los Caleb, de origen beduino. Otras tribus notables eran los Haimin y los Haqis.

La verdad es que tuve suerte, mucha suerte...

Ezda estaba vivo y residía en Beit Zur.

Era un beduino casi negro, ágil, hablador, y con una sonrisa permanentemente colgada del rostro. Tenía veintidós años. Hablaba arameo con dificultad, pero lo entendía a la perfección. Un molesto tic en los ojos lo tenía avergonzado.

Ya no era pastor. En esos momentos trabajaba como leñador en los bosques de Hebrón (un denario la jornada). Estaba casado y tenía cinco hijos legítimos (los ilegítimos eran incontables).

Necesité dos horas, mucha paciencia, y una buena bolsa de dinero para que me prestara atención. El sonido de las monedas hizo el milagro.

Le expliqué lo que deseaba y mostró gran sorpresa. Según Ezda, «yo era un griego loco y rico, pero eso le encantaba». Y se puso a mi servicio. Él conocía aquellos parajes, al sur del desierto de Judá, y sabía de otros nómadas que decían haber visto los *merkavah* o «carros volantes». Es más: aseguró que él vio «una Jerusalén volante en mitad de la noche».

No le concedí mucho crédito...

Veinte denarios de plata, por adelantado, y la promesa de otros tantos si regresábamos sanos y salvos, cerraron el trato.

Ezda apañó un jumento gris, cargó lo imprescindible, y al alba del 2 de junio, lunes, nos dirigimos al sur. Destino: el monte Holed, a 41 kilómetros de Beit Zur.

No dispuse de mucho tiempo —cuatro días—, pero supe exprimirlo.

Lo malo, como era habitual en aquellas latitudes, fue el calor. En junio, las temperaturas rondaban los 40 y 50 grados Celsius con suma facilidad. En ocasiones llegamos a los 60. La temperatura, además, era intensificada por la radiación solar. Debido a la baja humedad y a la ausencia de nubes, los rayos llegaban a tierra sin dificultad y convertían el suelo en un «radiador». Tuve que cubrir los pies y las sandalias con trapos, con el fin de evitar la ardiente arena y las piedras calcinadas. Para colmo, durante la noche, la temperatura caía en picado... Pero el gran problema —resuelto por el eficaz Ezda— fue el agua. El hombre, como los restantes mamíferos, es homeotermo; es decir, mantiene la temperatura de su cuerpo de manera casi constante: alrededor de 36 o 37 grados Celsius. Nosotros, para sobrevivir en un ambiente de 40 y 50 grados, nos veíamos obligados a perder calor mediante el sudor. Por cada gramo de agua liberado perdíamos del orden de 580 calorías. Hubo jornadas en las que cedimos diez litros de agua a través del sudor. Eso significaba, irremisiblemente, la caída de los índices de sodio, potasio y cloro. Como es sabido, la reserva de sal en el organismo es de 165 gramos. Era preciso ser muy cauto y compensar el déficit con un suministro permanente de agua. De eso, como digo, se ocupó Ezda. Él sabía...

Alcanzamos el Holed en la mañana del martes, 3 de junio del año 27.

Se trataba de una colina de yeso, destacada en una larga y estrecha cordillera. Según mis datos, 510 metros de altitud, paredes escarpadas y sedientas, y una cima en forma de trapecio, castigada por el sol y las tormentas de arena desde hacía millones de años. Un lugar poco recomendable...

Los beduinos la llamaban *tabun*, por su forma relativamente parecida a los hornos de cocción del pan.

La visión desde la cumbre era espectacular. En los días claros se distinguía la verde y pedregosa Samaría, al norte; las montañas de Hebrón, negras y misteriosas, al oeste, y el espejo azul del mar de la Sal, al este.

Dependiendo de la hora del día, las calizas, yesos, margas, arcillas y fosfatos que daban forma al Holed cambiaban de color, proporcionando al monte una lámina bellísima. A veces, el Holed era verde. A veces rosa o amarillo. A veces rojo... Era lo que los geólogos de hoy conocen por «efecto Jatrutim».

Casi en la base del Holed brotaba un manantial importante. Era un caño de agua fría y cristalina que se despeñaba a 80 metros de altura y terminaba remansándose a los pies de la colina. Allí formaba doce piscinas, intercomunicadas, que daban vida a hombres y animales. Allí crecía la caña, el junco, la lavándula, las alcaparras, las acacias enanas, la podonosma y la cizaña. Los *badu* conocían el lugar como la Gran Olla.

El lugar, como digo, era un hervidero de nómadas, rebaños y *jaimas* de todos los tamaños. Allí montamos el campamento base, junto a un corro de helechos de colores (después supe que me hallaba ante el *Pteridophyta*).

Ezda aseguró que era el lugar ideal para mis propósitos. Allí confluían beduinos de los cuatro puntos cardinales, contrabandistas de sal, pastores, pícaros e, incluso, bandoleros.

Aquella primera noche en la Gran Olla fue deliciosa: baño a la luz de las estrellas —se caían—, un fuego poderoso, una hogaza de pan caliente mojado en aceite, cordero asado, y miel. Y ella en lo alto, brillando...

Ezda me presentó a los *badu* y empezamos a conversar.

Al día siguiente, según lo previsto, recorrimos los montes Harduf, Hezron y Badar y nos adentramos en los cañones y *wadis*, peinando los remotos parajes de Zefira, Qanna'im, Ben Ya'ir, Na'ama, Aneva, Ze'elim, Zafzafa, Namer y Be'er Qeresh.

Fueron días agotadores, en los que conversé con decenas de nómadas. Los resultados fueron asombrosos.

Pero debo empezar por el principio.

En la Gran Olla vivían los Zeben, de los que me habían dado razón en Beit Sahur, la aldea próxima a Belén.

Al principio, como buenos *badu*, se resistieron a hablar. Exigían dinero. Unas monedas los calmaron.

Tihy y Sahab, como dije, eran hermanos. Una noche de los primeros días de septiembre del año menos 7, cuando vigilaban el rebaño de ovejas y cabras en las proximidades de Beit Sahur, fueron testigos de algo desconcertante. Se hallaban con su padre, Aref, ya fallecido.

—Podía ser la primera vigilia de la noche —explicaron.

Calculé entre el ocaso y las 21 horas.

—La noche era serena.

Sahab asentía con la cabeza.

—Entonces observamos que el rebaño corría de un lado para otro, muy inquieto. Y los perros empezaron a aullar. Estaban descompuestos. Miramos a todos lados, pero no apreciamos nada raro. Y pensamos en lobos.

—Entonces —prosiguió Sahab— nuestro padre nos alertó. E indicó el cielo estrellado. Entre los luceros descubrimos una ciudad que volaba…

Notaron mi escepticismo y Tihy se apresuró a jurar por sus muertos:

—¿Qué necesidad tenemos de mentir?

Traté de que puntualizaran. ¿Cómo era esa «ciudad que volaba»?

—Muy grande —respondieron a la vez— y llena de luces.

Sahab fue más preciso:

—Era como Jerusalén…

—Pero, ¿qué forma tenía?

—Redonda, como una rueda… Y fue aproximándose a los corrales. Los perros huyeron y las ovejas se aplastaron unas contra otras. Estaban aterrorizadas.

La voz de Sahab se quebró. El recuerdo de la visión no le gustaba. Pero lo animé a proseguir.

—Y la «ciudad» siguió bajando, hasta situarse sobre las copas de unos árboles. Allí permaneció un buen rato…

Traté de obtener más detalles: forma, distancia, ruido… Lo conseguí a medias. La «ciudad» no hacía ruido. Y se mantenía inmóvil sobre los robles. Los pastores se encontraban a poco más de ochenta metros.

—Las luces eran cegadoras —prosiguió Tihy—. Se veía el campo con detalle, como si fuera la hora sexta (mediodía).

—¿Qué hicisteis?

—Nada. Temblar… Imaginamos que era la «ciudad» de los *žnun*, los diablos… ¿Venían a por nosotros? Y, de pronto, los vimos llegar…

—¿A quién?

—A los *žnun*… Eran tres individuos extraños…

Tihy hizo un esfuerzo. Tragó saliva y añadió:

—Nos asustamos de verdad… No eran muy altos. Caminaban con una sola pierna…

Quedé perplejo. Aquellos pastores no tenían tanta imaginación…

—¿Una sola pierna? ¿Cómo puede ser?

—No lo sabemos... Se movían a saltos. No tenían brazos...

Poco faltó para que me levantara y olvidara la conversación. Pero algo me retuvo junto a los *badu*.

—Caminaban a saltos —insistió Sahab— y llegaron hasta nosotros, muy cerca...

—¿Cómo de cerca?

Indicó una de las retamas. Calculé tres metros. Y continuó:

—Brillaban... Todo su cuerpo brillaba. Los rostros eran preciosos, con los cabellos blancos y largos, hasta los hombros, y los ojos grandes, azules y dulces. No tenían nariz ni boca... Hablaron, pero no sé cómo lo hicieron. Sus palabras sonaban en el interior de la cabeza...

Al parecer, la posible transmisión mental fue recibida por los tres pastores. Todos oyeron lo mismo. Según entendí, escucharon una sola voz. Era lo que los judíos llamaban *bath kol* o «voces celestiales». Para los escribas y doctores de la Ley, estas «voces celestiales» eran equivalentes a las profecías. Para los fariseos y sacerdotes, el *bath kol* no significaba nada; como mucho, la locura...

—¿Y qué dijo esa voz?

—«Micael ha llegado... ¡Alegraos!»

Pocos días antes (el 21 de agosto), como fue dicho, se había registrado el nacimiento en Belén del Hijo del Hombre.

—¿En qué lengua habló?

—Primero en arameo —replicó Sahab—. Después habló en *arab* (árabe).

—Es decir —traté de aclarar—, la voz se dirigió a vosotros en dos idiomas...

Asintieron.

—¿Y qué sucedió?

—Los *žnun* se alejaron hacia la «ciudad que volaba» y no volvimos a verlos.

—¿Cómo se alejaron?

—A saltos... Los vimos entrar en la «ciudad que brillaba» y desaparecieron.

—¿Y la «ciudad»?

—Allí se quedó durante toda la noche. Al alba empezó a subir, muy despacio, y se perdió en los cielos.

—¿Y vosotros?

—Regresamos a la aldea. Nunca supimos quién era ese Micael...

En la colina llamada Badar, al sur del monte Holed, de 472 metros de altitud encontré otro testimonio desconcertante.

Una familia igualmente badu, llamada Fucara, recordaba, con toda clase de detalles, lo vivido en el mes de *elul* (agosto) del año 23 de nuestra era.

El jefe del clan —un tal Halil— hizo el siguiente relato:

—Un día se presentó en Badar un pastor loco. Dijo ser *nazir*. Era muy alto y tenía el cabello recogido en siete trenzas...

A la mente me llegó la imagen del Bautista. Y me interesé por el aspecto del «pastor loco».

—Podía tener dos metros de altura —recordó el beduino— y lucía una mariposa en la cara.

No había duda. Era Yehohanan.

—... Sus ojos eran como los de los *žnun* —añadió Halil—. Rojos y perversos... Viajaba con una colmena de colores y un ayudante. Era un pastor más joven.

Supuse que hablaba de Ezda. El joven me miró y asintió con la cabeza, en silencio. Los Fucara no supieron que el ayudante del «pastor loco» se hallaba presente. Y prosiguieron:

—El loco casi no hablaba... Dejó al acompañante y al ganado al pie de la colina y subió a la cima.

Ezda siguió afirmando con la cabeza.

—Esa noche vimos algo muy raro... Entre las estrellas apareció una muy luminosa.

Pregunté por la intensidad de la «estrella» pero no se pusieron de acuerdo. Unos aseguraban que era tan grande como una luna llena. Otros decían que mucho más grande.

Halil intentó poner orden.

—Y la estrella —se impuso finalmente el jefe del clan— empezó a bajar hacia la cumbre de la montaña.

La treintena de personas que nos acompañaba confirmó las palabras del *sheikh* con gritos, saltos, y juramentos. Y marcaban con las manos las dimensiones del objeto.

—Al caer la estrella —prosiguió el encendido Halil— toda la montaña se iluminó. Veíamos las piedras, el camino y los cañones... Badar, entonces, se cubrió con una niebla blanca y espesa. Y el pastor desapareció durante cuarenta días.

—No entiendo. ¿Cómo desapareció?

—Desapareció... No lo vimos más.

—¿Y la «estrella»?

—Suponemos que continuó en lo alto del monte. Allí la veíamos brillar, en el interior de la niebla.

—¿Cuánto tiempo permaneció la estrella sobre la cima del Badar?

—Te lo hemos dicho: cuarenta días...

Al cabo de ese tiempo —según los *badu*—, la niebla se disipó. Y vieron bajar a Yehohanan...

—Cargaba un saco largo, estrecho, y embreado —redondeó Halil—. Apestaba...

E imaginé que se refería al *megillah*, el singular pergamino que me mostró en la garganta del Firán y que conseguí analizar en la «cuna». Yo lo llamé el «323» o pergamino de la victoria. El rollo aparecía minuciosamente envuelto en un tosco tejido de arpillera.

Quedé tan desconcertado que solo acerté a guardar silencio. Y el jeque tomó aquella actitud como un insulto.

—¿Es que no nos crees?

Dije que sí, pero a destiempo.

Y Halil enumeró a sus dioses tutelares, poniéndolos como testigos. Le gritó a Lat, el peñasco cuadrado, y solicitó la muerte si no decía la verdad. Después invocó a Ouzza, el ídolo que habitaba en los árboles, y pidió la muerte de su ganado si mentía. Invocó también a Manad y a Wadd, los dioses del destino y de la amistad. Y solicitó que sus pozos se secaran si no decía la verdad.

Necesité tiempo y paciencia para convencerlo de que sí le creía.

En total, según mis cálculos, el descenso de la «estrella» sobre la cima del Badar fue presenciado por la totalidad de la tribu: 38 testigos. Y todos asistieron —atónitos— a la misteriosa niebla y al retorno del «pastor loco».

Sinceramente, no dudé de sus testimonios. Los Fucara no tenían por qué saber de la existencia del saco embreado y maloliente.

Y recapacité.

Yehohanan no había inventado ni mentido. En cierta ocasión, ante las preguntas de los escribas y los saduceos sobre el citado *megillah*, el Bautista respondió que dicho pergamino se lo había dado el hombre abeja, y en el interior de un *merkavah* o «carro de fuego». Y añadió:

—El hombre abeja lo dibujó para mí... ¡Es un *megillah* santo!...

Según Yehohanan, el hombre abeja era una *hayyot*, una criatura celeste con la que conversó en numerosas ocasiones. Según la Torá, *hayyot* (en realidad *hayiot*) es el femenino plural de *jay* (viviente), que deriva de la raíz hebrea *jayá* (vivir, ser). El profeta Ezequiel los describe en 1 ,5: «El año treinta, el día cinco del cuarto mes, encontrándome yo entre los deportados, a orillas del río Kebar, se abrió el cielo y contemplé visiones divinas... Yo miré: vi un viento huracanado que venía del norte, una gran nube con fuego fulgurante y resplandores en torno, y en el medio como el fulgor del electro, en medio del fuego. Había en el centro como una forma de cuatro seres cuyo aspecto era el siguiente: tenían forma humana. Tenían cada uno cuatro caras, y cuatro alas cada uno. Sus piernas eran rectas y la planta de sus pies era como la planta de la pezuña del buey y relucían como el fulgor del bronce bruñido...».

Según los escribas, las *hayyot* vivían en un firmamento especial, por encima del *aravot* (desierto). La longitud de ese cielo —decían— era superior a la distancia que podría recorrer un hombre, a pie, en mil quinientos años.

De regreso a la cueva de Machpela, Ezda me contó lo que había visto durante esos cuarenta días de espera al pie de la colina que llamaban Badar.

Hizo un relato prácticamente similar al de Halil y sus beduinos y añadió que, a lo largo de muchas de aquellas noches, se vio sorprendido por el vuelo —a baja altura— de infinidad de luces de colores. Las llamó *bath kol*. Eran muchas —más de cien— y grandes como melones. Las había rojas, azules, amarillas y blancas. Se aproximaban a él y a las ovejas y permanecían un tiempo sobre sus cabezas. Después se alejaban hacia la cima de la montaña.

En esos cuarenta días, tres ovejas aparecieron misteriosamente muertas, sin una gota de sangre, y con unos extraños orificios en el cuello. A una de ellas le arrancaron la lengua. El pastor no supo qué había sucedido.

Cuando pregunté por qué había esperado el regreso de su amo durante tanto tiempo, Ezda respondió con algo que me dejó atónito:

—Las luces de colores hablaban...

—¿Hablaban?

El muchacho asintió. Y aseguró que no estaba loco.

—Yo las oí muchas veces —añadió—. Se paraban sobre mi cabeza y escuchaba una voz. Decía: «¡Espera a tu amo!».

Según Ezda, a su regreso, el Bautista le habló —no mucho— sobre su estancia en la cima del monte. Dijo que había entrado en un *merkavah* de oro y plata. Y allí lo mantuvieron durante muchos días. Le extrajeron sangre por los tobillos y lo alimentaron con miel y con un líquido de color azul. Después le hablaron sin hablar. En el interior —eso dijo— vio a los hombres abeja. Eran muy altos, más que Yehohanan, y tenían las cabezas como los insectos. Vestían túnicas negras y las manos eran como pinzas, sin dedos. Antes de abandonar el «carro de fuego», uno de los hombres abeja le entregó el «323», guardado en el saco embreado.

Y en el interior del *merkavah* dijo haber visto una «pintura que se movía». Se hallaba en una de las paredes.

No entendí y solicité más información, pero el pobre pastor no pudo aclarar el enigma.

¿Una pintura que se movía? Y pensé en una pantalla de televisión... Pero no estoy seguro.

—En ella —prosiguió Ezda— mi amo vio un cielo negro y estrellado. Y en él, una roca enorme que volaba... Miles de luces la escoltaban. Los hombres abeja dijeron que se trataba de Gog, un peñasco que terminaría con los impíos.

Entonces entendí el porqué de las repetidas filípicas del Bautista, en las que amenazaba con aquella roca...

¿Gog?... ¿Un gran meteorito? ¿Le fue mostrado a Yehohanan en el año 23 de nuestra era? ¿Sabían los hombres abeja que se acercaba a la Tierra? Y la cuestión más intrigante: ¿qué tenía que ver el pergamino «323» con la llegada de esa roca?

Retornamos al campamento, cerca del santuario de Machpela, al atardecer del 7 de junio (año 27).

Tuvimos suerte...

Ezda recibió el salario estipulado y se despidió de este explorador con lágrimas en los ojos. Nunca había vivido una aventura tan excitante...

Yo, sinceramente, seguía desconcertado. Lo vivido al sur del desierto de Judá quebró mis estúpidos esquemas mentales...

Y tuve que reconocer algo.

En mis diarios había cometido un error; mejor dicho, una injusticia.

En una de mis conversaciones con María, la Señora, al relatar lo ocurrido aquel 21 de agosto del año menos 7 (fecha del nacimiento de Jesús), llegué a escribir: «... Por supuesto, aunque cae por su propio peso, durante el parto (de María) no hubo ningún animal (los tradicionales buey y asno) en el recinto. Y siento defraudar igualmente a los que siempre creyeron en las "apariciones" de los ángeles a los pastores de las cercanías de la aldea de Belén. Por las informaciones de María, salvo sus amigos y parientes, nadie extraño acudió a conocer al Niño. El evangelista Lucas, al parecer, se sacó de la manga toda esa bella historia de los "coros celestiales" y del "anuncio a los referidos pastores"».

Rectifico. Lucas llevaba razón. Según mis investigaciones, sí hubo ángeles..., aunque algo extraños. Nunca pensé en criaturas celestiales ¡con una sola pierna!

Algún tiempo después, cuando Eliseo, mi hermano, supo de mis correrías en aquella región del sur del desierto de Judá, me advirtió sobre un dato que, sinceramente, había pasado inadvertido para quien esto escribe.

Eliseo, experto en kábala, señaló las altitudes de tres de las colinas en las que tuvieron lugar los extraordinarios hechos ya relatados y sonrió, asombrado.

Me explico.

Esas altitudes eran las siguientes: Hezron (556 metros), Badar (472) y Harduf (454).

Reducidas dichas cifras a un solo dígito (5 más 5 más 6 = 16= 1 más 6 = 7), (4 más 7 más 2 = 13 = 1 más 3 = 4) y (4 más 5 más 4 = 13 = 1 más 3 = 4) se obtenían dos números: «744» y «447» (dependiendo de cómo se contemplase el resultado).

Pues bien, en kábala, «744» equivale al término «guiado».

Por su parte, «447» tiene el mismo valor numérico que la palabra «Dios».

Quedé nuevamente desconcertado.

Y Eliseo procedió a «leer» la simbología de las citadas tres alturas:

—¡Guiado por Dios!

Y me felicitó.

Según él, este explorador fue guiado por los cielos en mi aventura en el desierto de Judá.

No lo dudé...

Recorrido del mayor y Ezda por el sur del desierto de Judá.

DEL 8 AL 26 DE JUNIO
(AÑO 27)

Bartolomé, el Oso de Caná, y Judas Iscariote regresaron el lunes, 9 de junio del año 27 de nuestra era.

Nosotros lo hicimos dos días antes.

Sí, llegué a lo justo...

En efecto, había inquietud entre las esposas y familiares de los discípulos. Los sueños de los gemelos Alfeo fueron premonitorios. La orden de caza y captura del Maestro, por parte del Sanedrín, alteró los ánimos de las mujeres que esperaban a orillas del mar de Tiberíades. La captura de Jesús podía significar la prisión para los íntimos..., o algo peor. Era lógico que estuvieran preocupados.

No fue, por tanto, un problema de dinero; esta vez no...

El Oso hizo lo que pudo, que no fue mucho. Y las esposas exigieron que «terminara aquella locura». Querían a sus hombres con ellas, en el *yam*. Estaban dispuestas a reunirse de nuevo con el Maestro y dialogar. Bartolomé aseguró que estaban furiosas.

Andrés, el jefe, prometió estudiar el asunto y fijar una fecha para esa reunión en el lago. Todos estuvieron de acuerdo. Jesús no participó en las conversaciones. Y dio por bueno lo acordado por la mayoría.

Y ese mismo lunes, 9 de junio, Andrés dio la orden de levantar el campamento.

¿Hacia dónde se dirigían? ¿Cuáles eran los planes del Galileo? ¿Debíamos seguir huyendo? ¿Volverían al *yam* con sus familias?

Nada de eso.

Los deseos del Maestro señalaron en otra dirección.

Y todos quedamos sorprendidos.

¡Jerusalén!

Los íntimos, perplejos y asustados, discutieron entre ellos.

¿Jerusalén?

El Sanedrín apresaría al Hijo del Hombre...

—No podemos ser tan estúpidos —gritaban—. ¡Jerusalén no!

Pero nadie consiguió convencer al rabí.

Andrés y la *tabbah* se reunieron con Jesús e intentaron hacerle ver los graves inconvenientes que encerraba una visita a la Ciudad Santa.

El Galileo escuchó y, con el rostro grave, replicó:

—Es la voluntad del Padre Azul...

Punto final.

Y a la hora sexta (mediodía) nos pusimos en camino.

Sigal, la hechicera, fue trasladada al *reda* cubierto.

Las heridas mejoraban. Felipe había conseguido frenar la infección. La mujer seguía muda. Solo sabía llorar.

Esa noche acampamos cerca de la aldea de Beit Sahur. Y la familia de Sigal se hizo cargo de ella. Andrés explicó lo sucedido y los *badu* se alejaron, en silencio; un preocupante silencio... ¿Volveríamos a verla? Por supuesto, y antes de lo que imaginaba.

Al día siguiente divisamos Jerusalén. Parecía una gacela, reclinada entre colinas.

Los discípulos temblaban.

Muchos de ellos dispusieron las espadas y las ocultaron bajo las túnicas.

Pelearían. Esa fue la consigna entre los íntimos. Pelearían por su Maestro. No consentirían que las malditas castas sacerdotales le pusieran la mano encima.

Pelearían hasta la muerte...

Jesús —lo sé— leía en sus corazones. Pero se mantuvo al margen.

Al llegar a Betania, Andrés dio una escueta orden: el carro cubierto y *Zal* se quedarían en la hacienda de Lázaro. El resto continuó hasta la base del monte de los Olivos o de las Aceitunas.

Creí entender. El Maestro —dadas las circunstancias— no quiso comprometer a sus amigos.

Una vez allí, con Jesús a la cabeza, el grupo ascendió hasta la cima y fue a buscar el familiar huerto de Simón, el leproso, ubicado, como ya expliqué, en la ladera occidental de la colina.

Y allí montamos las tiendas.

El huerto de Getsemaní, como dije, era una explanada breve, rodeada por un murete de piedra de un metro escaso de altura. En uno de los lados del rectángulo, cerca de la cancela de madera que hacía de puerta, habían colocado una gran cuba de piedra. Al fondo saludaron unos esperpénticos olivos centenarios, con unos brazos retorcidos e imposibles.

Por supuesto, Felipe no consintió que la *Chipriota* se quedara en Betania.

Esa noche, tras la cena, el Maestro tomó la palabra y fue claro y rotundo: nada de predicación.

Los discípulos no entendían.

¿Por qué estábamos a las puertas de Jerusalén? El Sanedrín no tardaría en averiguar dónde nos encontrábamos.

Jesús sí sabía lo que hacía.

Yo necesitaría unos días para descubrirlo...

Y así fue.

La notica de la presencia del «hacedor de maravillas» en el monte de los Olivos no tardó en propagarse.

Y empezó a llegar gente.

Al principio tímidamente; después en masa.

Y volvieron a repetirse las viejas escenas. La *tabbah* se las veía y se las deseaba para contener a los curiosos. Saltaban el muro y se colaban en el huerto, buscando al Galileo.

Todos suplicaban. Todos deseaban tocarle. Todos tenían un familiar muy enfermo...

El Hijo del Hombre, siguiendo el consejo de Andrés, se retiraba al alba y regresaba con el ocaso. A veces le acompañaba la escolta habitual. En otras oportunidades se alejaba en solitario. Todos sabíamos que se dedicaba a «conversar» con el Padre Azul.

Uno de aquellos días —creo recordar que el viernes, 13 de junio (año 27)—, el Maestro no tuvo tiempo de escapar.

Poco después del alba —hacia las 04 horas y 22 minutos—, cuando ordeñaba a la *Chipriota*, Jesús fue abordado por un grupo de escribas y doctores de la Ley. Vestían de blanco inmaculado y portaban las tablillas enceradas sobre las que escribían habitualmente.

Pedro y los Zebedeos se excusaron. No pudieron hacer nada para evitar el ingreso de aquellos notables en el huerto.

Jesús los recibió amablemente. Los invitó a leche caliente, pero la rechazaron.

Y fueron a sentarse al pie de uno de los olivos.

El Oso y este explorador permanecimos cerca.

Los escribas —a los que ya me he referido en otras oportunidades— eran los máximos expertos de la Torá. Conocían los textos bíblicos del derecho y del revés. Nada escapaba a su análisis. La gente, al verlos pasar, se levantaba de sus asientos e inclinaba las cabezas en señal de respeto. Pero también eran retorcidos e hipócritas...

La visita, obviamente, no fue casual. Imaginé que el Sanedrín estaba detrás...

No me equivoqué.

Y los escribas y doctores de la Ley fueron directos a lo que les importaba:

—Te llaman rabí (maestro)... Dinos, ¿en qué escuela rabínica has estudiado y cuántos años? ¿Quién fue tu maestro?

Las preguntas eran puro veneno. El hecho de no haber estudiado en las escuelas rabínicas —Jesús nunca lo hizo— invalidaba para hablar, públicamente o en privado, sobre la Ley.

Y aquellos malnacidos sonrieron, cínicamente.

—En verdad os digo —replicó el Maestro con calma— que antes de que fuera la Torá, yo era...

Y surgieron los primeros murmullos de desaprobación.

—Dicen que eres el Mesías —intervino otro de los escribas—. Demuéstralo...

Jesús comprendió. Aquellos individuos pretendían perderle.

Tres sacaron las tablillas y se dispusieron a escribir lo dicho por el rabí.

Y el Galileo fue rotundo, una vez más:

—No soy ese Mesías que esperáis... Lo he dicho muchas veces. ¿Hasta cuándo deberé tener paciencia con vosotros?

Anotaban y anotaban con los punzones de metal.

—Miqueas —aportó uno de ellos— dice que nacerá en Belén. Tú naciste en Belén.

Y recitó, de memoria:

—Más tú, Belén Efratá, aunque eres la menor entre las familias de Judá, de ti me ha de salir aquel que ha de dominar en Israel... Y se alzará y pastoreará con el poder de Yavé, bendito sea su nombre...

Era, en efecto, el texto del profeta Miqueas (5, 1-3).

Jesús se limitó a sonreír.

Otro de los escribas apuntó:

—E Isaías predice que enseñará en la Galilea... Tú lo has hecho...

—Y tratará a los pecadores —le interrumpió el Hijo del Hombre— con mansedumbre y benignidad...

—Y Malaquías asegura —terció otro— que, tras la llegada del Mesías, el Templo quedará destruido... ¿Piensas destruirlo?

—Dices bien —contestó el Maestro—, pero no seré yo quien lo derribe...

Y Jesús me buscó con la mirada.

Mensaje recibido.

La siguiente pregunta también llevaba veneno:

—¿Eres tú el mensajero del que habla Malaquías?

El escriba hacía alusión al capítulo 3, versículo 1: «He aquí que yo envío a mi mensajero a allanar el camino delante de mí».

La respuesta del Maestro me dejó confuso:

—No podéis entenderlo... Malaquías no se refería a mí.

—Entonces, ¿a quién? —preguntó el escriba.

El Galileo volvió a mirarme, y lo hizo intensamente. Finalmente respondió:

—Vosotros no lo veréis... Ese mensajero llegará antes de la gran luz...

Y Jesús recitó otro texto de Isaías (9, 1):

—*Or gadol*..., una gran luz... Y los que vivían en tierra de sombras, una luz brilló sobre ellos... *Or gadol*.

Guardaron silencio, tan confundidos como este explorador. No supe a quién se refería. ¿Aparecería un mensajero antes de la gran luz?

Y recibí en la mente una vieja imagen: Gog, la piedra maldita que chocará con la Tierra. Pero, por más vueltas que le di, no logré aclarar el asunto. ¿Un mensajero allanará el camino del Maestro antes del impacto?

Aquello era de locos...

Otro de los escribas siguió con el interrogatorio:

—Sabemos que el Génesis habla del Mesías. Nacerá de la estirpe de Abraham. Tú lo eres... El Mesías descenderá de Isaac. Tú desciendes de él. Nos hemos informado... Y descenderá de Jacob y de David... Tu padre era pariente del rey David.

Jesús rectificó al escriba:

—Es mi madre la que desciende de la estirpe de David...

—Por tanto —argumentó otro de los doctores—, tú eres heredero de David.

—Lo soy —admitió el Galileo—, pero no soy el Mesías que esperáis... Mi reino no es de este mundo.

No escucharon, o no quisieron oír. Y continuaron con la matraca:

—Daniel dice que faltan setenta semanas para poner fin a la rebeldía...

En esta ocasión invocaron el capítulo 9 (24 y 26) del referido Daniel: «Setenta semanas están fijadas sobre tu pueblo y tu ciudad santa para poner fin a la rebeldía... Y después de las sesenta y dos semanas un mesías será suprimido».

Hice cálculos. No supe a qué se refería. ¿Setenta semanas a partir de cuándo?

La intervención de otro escriba me obligó a olvidar el asunto de las setenta semanas:

—Zacarías habla de un Mesías que será condenado a muerte, que será azotado y escupido, que será taladrado, que será crucificado, que sufrirá del tormento de la sed...

El Galileo, con el rostro grave, fue asintiendo con la cabeza. Y los escribas —a coro— preguntaron:

—¿Eres tú ese Mesías?

—Pronto comprobaréis que Zacarías profetizó con verdad. ...Pero, insisto, yo no soy el Mesías...

—¿Estás hablando de tu muerte?

—Así es —respondió el Galileo sin rodeos—. Y en verdad os digo que el mundo reprochará vuestra ceguera. Pero regresaré y os acogeré...

No entendieron. Y continuaron con las preguntas:

—¿Regresarás? ¿Después de muerto?

Algunas risitas escaparon, incontenibles.

—Regresaré —intervino Jesús con una seguridad que los dejó perplejos.

—¿Y cuándo será eso? —se burlaron los escribas.

—Detrás de la gran luz... Pero antes —y el Maestro citó a Zacarías— no habrá ya luz, sino frío y hielo...

Yo tampoco comprendí. Las palabras del rabí resultaron especialmente oscuras para este explorador. Fue mucho después, al retornar a mi mundo, cuando empecé a intuir...

Y quedé sobrecogido.

Los escribas y doctores de la Ley permanecieron con el Maestro el resto de la mañana. Pero sus preguntas fueron igualmente torpes y envenenadas. Después se alejaron, rabiosos.

David Zebedeo, jefe de los correos, no tardó en traer la noticia que todos esperaban: el Sanedrín sabía de la presencia en Getsemaní de Jesús de Nazaret y hacía planes para detenerlo. Andrés y el resto intentaron convencerlo: tenían que huir a un lugar seguro. Pero el Galileo se negó. No se movería de Getsemaní.

Sinceramente, no conseguía comprenderlo.

Y las noticias siguieron llegando...

El Sanedrín, desconcertado ante la pasividad del Galileo, cambió de táctica. Y optó por esperar.

Pensaron que el Maestro no predicaba porque, sencillamente, tenía miedo. Y las castas sacerdotales, los fariseos y los saduceos emprendieron una feroz campaña de difamación. Lo acusaron de todo. Lo más suave fue homosexual.

La intención de aquellos bastardos era clara: agotar al personaje sin necesidad de apresarlo. «Su miedo —decían— es su peor cárcel. La gente terminará por darle la espalda».

Se equivocaron, naturalmente...

Pero la campaña de infundios, como digo, fue feroz. Todos los días llegaban falsas noticias, acusándolo de ladrón, blasfemo, manipulador, ególatra y afeminado.

Los discípulos —indignados— lloraban de rabia e impotencia.

Pero el Maestro se mantenía sereno. En ningún momento discutió con sus hombres. Se limitaba a abandonar Getsemaní y se perdía en las colinas cercanas, casi siempre en la compañía de su fiel perro.

A veces, al regresar al campamento, oía los comentarios y los nuevos bulos, pero no alzaba la voz ni trataba de corregir aquellas maldades. Todos sabíamos que era un buen Hombre; el mejor que habíamos conocido...

Pero, ¿por qué soportar aquella situación? No tenía sentido. Podíamos huir a la Decápolis o a los territorios de Filipo. El rey albino nos protegería. Andrés lo propuso muchas veces. Sería cuestión de esperar tiempos mejores... El Maestro, sin embargo, se resistía. Algo le retenía en Getsemaní. Pero, ¿qué? ¿Pretendía hablar en el Templo? ¿Consideraba que había llegado el momento de demostrar su poder?

Todo eran especulaciones entre los íntimos. La verdad no conocía a nadie.

Y llegó el jueves, 19 de junio del año 27 de nuestra era.

En los diecisiete días que permanecimos en el huerto de Getsemaní, Jesús visitó Jerusalén en cuatro oportunidades y siempre de incógnito.

Paseaba por el barrio bajo o *sŭq-ha-tajtôn* o ascendía a la zona alta (*sŭq-ha-elyon*), ubicada al noroeste de la Ciudad Santa. Caminaba por las callejas, conversaba con los artesanos y con las familias, hacía «'im», y regresaba al huerto antes del anochecer. La *tabbah* no le abandonó en ningún momento.

No hubo predicaciones. Es más: Jesús evitó el Templo.

Y, como decía, se presentó el jueves, 19 de junio.

Ese día, el alba llegó puntual y violeta. Eran las 04 horas, 22 minutos y 46 segundos de un supuesto Tiempo Universal (TU).

Durante la mañana, el Maestro atendió —paciente y cordial— a cuantos se acercaron a la cancela del huerto de Getsemaní.

Se sentó con ellos bajo los olivos y les habló del Padre Azul, del benéfico futuro que les aguardaba, del precioso regalo del alma inmortal y, sobre todo, los animó a confiar. Mejor dicho, a CONFIAR...

Y a eso de la nona (tres de la tarde) los despidió y manifestó su deseo de bajar a Jerusalén. Andrés no salía de su asombro. Era tarde. Faltaban tres horas y media para el ocaso. En breve nos quedaríamos sin luz...

La *tabbah* también expresó su extrañeza.

¿Qué se proponía? ¿A quién deseaba visitar?

El Maestro no hizo caso de las sensatas opiniones de sus hombres. Colgó una calabaza con agua de su hombro izquierdo y me miró intensamente. Yo sabía qué representaba esa mirada: deseaba que lo acompañara. Y así lo hice.

Y Pedro, los hermanos Zebedeo, Mateo y quien esto escribe lo arropamos.

Y descendimos por la ladera oeste del monte de las Aceitunas, en dirección a Jerusalén.

Jesús no hizo comentario alguno. Caminó con sus típicas y largas zancadas y se dirigió al barrio alto de la ciudad.

Yo lo seguía desconcertado.

¿Qué pretendía?

Parecía buscar algo o a alguien...

No tardaría en comprender.

Y fue al callejear por una de las angostas callejuelas del *sŭq-ha-elyon* cuando los vimos aproximarse.

¡Vaya!

Una patrulla romana se abría paso —lentamente— hacia nosotros.

Sumé diez mercenarios y un *optio*, un suboficial.

Escoltaban a un preso.

Eran soldados jóvenes, protegidos con sendas corazas de cuero leonado, hasta la cintura, y cascos, también de cuero. Una túnica roja, sin mangas, hasta la mitad del muslo, completaba el atuendo. Al costado derecho, como era preceptivo, colgaba la temida *hispanicus*, la espada de doble filo y medio metro de longitud. En el izquierdo presentaban la *semispatha*, un puñal no menos temido.

El reo cargaba un grueso madero de dos metros de longitud.

El árbol había sido dispuesto sobre la nuca y los brazos del que, probablemente, iba a ser ajusticiado. Se trataba del *patibulum*, el tronco transversal de la cruz. Yo lo había visto (lo vería en el futuro), cuando el Maestro fue crucificado.

Los brazos del reo aparecían fuertemente sujetos al madero a base de cuerdas.

Dos mercenarios lo azotaban salvajemente.

Era un individuo joven, con la cabellera larga y sucia y una barba negra, hasta la cintura.

Dedujе que podía tratarse de un zelota, un terrorista (el brazo armado de los fariseos).

El supuesto zelota avanzaba con dificultad, con la boca muy abierta, y jadeando. La espalda y las piernas eran un reguero de sangre.

La estrechez de la calle obligaba al prisionero a girar el madero y a caminar casi de costado. A cada poco, el árbol chocaba con los muros y desestabilizaba la penosa marcha del reo.

La patrulla llegó a nuestra altura y los primeros soldados nos empujaron sin palabras y sin consideración. Y nos vimos obligados a permanecer inmóviles y con las espaldas pegadas a la pared.

Mateo palideció.

Juan Zebedeo maldijo por lo bajo. Pero los mercenarios —probablemente sirios— no entendieron.

Santiago de Zebedeo y Pedro estaban igualmente asustados.

Observé a Jesús. Se mantenía sereno, con la vista fija en el joven y ensangrentado zelota.

Y, de pronto, el reo —sin fuerzas— se derrumbó, golpeando el rostro contra el adoquinado.

Los soldados no tuvieron piedad y la emprendieron a patadas con el desgraciado preso.

La patrulla se detuvo.

Conté quince patadas y otros tantos latigazos.

Fue inútil.

El reo estaba exhausto.

La sangre salpicó las paredes y las túnicas.

El muchacho intentó alzarse en dos ocasiones, pero no pudo. El madero podía pesar más de treinta kilos.

Nadie respiraba.

Juan había empezado a llorar...

Pedro tenía los ojos espantados.

Fue en esos críticos instantes cuando el Hijo del Hombre —rápido— se abrió paso entre los *kittim* y se arrodilló frente al reo.

Nos pilló por sorpresa a todos, incluidos los soldados. Nadie acertó a reaccionar.

Jesús abrió la calabaza y la aproximó a los labios rotos del zelota.

Y el hombre bebió con desesperación. Sus ojos, medio cerrados por los hematomas, se dirigieron primero a las manos y después al rostro de su benefactor. Jesús dibujó una leve sonrisa, suficiente para iluminar al muchacho.

En eso se presentó el *optio* y preguntó qué sucedía.

Uno de los mercenarios levantó el látigo —un *flagrum* de cuatro correas— e hizo ademán de golpear al Maestro.

Jesús giró la cabeza y miró a los ojos al soldado.

¡Dios bendito!... ¡Qué poder el de aquella mirada!

Y el mercenario quedó paralizado, con el látigo en alto y los ojos vidriosos.

Después, lentamente, sin nervios, el rabí siguió dando de beber al reo.

El suboficial, comprendiendo, ordenó calma.

Y el soldado bajó el *flagrum*, desconcertado.

Dos minutos después, Jesús cerró la calabaza, se puso en pie, lanzó una sonrisa de gratitud al *optio*, y dio un paso atrás, alineándose con sus hombres, con la espalda pegada al muro.

La patrulla no se movió.

El preso continuaba en el suelo, aplastado por el *patibulum*.

Y el *optio*, comprendiendo que el prisionero no podría seguir caminando bajo el peso del madero, ordenó a sus hombres que lo liberaran.

Los mercenarios se miraron, desconcertados, pero obedecieron.

Soltaron las cuerdas, pero el reo no se movió.

Y en mitad de un espeso silencio, el suboficial paseó la mirada por los seis individuos que nos apretábamos contra la pared.

Señaló al Galileo y, en un pésimo arameo, ordenó:

—¡Tú..., cargar madero!

No tuvo que repetir la orden. El rabí entregó la calabaza a Pedro y se apresuró a cargar el *patibulum*.

Se me heló la sangre en las venas...

Una escena parecida se repetiría en abril del año 30, casi tres años después.

Un campesino llamado Simón, natural de Cirene, en la costa africana, sería obligado a cargar el madero que reposaba sobre el casco de espinas y los brazos del Hijo del Hombre cuando marchaba hacia el Gólgota.[1]

Jesús, decidido, echó el árbol sobre el hombro izquierdo, sujetándolo con ambas manos.

Y, por indicación del suboficial, siguió a los soldados.

Nosotros, temerosos, lo acompañamos detrás de la patrulla y a corta distancia.

Nadie dijo nada, pero, creo, todos pensamos lo mismo: si el Sanedrín se percataba de la situación, ¿qué sucedería?

Intenté apartar aquellos funestos pensamientos. Eso no era posible; todavía no...

El reo fue levantado por los mercenarios y obligado a caminar.

Tenía la vista perdida.

Y los romanos volvieron a azotarlo. Pero tuve la impresión de que el zelota ya no sentía dolor. Avanzaba como un autómata.

Y así caminamos —despacio— por las callejuelas de aquella zona de la ciudad.

La gente se asomaba a las ventanas y cuchicheaba en las esquinas: «¿Quién era el individuo que cargaba el *patibulum*?»

Algunos lo reconocieron y gritaron:

—¡¡Viva el Mesías!!

Media hora después alcanzamos la puerta de Efraím, al noroeste de Jerusalén. Allí, muy cerca, se encontraba el objetivo de los *kittim*: el «Râs» o «Cabeza», dos

1 Amplia información en *Jerusalén. Caballo de Troya 1. (N. del a.)*

peñascos de triste recuerdo. Uno de ellos, observado en la distancia, se asemejaba a un cráneo humano. De ahí la designación aramea: «Gulgultha» (Gólgota).

Al llegar a la base del «Râs», el *optio* liberó al Maestro del peso del árbol y ordenó que se alejara.

El Galileo obedeció y, sin mediar palabra, se reunió con sus hombres.

Al pasar junto a este explorador me miró intensamente.

No hubo palabras.

No eran necesarias.

Los dos habíamos tenido los mismos sentimientos.

Su rostro se mantuvo serio hasta que retornamos a Getsemaní. Algunas gotas de sudor resbalaban —tímidas— por la frente y las mejillas. La túnica blanca aparecía salpicada con la sangre del prisionero. Nunca olvidé aquella experiencia.

Y creí entender por qué el Hijo del Hombre se empeñó en permanecer en la Ciudad Santa... Pero solo es una conjetura.

Salvo este incidente, el resto del mes de junio (año 27) discurrió con una relativa calma.

El jueves, 26, llegaron más noticias.

Un sanedrita destacado, llamado Simón, acababa de pasarse al bando del Maestro. Y lo hizo públicamente.

Fue un terremoto...

Aquello desató las iras de las castas sacerdotales y el Sanedrín desempolvó la orden de caza y captura del Galileo y de «sus desarrapados seguidores». El «Flauta» fue el encargado de su detención. Yo conocía al sujeto. Su nombre era Musí. Se trataba de un *ammarkelîn*, un policía del Templo con el rango de *šrym* o jefe de turno de los levitas. Era un individuo alto, de

1,90 metros, que ejercía también como matarife. Podía degollar tres corderos de un solo tajo. Lo conocían por el alias de «Mašroqui» o «Flauta» (por lo que «soplaba»). Era tan violento como bebedor.

David Zebedeo fue avisado a tiempo y acudió, rápido, al huerto de Simón, en Getsemaní.

Dio cuenta de las inmediatas intenciones del Sanedrín y recomendó la huida... ¡ya!

Y así fue.

Y esa misma noche escapamos.

Felipe y los gemelos permanecieron en Getsemaní y se ocuparon del desmantelamiento de las tiendas.

Uno de los correos viajó a Betania y trasladó el carro cubierto y a *Zal*, el perro de color estaño.

En la segunda vigilia de la noche —ya de madrugada— el *reda* se aproximó a la base del monte de los Olivos y Felipe se ocupó de cargar la impedimenta.

Y partieron hacia el norte, a la búsqueda de Jesús y del resto del grupo apostólico.

DEL 27 DE JUNIO AL 7 DE AGOSTO (AÑO 27)

La noche, menos mal, fue tórrida.

Y, al poco, nos detuvimos en una aldea llamada Geba.

Allí aguardamos la llegada de Felipe, los gemelos y el *reda*. *Zal* estaba feliz. Otra vez con su amo...

Después, con el alba, emprendimos el viaje hacia el norte.

Al divisar las murallas de Bet El, Andrés dio orden de detener la marcha.

Estábamos a 18 kilómetros de Jerusalén. En principio habíamos despistado al Sanedrín. Pero no podíamos confiarnos...

Bet El era una ciudad populosa (20.000 habitantes), semipagana, y entregada al dinero. Era célebre por sus mercados y mercadillos. Allí se vendía todo lo imaginable. Los perfumes y los espejos eran sus especialidades.

Bet El o «la Casa de Dios» descansaba sobre una muy antigua leyenda (posiblemente inventada). Advertido Jacob de que su hermano Esaú quería matarlo, huye hacia las tierras de Jarán con el fin de tomar por esposa a una de las hijas de su hermano Labán. Y al llegar a un determinado lugar, Jacob sintió la necesidad de dormir. Y así lo hizo. Encontró una extraña piedra de color verde y la utilizó como almohada... ¡Vaya! Otra vez la «crisoprasa» ... Entonces tuvo una ensoñación. Vio una escala por la que subían y bajaban muchos *hayyot* o «vivientes». En lo alto de la escalera distinguió una luz triangular de color naranja. Y la voz le habló y le dijo: «Yo soy Yavé, el Dios de tu padre Abraham y el Dios de Isaac. La tierra en la que estás acostado te la doy para ti y tu descendencia. Tu descendencia será como el polvo de la tierra y te extenderás a poniente y a oriente, al norte y al mediodía; y por ti se bendecirán todos los linajes de la tierra, y por tu descendencia» ... Despertó Jacob de su sueño y dijo: «¡Así pues, está Yavé en este lugar y yo no lo sabía!» Y asustado dijo: «¡Qué temible es este lugar! ¡Esto no es otra cosa sino la Casa de Dios y la puerta del cielo!» Levantose Jacob de madrugada, y tomando la piedra que se había puesto por cabezal, la erigió como estela y derramó aceite sobre ella. Y llamó a aquel lugar Betel, aunque el nombre primitivo de la ciudad era Luz. Esta es la versión del Génesis. Desde entonces, el lugar se llamó Bet El o «la Casa de Dios».[1] Por supuesto, la piedra verde nunca fue encontrada. Con la división del reino, Bet El perteneció a Israel. Y el rey Jeroboán I inició el culto al becerro de oro. Pero una noche, una poderosa luz se presentó en el lugar y derribó el ídolo. Durante un tiempo, los sacerdotes judíos escondieron el arca de la Alianza en los túneles de la ciudad.

[1] Fueron los cananeos —mucho antes que los judíos— los que atribuyeron el nombre de «El» a la máxima divinidad. Los «dioses», en general, eran designados mediante el plural de esta voz o con la expresión «hijos de Dios»; es decir, «miembros de la familia divina». Y lo hicieron así porque los «dioses» se presentaban siempre en grupos y en los «carros de fuego». «El» era el padre de todos ellos. *(N. del m.)*

La estratégica posición de Bet El, en el cruce de los caminos a Jerusalén, Jericó y Sicar, la convirtió en la segunda metrópoli del país.

Acampamos junto a la muralla y allí discurrió todo el mes de julio de ese año 27.

Se produjeron dos únicas escapadas. Una a la ciudad de Arquelais y otra a Fasaelis, ambas al norte, y relativamente cerca del río Jordán.

David Zebedeo se mantuvo en contacto con el grupo y siguió suministrando noticias.

El Sanedrín rabiaba ante la nueva fuga del Galileo y su gente. Y despacharon más confidentes, en todas direcciones.

Andrés previno a los discípulos: debían estar atentos.

Y, con el consentimiento del Galileo, el jefe estableció unas rígidas normas. A saber: nada de ostentaciones públicas o privadas, nada de predicaciones, y nada de visitas a particulares. En suma: silencio y discreción..., hasta nueva orden.

Durante varios días, tras colaborar en la cocina de campaña, me dediqué a recorrer la ciudad y a tomar referencias.

Disfruté en el mercado de los perfumes; probablemente, uno de los más codiciados del Mediterráneo.

Felipe me acompañó en algunas ocasiones, y me orientó.

Lo vi llorar de emoción ante un frasco de fino alabastro de color azul. Era la representación de Nefertum, el dios egipcio de los perfumes y aceites esenciales, la especialidad del intendente. Nefertum aparecía coronado con una flor de loto.

Y Felipe entonó una vieja canción:

—Eres el guardián y protector de quienes hacen perfumes y aceites... Protector y dios del loto sagrado... Osiris es el cuerpo de las plantas y tú, Nefertum, eres el alma...

El frasco de alabastro, decorado en azul para preservarlo de las radiaciones solares, contenía el *kyphi*, un perfume a base de incienso y pasas. Solo los reyes podían costearlo. Lo utilizaban cuando se disponían a hacer el amor. Felipe aseguró que volvía locas a las mujeres. Y me guiñó un ojo.

También nos divertimos ante el puesto de los conos de grasa perfumada. Los clientes (sobre todo ellas) los situaban en lo alto de la cabeza, sobre las pelucas, y dejaban que se derritieran con el calor. Poco a poco, los perfumes caían sobre el rostro y las túnicas, llenando el lugar con toda suerte de esencias. Yo los había visto en el palacio de Poncio, en Cesarea.

Y disfrutamos con el *sousinon*, una exquisita mezcla de flores, en la que gobernaban el lirio, la acacia y la menta. Estaba prohibido a los varones.

Felipe me habló maravillas del *metopion*, lo último en aceites esenciales. Había llegado de Roma. Contenía almendras amargas, resinas de gálbano, juncos olorosos, miel, mirra y vino en abundancia. Se utilizaba después del baño.

Allí encontramos réplicas de la caja de perfumes de Merit, esposa del arquitecto egipcio Ka, de la XVIII dinastía. Los frascos de vidrio y fayenza eran finísimos.

Uno de los mercaderes nos mostró algo desconcertante: una planta de un metro de altura, de color púrpura, con un enorme pistilo amarillo.

Y nos invitó a olerla.

¡Vaya!... ¡Olía a queso podrido!

Felipe había oído hablar de aquel extraño ejemplar. Lo llamaban el «culo del diablo». Tenía la capacidad de «perfumar» con los olores más insólitos y desagradables: olor a orina, a excrementos...

«Santa Claus», cuando consulté el asunto, aseguró que podía tratarse de un *Amorphophallus*, una flor que crece al norte de Madagascar.

Pensé que el ordenador central deliraba...

Felipe dedicó un tiempo a la esencia de jazmín. Acarició los frascos y explicó que, para obtener el contenido de uno de aquellos frasquitos (unos cien mililitros), habían sido necesarios del orden de 800 kilos de flores frescas y 7000 horas de trabajo. El precio era prohibitivo: 100 denarios por frasco.

Curioso mundo el de los perfumes... El olfato, justamente, es el sentido más desarrollado en el ser humano. Podemos distinguir siete millones de colores, casi quinientos mil tonos musicales... ¡y un billón de olores!

Por último, fuimos a parar a los puestos en los que vendían ungüentos. Conté treinta tipos, a cual más caro y estrambótico. Todos se utilizaban para ungir la piel y el cabello. Los fabricaban con toda suerte de aceites vegetales y con grasa de origen animal; los más cotizados eran los de ganso, cabra, toro y oveja. Otros contenían leche, miel y sales del mar Muerto. La mirra servía para eliminar el olor de los pies.

Felipe terminó comprando varias piezas de *borit*, un jabón rancio y agresivo, cantado por el profeta Jeremías (2, 22). El *borit*, básicamente, contenía cenizas de plantas y potasio. Los había también de cenizas de arce, sabiamente mezcladas con aceite de oliva, grasa animal y sosa.

El jueves, 10 de julio (año 27), fue otro día interesante...

El Maestro se paseó por la ciudad en la compañía de la *tabbah*, Judas Iscariote, Felipe y este explorador.

Y, al principio, fuimos a parar al mercadillo de los dulces.

¡Qué delicia!...

El Galileo, goloso, no sabía dónde mirar: delicias de Bet El, con *keratia*, el «chocolate» que extraían del algarrobo; bizcochos de jengibre (lo llamaban «bosque negro»); merengue de nueces; peras a la menta y los tradicionales *baklawah*, macizos y dorados...

Jesús quería probarlos todos.

Y Felipe tuvo que ponerse serio. No cargaban el dinero suficiente para tanto dulce.

Pero el Galileo —deslumbrado— no hizo caso. Y continuó a lo suyo, metiendo el dedo índice izquierdo en los pasteles y degustándolos. Los comerciantes protestaban con razón. Felipe iba detrás, excusándose y abonando el desaguisado.

Y llegamos a la zona de los «helados».

¡Dios bendito!... Creí que lo había visto todo...

Al Maestro se le fueron los ojos detrás de los polos de leche y miel, invento de los chinos hacía tres mil años.

Felipe tuvo que comprarle uno.

El Iscariote miró al Galileo con desprecio y murmuró algo por lo bajo. No llegué a entender, pero no creo que fuera nada bueno.

Y allí nos fuimos, detrás de un Hijo del Hombre feliz, con su polo en la mano.

Después, el intendente, misericordioso ante el sofocante calor que soportábamos, se detuvo en uno de los puestos y nos convidó a una especie de granizado a base de zumo de frutas. Era nieve —procedente del Hermón— edulcorada con almíbar. La encontré deliciosa y refrescante.

Jesús terminó su polo y miró mi jarra. Le brillaban los ojos.

Comprendí.

Y terminé ofreciéndole la nieve picada.

La tomó, sonriente, y la masticó con felicidad.

Yo me sentí más feliz aún...

Y la singular jornada finalizó en el gran mercado de los espejos de Bet El, el más popular de Israel y, quizá, del Mediterráneo.

Ese día se hallaba muy concurrido.

Vi espejos de todos los tamaños y fabricados en los materiales más diversos: oro, plata, bronce, hierro e, incluso, obsidiana. Los de mano hacían furor entre las mujeres.

Y observé un detalle extraño. Los judíos más ortodoxos, especialmente los fariseos, al pasar frente a un espejo, corrían como liebres.

Felipe me explicó: «Dicen que el espejo roba el alma de los seres humanos».

Y, de pronto, el grupo se detuvo frente a un puesto. Era un chamizo de mala muerte, formado por cuatro cortinas rojas y negras y una techumbre de palos y ramas. En la entrada, un etrusco calvo y afeminado anunciaba otra moda del momento: el espejo mágico.

Y escuchamos, perplejos.

Por unas monedas, el cliente entraba en el local, se situaba frente a una lámina de bronce que hacía de espejo, y preguntaba sobre su futuro o sobre lo que estimase oportuno.

El personal hacía cola.

Diez ases la consulta...

Pedro y Juan Zebedeo suplicaron a Felipe que les permitiera entrar.

El Galileo, divertido, animó al intendente para que fuera generoso.

Aquel día —desconozco por qué—, el Maestro aparecía desatado.

Felipe aceptó y el Iscariote abonó los 20 ases. Judas estaba furioso. Y nos llamó «frívolos».

Y el etrusco permitió la entrada del grupo, siempre y cuando guardáramos silencio.

Santiago Zebedeo y el Iscariote permanecieron fuera.

El lugar, como digo, era un cuartucho. En una de las paredes de tela (por llamarlas de alguna manera) colgaba una lámina de bronce —ovalada— de un metro de altura. La techumbre era un amasijo de ramas.

Y, por indicación del etrusco, Pedro fue el primero en situarse frente al espejo. El resto permanecimos detrás, expectante.

—¿Qué deseas preguntar? —sonó una voz masculina que procedía de algún lugar, por detrás de la cortina que sostenía la lámina de bronce.

El Maestro y yo nos miramos y tuvimos que hacer esfuerzos para contener la risa.

Juan Zebedeo estaba pálido.

Felipe lo miraba todo, asombrado.

—¿Qué deseas preguntar? —insistió la voz.

Y Pedro balbuceó:

—¿Volveré a casarme?

Quedamos perplejos.

Se registró una breve pausa y la voz aclaró:

—Sí, con una negra... Siguiente.

Juan Zebedeo empujó a Pedro y fue a situarse frente al espejo.

Y se repitió la escena:

—¿Qué deseas preguntar?

El Zebedeo no supo qué decir.

Silencio.

Y la voz insistió:

—¿Qué deseas preguntar?

Juan, aturdido, no pudo articular palabra.

Y el «vidente», supongo que, acostumbrado a estas situaciones, improvisó:

—Tú te casarás con la viuda de tu hermano...

¡Vaya!... Esta vez fui yo el que quedó desconcertado. La voz había acertado. Ese sería el destino de Juan Zebedeo...

Pero, de pronto, añadió:

—No... Veo a otro hombre... Estás enamorado de un galileo alto y guapo...

Todos palidecimos. El Maestro el primero.

Y la voz prosiguió:

—... Pero no te casarás con él... Lo harás con la viuda de tu hermano... Siguiente.

El silencio era plomo.

El Galileo salió del cuartucho, seguido por Felipe.

Pero la aventura con el espejo mágico no había terminado.

Juan, indignado, reaccionó con violencia, y empezó a patear la lámina de bronce. Esta se tambaleó y, a pesar de los esfuerzos del etrusco, espejo y cortina se vinieron abajo.

Fue el caos.

La techumbre osciló y terminó derrumbándose.

Y allí quedamos, entre ramas, cortinas de colores, y maldiciones de unos y otros.

Escapamos del atolladero como pudimos.

El etrusco quería degollarnos, y solicitaba una indemnización.

Lo confieso: huimos como conejos.

Esa noche, en el campamento, los comentarios irónicos no tuvieron fin...

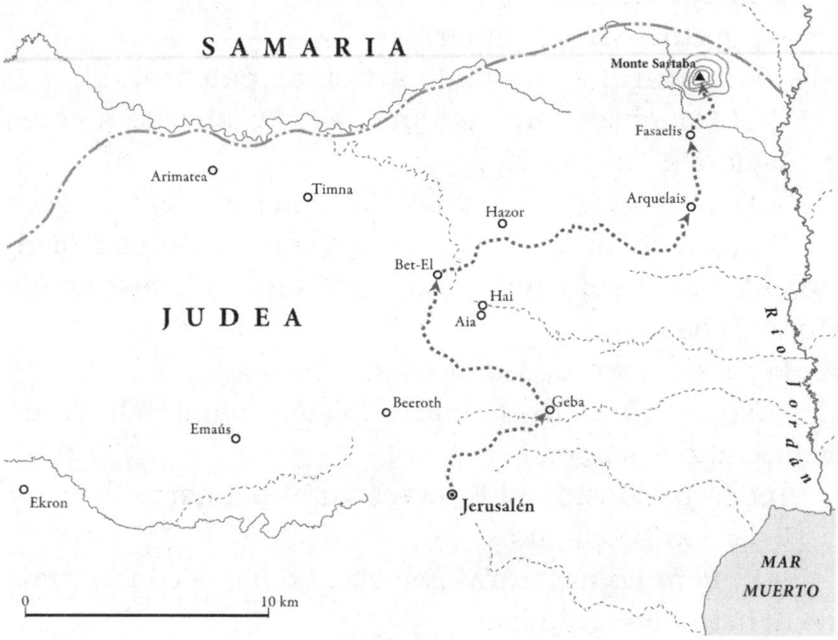

Nueva huida, hacia la ciudad de Bet El.

El sábado, 12 de julio (año 27), la historia volvió a repetirse.

La noticia de la presencia del «hacedor de maravillas» en Bet El se propagó, veloz.

Y el Galileo se rindió.

Afable y cariñoso, Jesús terminó recibiendo a cuantos llegaban al campamento.

Por allí pasaron vecinos de Arimatea, Timna, Hazor, Emaús, Beerot, Ekrón y una docena de aldeas cuyos nombres, sinceramente, no recuerdo.

El Señor departía con todos. Escuchaba, atento, sus demandas. Todos reclamaban salud, dinero y amor. Por ese orden. Nada nuevo. Las mismas exigencias en todas partes y en todos los tiempos... Y Él consolaba a los afligidos, profundizaba en sus problemas, preguntaba a grandes y chicos, y repetía la misma palabra: «Confía... El Padre Azul está en tu interior... Él sabe de tus penurias... Confía».

Los discípulos trataban de poner orden, pero era imposible.

La gente llegaba en oleadas, y de muy lejos, y solo querían abrazar y tocar al carpintero de Nahum. Esperar no entraba en sus planes y siguieron las disputas de siempre.

Andrés se desesperaba.

Cuando la situación se tensaba, el Maestro tomaba a *Zal* y desaparecía en la ciudad o en los campos próximos.

El miércoles, 16 de julio (año 27), sucedió algo que me desconcertó; mejor dicho, me sucedió...

Fue un sueño. En realidad, una pesadilla...

De pronto me vi en mitad de la noche... Dos lanchas navegaban —serenas— por el *yam*. Yo me hallaba en una de ellas... Los tripulantes eran los doce discípulos... No vi a Jesús... Creo que estábamos pescando... Y, súbitamente, alguien llamó la atención del resto... Por la proa vimos aparecer una escalera kilométrica... Partía de la superficie del lago y se perdía en el cielo estrellado... Quedé perplejo... Por la escala bajaban unos seres ¡con una sola pierna!... Eran de corta estatura... Quizá un metro, pero con los rostros bellísimos... Los cabellos, largos y luminosos, flotaban al viento... Los ojos eran azules, enormes y almendrados... No tenían nariz y tampoco boca... Llegaban al agua, me hacían señas para que subiera por la escalera, y se sumergían... Finalmente salté de la embarcación y caminé sobre las aguas del mar de Tiberíades... ¡No podía creerlo!... ¡No me hundía!... Pedro, desde la segunda lancha gritaba:

—¡Ánimo!... ¡Solo es un sueño!... ¡A mí también me pasó..., pero no me creyeron!

Alcancé la escalera y empecé a trepar... Los discípulos aplaudieron... Los peldaños eran metálicos, como los de la escalerilla de la «cuna» ... Los noté fríos... Helados... Había peldaños de plomo, de estaño, de bronce, de hierro, de una aleación desconocida y brillante, de plata y de oro... Formaban secuencias de siete metales... Siempre los mismos y en el mismo orden... En el sueño conté los peldaños y —cómo no— tomé referencias... Ubiqué a Saturno... Allí aparecía Celso, con un libro entre las manos: *Orígenes contra Celsum*... No entendí... Después situé al planeta Venus... Vestía como *Zal*, con una túnica de estaño... Después aparecieron Júpiter, vestido de bronce, Mercurio, con casco de hierro, Marte y la luna y el sol... En el suelo conté 13.013 peldaños... Era lo que los judíos llamaban una *sullam*, una escalera mágica... Y al llegar al peldaño 13.013, la *sullam* terminó... No me percaté a tiempo y caí al vacío... Fue una caída angustiosa e interminable... Abajo, en la negrura, se distinguían las luces de Saidan y Nahum... Y seguí cayendo y cayendo... Lo último que recuerdo fue una voz metálica —en mitad de la nada— que decía: «¿Qué deseas preguntar?»

Desperté sobresaltado.

Supuse que el incidente en el mercado de los espejos y la historia de Jacob y la escalera que llegaba al cielo pudieron condicionar mis sueños. Y no le di mayor importancia.

Pero, en los días siguientes, el recuerdo de la pesadilla siguió rondándome. No había forma de esquivarla.

Y me pregunté: «¿Cuál era la "perla" del sueño, admitiendo que la hubiera?»

No fui capaz de encontrarla.

Y llegó el sábado, 19 de julio (año 27). Ese día amaneció a las 04 horas, 33 minutos y 54 segundos (TU).

La jornada se presentó nublada. A media mañana cayó el diluvio y, al poco, escampó.

Y hacia la nona (15 horas) me quedé solo en la cocina de campaña.

Felipe y los gemelos de Alfeo se hallaban en Bet El, de compras.

Me senté en una de las esteras, bajo la toldilla negra que protegía el lugar, y me preparé un té perla.

En la mente continuaba sobrevolando el extraño sueño de la escalera de metal y sus 13.013 peldaños.

No había forma de hallar la «perla» de la que siempre hablaba el Maestro.

Y en eso estaba cuando lo vi acercarse.

El Galileo me sonrió, acarició a la *Chipriota*, y fue a sentarse frente a este explorador.

Lo he dicho alguna vez, y lo mantengo: aquel Hombre era especialmente atractivo. Nunca me cansé de mirarle. Las pestañas eran largas y tupidas. Los ojos —color miel líquida— eran irresistibles. Tenían magia. Si acertabas a mirarlos quedabas prisionero... El bigote, como el oro viejo, no ocultaba los labios. Estos eran finos y sin pretensiones. La frente, despejada, denotaba una especial inteligencia. La dentadura era perfecta: blanca y en orden. La barba, partida en dos, presentaba algunas canas, como los lacios cabellos, desmayados hasta los hombros. Con los rayos del sol, el pelo se volvía de color caramelo, según. La piel, bronceada por tantos días de desierto y montaña, resultaba varonil y cálida.

—¿Deseas un té? —pregunté, al tiempo que le mostraba la ahumada y castigada tetera.

El Galileo acentuó la sonrisa y preguntó:

—¿Es verde?

—Perla —repliqué—. Felipe le añade canela, pimienta negra y jengibre, creo...

Asintió en silencio y procedí a llenar las dos tazas.

El Maestro abrazó el pequeño cuenco con ambas manos y se lo llevó a los labios.

Y siguió mirándome, sin pestañear.

Imaginé que estaba visitando mi mente.

No me equivoqué.

Al poco, entre sorbo y sorbo, se interesó:

—¿Qué deseas preguntar?

¡Vaya!... Esa fue la cuestión planteada por la voz que se escondía tras el «espejo mágico» y por la voz metálica del sueño.

Nos miramos y, naturalmente, terminamos riendo.

Yo sabía que Él sabía...

Y fui sincero:

—Maestro, ¿qué son los sueños?

Bebió otro poco y me abrazó con la mirada.

Qué fácil era quererlo...

Las manos —largas y estilizadas— se mantuvieron serenas.

Entonces alzó la vista hacia el cielo y proclamó:

—Los sueños, querido *mal'ak,* son una puerta que el Padre Azul deja abierta..., intencionadamente.

—¿Una puerta abierta? ¿Y adónde lleva esa puerta?

—A otras realidades...

Y matizó:

—Realidades que no conocéis..., todavía.

Me pareció oportuno y me animé a relatarle el singular sueño de la escalera en el *yam* o mar de Tiberíades.

—¿13.013 peldaños? —preguntó, aparentemente sorprendido.

Y añadió, sonriente:

—Veo que el Padre te mima...

E intentó explicarse:

—Ese doble «13» simboliza mucho. En realidad, todo. El «13» es la representación del AMOR ETERNO, con mayúsculas. 13.013 es el AMOR que envuelve lo creado y lo no creado.

Y matizó:

—«13» antes de la eternidad y «13» después...

Lo había olvidado. Jesús, además, era un consumado kabalista.

—«13.013» —prosiguió— arroja un «8»...

Deduje que hablaba de la adición teosófica: 1 más 3 más 1 más 1 y más 3.

—Pues bien —añadió—, el «8» simboliza la muerte y el infinito... Has subido muy alto en el único camino que merece la pena: en el AMOR... Te queda poco para regresar a casa.

Fui torpe, una vez más.

En lugar de interesarme por la última afirmación —«te queda poco para regresar a casa»— me desvié hacia el asunto del amor.

Permanecí pensativo unos segundos.

Yo era un perfecto fracasado en el amor. Él lo sabía. Ruth, su hermana, no me amaba. ¿O sí?

Y lo hizo de nuevo: entró en mis pensamientos:

—Si amas —proclamó— nunca serás un fracasado... Y no me refería a esa clase de amor. Te hablaba de AMOR, con mayúsculas. AMOR ETERNO, lo que estás a punto de experimentar.

Creo que me ruboricé.

Él se percató de mi timidez y me abrazó de nuevo con la mirada. Y la tensión desapareció.

Apuró el té y depositó la taza sobre la bandeja.

—¿Quieres más? —pregunté.

Prefiero el té chino...

—¿Blanco, verde, negro o rojo?

—Amarillo...

—Claro...

Jesús no entendió y replicó:

—No, claro no... Amarillo amarillo.

Y terminamos muertos de la risa.

Después prosiguió con la lección de kábala.

Y me hizo ver que «13.013» es mucho más de lo que suponía.

—Uno más tres —explicó— arroja cuatro. ¿Y qué simboliza el cuatro?

Me encogí de hombros. No tenía ni idea.

—¡Ab-bā!... El «4» simboliza al Padre Azul. En tu sueño aparecen dos perlas. La primera, y más importante, es la representación de Ab-bā, ¡y por dos veces!: al principio de la eternidad y cerrando esa eternidad. Te lo dije: el AMOR ETERNO envolviéndolo todo. Y tú subes por Él.

—¿Y la segunda perla?

En esos instantes se presentó *Zal*.

Me regaló un par de lengüetazos y fue a tumbarse junto a su amo.

Jesús no quiso responder a mi última pregunta, pero matizó:

—Estás en el camino. Eso es lo único que debe importarte...

A mi regreso a nuestro mundo, en una de mis conversaciones con Eliseo en la leprosería de Madagascar en la que me refugié durante un tiempo, surgió el sueño de los 13.013 escalones. Mi hermano escuchó con atención y, al día siguiente, me mostró algo.

13.013 fueron los días vividos por Jesús de Nazaret durante su encarnación en la Tierra.

Quedé asombrado.

El cómputo abarcaba desde el 21 de agosto del año menos 7 (fecha del nacimiento) hasta el 7 de abril del año 30 de nuestra era (fecha de la muerte).

Y me pregunté: «¿Por qué el 13.013 se presentó en el sueño? ¿Por qué fueron 13.013 peldaños? ¿Fue esta la segunda «perla» encerrada en la ensoñación y de la que el rabí no quiso hablar?»

Estoy seguro. Fue la segunda «perla» ...

Como decía el Maestro, quien tenga oídos, que oiga...

Ese mismo sábado, 19 de julio (año 27), llegó al campamento otro de los habituales correos de David Zebedeo, el hermano de Juan y Santiago.

Los discípulos temblaron.

El Sanedrín nos había localizado.

Aparejamos las tiendas, recogimos la cocina de forma apresurada, cargamos el *reda* cubierto, y escapamos, casi a la carrera.

Era la enésima huida.

Siguiente parada: Arquelais, al norte, y cerca del río Jordán.

Se trataba de una ciudad helenizada, sin mucho que ver. Allí permanecimos cuatro días, ocultos en el campamento, y temerosos. Los levitas podían presentarse en cualquier momento. Nadie se movió.

El 28 de julio, lunes, Andrés —previsor— ordenó partir.

Y nos encaminamos en dirección a Fasaelis, otra villa judía, fundada por Herodes el Grande en memoria de su hermano mayor, muerto en batalla.

Acampamos, como siempre, cerca de las puertas de la ciudad y allí permanecimos, ocultos, durante algunos días.

Y en Fasaelis recibimos dos sorpresas...

Belša, de pronto, se presentó en el campamento.

¿Cómo lo hizo? ¿Cómo nos encontró?

El persa del sol en la frente se alegró al verme, pero me dio la espalda en cuanto vio al Iscariote y a Simón, el Zelota.

Aquello no me gustó.

Y regresaron las viejas ideas: ¿fue Belša quien traicionó a Yehohanan? ¿De qué habló con los discípulos? ¿Por qué hicieron un aparte? ¿Había un traidor entre los íntimos?

Por supuesto, yo sabía que el Iscariote terminaría traicionando al Galileo, pero, ¿qué debía pensar del Zelota? ¿Era un agente infiltrado? ¿Para quién trabajaba? Todo el mundo sabía que era un zelota, un guerrillero contra Roma. ¿O estaba elucubrando, una vez más?

A las pocas horas, sin despedirse, Belša desapareció.

Y Judas y el Zelota se mostraron huidizos.

Nadie supo de qué hablaron con el escalador.[1]

[1] Belša era un *parsay*, un persa, nativo de Susa (actual Irán) que, al parecer, trabajaba como confidente para Herodes Antipas y para Roma. Se trataba de un agente doble. Su profesión era escalador: recolectaba racimos de dátiles. Había sido caravanero y era un fiel seguidor del dios Mitra. *(N. del m.)*

Y las dudas me asaltaron durante un tiempo.

La segunda sorpresa llegó al atardecer.

Abner, el pequeño gran hombre, y los «justos» (quince en total), se presentaron en el campamento.

Fueron bien recibidos, pero las disputas no tardaron en llegar.

Los «justos» —todos ellos discípulos del Bautista— no admitían la permanente huida de Jesús y los suyos.

«Hay que dar la cara —clamaban—. No somos unos cobardes...».

Y unos y otros terminaban a voces.

«¿Por qué el Galileo no predicaba? —protestaban los "justos"— ¿Qué sucedía con los arsenales de armas y con la organización de los ejércitos? ¿A qué esperaba el Maestro para dar la orden de ataque?» Y lo más irritante: «¿Por qué Jesús —supuesto Mesías— no hacía nada para liberar a Yehohanan, su primo segundo?»

La situación, desde mi corto entendimiento, no tenía arreglo.

Las polémicas y las peleas fueron tan frecuentes y agrias que Andrés y Abner, como jefes de grupo, se vieron en la necesidad de parlamentar y buscar una solución. Obviamente no la encontraron. Y recurrieron a Jesús. El Maestro dio un consejo:

—Dejemos atrás los problemas...

Y ambos grupos —de mutuo acuerdo— optaron por concederse un respiro.

Se separarían.

Cada bando tiraría en una dirección.

Fue así como terminamos en la inolvidable montaña que llamaban Sartabá.

DEL 8 AL 10 DE AGOSTO (AÑO 27)

Fue, sin duda, un acierto...

Cada grupo, como digo, se fue por su lado.

Abner y los «justos» se dirigieron al monte Gilboá.

Andrés consultó con Tomás, responsable de los itinerarios en los viajes, y este recomendó la colina de Sartabá, a escasos ocho kilómetros hacia el norte.

El Maestro aceptó.

Y hacia allí nos dirigimos.

Y el viernes, 8 de agosto (año 27), a eso de la tercia (nueve de la mañana), alcanzamos la base del monte.

El Sartabá era una elevación modesta: 377 metros sobre el nivel del mar Mediterráneo y 650 sobre el valle del Jordán. La cima era cónica y sobresaliente. Pertenecía a la cordillera de Um Jalil. Era puro yeso y pura caliza, pertenecientes al período del Eoceno. Las laderas eran abruptas y conquistadas por bosques de viejos balanites egipcios —altos y dorados—, salvadora persa, y una especie de árbol desconocida para mí. La llamaban «hiperión». Jamás vi cosa igual. Eran ejemplares de cien metros de altura. Para que nos hagamos una idea, la estatua de la Libertad, en Nueva York, alcanza 93 metros... Me hallaba, probablemente, ante el árbol más alto de Israel.

Montamos las tiendas cerca de una balsa, preparamos la cocina de campaña, y ascendimos a lo alto del monte.

Felipe y los gemelos permanecieron junto al *reda*, preparando la cena.

Y, al atravesar uno de los bosques de hiperiones, escuchamos un sonido imposible.

Presté atención.

No me equivocaba.

Tampoco sufría una alucinación.

Pero, ¿cómo era posible?

¡Violines!

En lo alto de los árboles se escuchaba un sonido parecido al que hubieran producido diez o quince armoniosos violines.

Nos interrogamos mutuamente, pero nadie supo explicarlo.

Y continuamos hacia la cumbre.

Quedé desconcertado. ¿Quién tocaba el violín en lo alto de los hiperiones?

La cima era una planicie, atormentada por rocas jóvenes, afiladas e inconscientes, entre las que nacía un manantial silencioso y prometedor. El agua, con un extraño sabor a flúor, terminaba suicidándose por una de las laderas. Después se remansaba al pie del Sartabá, en la referida balsa.

Las vistas eran pura belleza.

Hacia el este divisamos la negrura de las selvas del Jordán y, más allá, las montañas azules de Galaad. Al norte saludó la inmensa Samaría, siempre misteriosa, con sus cordilleras desafiantes. Al sur espejeaba el mar de la Sal...

Respiramos con ambición y nos relajamos.

Eso era lo que buscábamos...

Parte de la planicie se hallaba habitada por miles y miles de lirios de Samaría, blancos y azules, espinos traidores, y varthemias de todos los colores.

En un extremo de la explanada descubrimos los restos de una antigua fortaleza.

Bartolomé nos instruyó.

Se trataba del Alejandrión, un palacio y castillo levantados por Alejandro Janeo hacía mucho.[1]

Y, entre las piedras, acertamos a descubrir tres chozas de madera y paja.

Las habitaban una familia de origen fenicio, muy peculiar...

Los llamaban «los avestruces». El padre y varios de los hijos presentaban una enfermedad singular: los pies disponían de tres únicos dedos, parecidos a los de los avestruces.

Siempre iban descalzos.

[1] Aunque los especialistas no se ponen de acuerdo, parece ser que esta fortaleza ya existía en la época de la dominación samaritana (poco después del exilio del pueblo judío a Babilonia, en el año 586 a. de J. C.). Yehohanan Hircano luchó contra los *kuteos* o samaritanos y consiguió arrebatarles el castillo. De esta forma se garantizó el dominio de las tribus hasmoneas hasta los límites de Jericó.

Fue Alejandro Janeo, hijo de Hircano, quien acondicionó el viejo castillo de Sartabá. Y recibió el nombre de Alejandrión, en su memoria. La remodelación de la fortaleza tuvo su origen en un hecho lamentable. En el año 101 antes de nuestra era, el egipcio Ptolomeo, gobernador de Chipre e hijo de Cleopatra, envió a su ejército contra Janeo. La batalla tuvo lugar en el valle del Jordán. Janeo fue destrozado y el camino hacia Jerusalén quedó libre para Ptolomeo. La oportuna intervención de Cleopatra evitó la derrota total de Janeo. A partir de estos sucesos, Janeo decidió construir y remodelar una serie de fortalezas que protegieran su territorio. Años después —en el 63 a. de J. C.— el general romano Pompeyo destruyó de nuevo el Alejandrión. Y fue el rey Herodes el Grande quien reconstruyó el castillo, añadiendo un hermoso palacio. Pero, de todo esto, solo quedaban unas imponentes ruinas. *(N. del m.)*

Se trataba de un caso de ectrodactilia, una alteración genética, conocida también como síndrome de Karsch Neugebauer. Como consecuencia de la enfermedad, las personas nacen con los dedos de los pies o de las manos en forma de pinzas de langosta.

La gente de los alrededores les tenía miedo y los consideraban «hijos de Inanna», una diosa mesopotámica que, según la leyenda, volaba y disponía de tres dedos en cada pie.[1]

«Los avestruces» nos recibieron con recelo.

Pero las cálidas palabras del Galileo, y los buñuelos de *keratia*, confeccionados por el intendente, fueron disipando los miedos iniciales.

Y terminaron ofreciéndonos lo que tenían: nada.

«Los avestruces» sumaban trece personas: los padres, diez hijos y un abuelo.

Muchos de ellos tenían los dientes negros. E imaginé que se debía a algún tipo de contaminación. Quizá a causa de una mena de flúor en las aguas del manantial (posiblemente fluorita).

El abuelo era un personaje asombroso. Era ciego de nacimiento. Su nombre era Amable. Y le hacía justicia. Siempre sonreía. Carecía de cejas, presentaba el labio hendido (bilateral) y los arcos supraorbitarios prominentes.

Amable sufría de un notable retraso mental, pero disfrutaba de unas aptitudes asombrosas.

[1] Inanna fue una importante diosa sumeria. Fue reverenciada por los babilónicos y los acadios, así como por los asirios y fenicios. Era la diosa del amor y de la sexualidad. Muchos la conocieron por el nombre de Astarté. Fue también la reina y señora de los animales y de la guerra. Decían que se aparecía en la noche y que mataba a sus enemigos, extrayéndoles la sangre. Usaba anillos en los párpados, en el ombligo, en la nariz y en la vagina. *(N. del m.)*

A pesar de su ceguera se movía por los bosques con una agilidad y destreza desconcertantes. Jamás tropezaba. Sabía dónde estaba cada árbol y los acariciaba como si fueran sus hijos. Le bastaba con tocar una flor para saber cuántas plantas de ese tipo crecían en el lugar. Aseguró que en la cumbre del Sartabá, en esos momentos, prosperaban 221.000 lirios.

Amable era lo que Langdon Down definiría en 1887 como «*idiot savant*» o idiota sabio. Un tipo de autista inteligente en el que el hemisferio cerebral derecho —responsable de la creatividad— compensaba el daño producido en el hemisferio izquierdo. En Estados Unidos supe de un «*savant*» que consiguió aprenderse de memoria un total de 7000 libros (muchos de ellos guías telefónicas). En 1789, otro autista inteligente —Thomas Fuller— fue capaz de llevar a cabo los cálculos más increíbles. Ejemplo: calculaba los segundos que habría vivido un hombre de 70 años, 17 días y 12 horas de edad: 2.210.500.800 segundos. La respuesta la proporcionó en un minuto y medio.

Fue el ciego quien aclaró el misterio de los violines en los bosques de Sartabá.

Aseguró que el melodioso sonido lo producía un pájaro al que llamó «saltarín».

Sencillamente, al cortejar a la hembra, el «saltarín» golpeaba las alas y conseguía la música.

Al cruzar los bosques de hiperiones me fijé con detenimiento.

En efecto, las aves, con hermosos penachos rojos, bailaban sobre las ramas, haciendo vibrar las plumas. Ello provocaba una resonancia parecida a la del violín.

Quedé maravillado.

Al retornar a la «cuna», «Santa Claus» ofreció una información complementaria. El «saltarín» era capaz de golpear las alas 107 veces por segundo. La pluma número cinco —doblada en un ángulo de 45 grados— chocaba con la número seis y producía el sonido. Finalmente, las vibraciones de las plumas seis y siete se transmitían a las secundarias, generando la citada resonancia.

Hubo un punto que no coincidía con lo observado. Según el ordenador central, estos pájaros solo se dan en las selvas ecuatorianas. Eso no podía ser... Yo los había visto.

Según «los avestruces», aquellos bosques estaban infectados de lobos, jabalíes y gatos de los pantanos. La verdad es que no vimos ni uno.

Fueron tres días inolvidables: reímos, jugaron, paseamos, conversaron y, lo más importante, se escucharon los unos a los otros. Y, al final, la «guinda» ...

El viernes, 8 de agosto (año 27), como decía, montamos las tiendas, nos organizamos, y exploramos.

El sábado, 9, ascendimos a la cima con las primeras luces y el Zelota programó dos juegos.

Al primero lo llamaban *malb* (o algo parecido).

Se dividieron en dos equipos; uno a cada lado de una raya dibujada en el suelo. El capitán de uno de los bandos —Andrés— lanzó un *ostracón* a lo alto. El trozo de cerámica había sido pintado de blanco por una de las caras. Si el *ostracón* caía por esa cara, el equipo rival tenía que lanzarse en persecución de los contrincantes y atraparlos, uno por uno.

Y la cerámica cayó por el lado pintado de blanco.

Y el Maestro y su grupo (Tomás, el Zelota, Bartolomé, Mateo y uno de los gemelos) corrieron hacia el bando de Andrés, intentando capturarlos. El Iscariote se negó a participar en el juego.

Las carreras, caídas, y el vocerío se prolongaron durante un buen rato.

«Los avestruces» estaban asombrados.

Jesús, rápido, atrapó a Felipe y lo derribó.

Las risas eran contagiosas.

Y el equipo del Galileo fue declarado ganador.

El segundo juego —parecido al *epískyros* griego— consistía en una diversión más reposada. El personal fue dividido igualmente en dos equipos y repartidos a uno y otro lado de la línea. Una pelota de lana, confeccionada por Felipe, era lanzada, alternativamente, por los jugadores de uno y otro bando. La pelota debía traspasar las respectivas líneas de fondo. Los jugadores trataban de detenerla con el cuerpo.

Jesús se empleó a fondo, como en todo lo que hacía.

Descendieron de la colina, agotados y felices.

Tras un largo baño en la balsa cayeron rendidos.

Yo me dediqué a fregar cacharros y a observar al Hijo del Hombre.

Se quedó dormido al pie de un árbol.

Zal, muy cerca, vigilaba.

Al atardecer, cuando preparábamos la cena, fuimos testigos de un espectáculo único: miles de luciérnagas doradas volaron entre los bosques y sobre las tiendas, en un silencioso y deslumbrante ritual de cortejo.

El Maestro lo definió con cuatro palabras:

—Otra *bellinte* de Dios...

Tras la cena —pollo macerado en vino y dátiles—, Bartolomé hizo las delicias de todos con sus historias *kui*. Mejor dicho, de casi todos... El Iscariote se retiró a su tienda y nos calificó de «poco serios».

El Oso empezó narrando la historia del ángel que dejó marcada la barbilla de los hombres y de las mujeres.

Y preguntó:

—¿Sabéis por qué algunos presentan un hoyuelo en el mentón?

Nadie lo sabía.

El Maestro, asombrado, tenía la boca abierta.

Y Bartolomé explicó que el hoyuelo era una señal de los cielos.

—Los bebés, cuando están en el vientre de su madre —aclaró—, lo saben todo... Pero, antes de nacer, llega el ángel del Señor y coloca un dedo sobre la boca del niño, con el fin de que guarde silencio sobre lo que sabe.

Estaban (estábamos) pasmados.

—De ahí que algunos nazcan con la marca en la barbilla...

El cuento de Bartolomé no convenció a nadie.

—¿Y qué pasa con los que no tenemos hoyuelo? —presionó Juan Zebedeo.

—Esos son tontos de nacimiento...

El grupo se descalzó y lanzó las sandalias contra el pobre Bartolomé.

Andrés necesitó tiempo para aplacar los ánimos.

Y el Oso siguió, a regañadientes.

Habló de los árboles durmientes, que habitaban, por supuesto, en los bosques de Sartabá. Aseguró que, con el ocaso, se inclinaban para dormir. Después, si el alba era violeta, recuperaban la posición habitual.

La credulidad de aquellos hombres era conmovedora...

Pedro, con los ojos muy abiertos, miraba y remiraba el lindero del bosque.

Por último —basándose en sus numerosos viajes (?)—, Bartolomé refirió las costumbres de los ricos habitantes de un país llamado Mutifili.

Cuando preguntaron hacia dónde caía Mutifili, el Oso se sacudió el enojoso asunto con un «muy lejos». Felipe asintió.

Aquellos habitantes de Mutifili habían logrado miles de diamantes con la ayuda de las águilas doradas. Estas caían sobre las serpientes «ojos de diamantes» y las devoraban. Los ciudadanos solo tenían que esperar a que las águilas expulsaran los excrementos para recuperar los diamantes.

Después contó otras historias imposibles sobre el ave Roc, capaz de levantar elefantes del suelo, y sobre los unicornios de la India, cuyos cuernos son, en realidad, trompetas.

Cuando empezó a contar la historia de los ataúdes voladores, los ronquidos —heroicos— de Pedro pusieron punto final a la exposición del imaginativo Bartolomé.

Todos quedaron satisfechos.

Las ocho mil estrellas que nos contemplaban estaban igualmente fascinadas. Y se empujaban con los destellos.

El domingo, 10 de agosto (año 27), tras otra mañana de juegos, el Hijo del Hombre solicitó algo de sus discípulos.

Quedamos desconcertados.

—Me gustaría —expuso el Maestro— que le preguntarais algo al Padre Azul.

Y el rabí matizó:

—Se trata de que formuléis una pregunta... Una cada uno.

Me señaló y añadió:

—Tú también...

¡Vaya!... Trece preguntas a Dios.

Se miraron, perplejos.

¿Qué podían preguntar al Padre Azul?

No era tan sencillo...

Y se retiraron al bosque de los hiperiones, con el fin de meditar.

Aquel Hombre era desconcertante. Sabía motivar a su gente. Sabía cómo dirigirlos. Sabía llegar al fondo de sus almas... Y me pregunté, una vez más: «¿quién puede querer su destrucción?»

Esa noche, la cena fue rápida...

Todos habían preparado algo. Todos menos yo. Le di mil vueltas, pero no supe qué preguntarle a Dios.

He aquí algunas cuestiones que rechacé: «¿Por qué consientes el mal? Si eres un ser perfecto, ¿por qué permites la imperfección? ¿Qué ganas con las guerras? ¿Por qué el camino hasta tu presencia es tan largo? Dicen que no juzgas: ¿por qué? ¿Qué pasa con los ladrones, asesinos y violadores? ¿Cuándo serán juzgados los ángeles caídos? ¿Podré comprenderte algún día? ¿De qué me sirve amarte si no sé quién soy?»

Y al asomarse los primeros luceros, Andrés dio la palabra a Tomás, el incrédulo.

—Maestro...

Jesús levantó el dedo índice izquierdo y señaló la sien de ese mismo lado, recordándole al discípulo que la pregunta debía formulársela al Padre Azul, no a Él.

—Dios está en tu mente —aclaró el Maestro.

Tomás comprendió y rectificó:

—Amado Padre Azul...

Las risas fueron generales.

Y Andrés impuso silencio. Las ocho mil estrellas también guardaron un respetuoso mutismo.

—¿Quién soy yo?... ¿Por qué estoy aquí?

Los íntimos protestaron.

Y el jefe recordó:

—Solo una pregunta...

Jesús fue rápido. Tomó la palabra y proclamó:

—El Padre Azul dice que eres un príncipe...

Tomás miró a Jesús, desconcertado.

—¿Te burlas? —acertó a balbucear.

Pero el Galileo no se burlaba; difícilmente lo hacía... Y repitió:

—Eres un príncipe... Eso dice Ab-bā.

Señaló al resto y prosiguió:

—Todos vosotros lo sois... ¿Pensáis que cualquiera podría acompañarme en esta experiencia en el mundo?

—¿Yo soy príncipe? —preguntó Pedro, incrédulo.

—Eres príncipe en mi reino —le salió al paso el Galileo—. Aquí eres pescador y cabezota...

Las risas y los aplausos llenaron la noche. Y las estrellas destellaron, divertidas.

—¿Y por qué no lo recordamos? —se interesó Mateo.

El Maestro colocó su dedo índice izquierdo sobre la barbilla y recordó la historia narrada por el Oso:

—Un ángel te pidió silencio cuando estabas en el vientre de tu madre, ¿recuerdas?

Entendí. Antes de nacer, alguien te borra tu verdadera personalidad. Y vives lo que hayas elegido previamente. Lo habíamos hablado...

—¿Por qué estás aquí? —retomó Jesús la segunda pregunta de Tomás—. Muy simple y muy duro: para ayudarme a dar testimonio de la felicidad que os aguarda y, de paso, para experimentar.

Pedro fue el siguiente:

—Padre Azul, ¿el amor es para siempre?

—¿A qué amor te refieres —solicitó el Hijo del Hombre—: al terrenal o al verdadero?

—Al de Perpetua —replicó Pedro al momento.

—Ese terminará cuando pases al otro lado —aclaró el rabí— y se transformará en algo mucho más hermoso y duradero.

Pedro y el resto no entendieron. Y yo tampoco.

Para el discípulo, Perpetua, su esposa, era el principio y el final de su vida.

El Maestro captó nuestro despiste y agregó lo que había repetido tantas veces:

—Hablamos de dos tipos de amor... El de aquí es bello, necesario, pero efímero. El verdadero AMOR, con mayúsculas, el que mueve la creación, el que os saldrá al paso tras la muerte, no tiene palabras. No hay forma de definirlo..., aquí. Ese AMOR sí es para siempre. Ese AMOR será el que recuperaréis cuando regreséis a vuestra verdadera casa, cuando volváis a ser príncipes...

Tercera pregunta.

La formuló Bartolomé, el Oso de Caná:

—¿Por qué el ser humano es vengativo?

El Maestro buscó las palabras adecuadas. No sé si las encontró:

—El odio es lo contrario al AMOR. Y del odio se deriva la venganza. Los que odian han olvidado quiénes son y hacia dónde se dirigen. Los malos cumplen igualmente los planes del Padre Azul. Pero, al morir, regresarán a la luz. El que mata, roba o difama está en la oscuridad. Yo he venido a cambiar eso. Matar, robar o difamar no compensa...

Esta vez le tocó el turno al siempre silencioso Santiago de Zebedeo:

—¿Por qué vivimos con miedo?

—El miedo —querido Santiago— es otra de las terribles consecuencias del olvido…

—No entiendo.

Jesús señaló las ocho mil estrellas. Se apretaban. Parecía que pudiéramos capturarlas con las manos…

Segundos después explicó:

—El miedo aparece cuando olvidáis quiénes sois en realidad…

Señaló al hermano de Juan y David Zebedeo y proclamó con gran voz:

—¡Sois inmortales!… ¡Sois príncipes!… ¡Estáis aquí de paso y circunstancialmente!… ¡Tenéis miedo porque habéis olvidado vuestro verdadero origen y naturaleza!… ¡Sois hijos de un Dios!… ¡Yo soy vuestro padre y creador y a mí volveréis!

Se puso de pie, alzó los brazos hacia el firmamento, y gritó con todas sus fuerzas:

—¡¡Sois inmortales!!… ¡¡No temáis a nada ni a nadie!!

Escuché algunos violines en la profundidad de los bosques. La naturaleza estaba de acuerdo con el Hijo del Hombre.

—¿Por qué el Padre Azul es invisible?

La pregunta de Judas de Alfeo, uno de los gemelos, alivió la tensión. Y fue acogida con risas.

—Es mejor así —simplificó el rabí con una gran sonrisa—. Si lo vieras de cerca te desmayarías…, o algo peor.

¿Qué era ese «algo peor»? Nadie solicitó una aclaración.

Y me quedé con las ganas.

—El Padre Azul tiene un Hijo —planteó Jacobo, el otro gemelo— y muchos nietos…

—Muchísimos —le cortó Jesús.

—Pero —concluyó Jacobo—, ¿tiene esposa?

Más risas.

Andrés rogó calma y silencio.

Las estrellas —que no perdían ripio— se pusieron a brillar con fuerza, como molestas. ¿Es que no había asuntos más importantes que tratar?

El Galileo movió la cabeza, negativamente, como si no supiera qué responder. Y lo hizo como pudo:

—Él no necesita esposa, tal y como tú lo entiendes... Con el AMOR, con mayúsculas, tiene más que de sobra... Le ocupa todo el día...

Me buscó con la mirada, pero no entendí.

Mateo planteó algo más profundo:

—¿El Padre Azul tiene perspectiva?

Quien más quien menos quedó pensativo.

Y se registró otro incómodo silencio.

Los violines animaban la negrura...

Comprendí que no era fácil responder a la pregunta. Pero el Maestro no atrancaba:

—Dios no está sujeto a lo que tú llamas perspectiva... Él es su propia perspectiva. Insisto: no podéis comprender con vuestra pequeñísima mente... Cuando lleguéis —al fin— a las puertas del Paraíso y lo veáis cara a cara no habrá palabras... Confiad en mí. Hablo por experiencia. Yo lo visito con frecuencia...

—Pero, ¿cómo es? —gritó Felipe desde la cocina—. ¿Usa sandalias? ¿Quién le plancha la túnica?

Las risas y los silbidos apagaron la voz del intendente.

Pero el Maestro no pasó por alto las cuestiones planteadas por el cocinero:

—No es como lo imaginas... No es un hombre, y tampoco una mujer... Es más que todo eso.

Ahí se quedó.

Comprendí.

Esa aventura —describir al Número Uno— era inviable.

—¿Cuál es el futuro de Dios, bendito sea su nombre?

La súbita pregunta del Iscariote me dejó pensativo.

Y la retranca del Galileo salió a flote:

—¿A cuál de ellos te refieres? ¿Al futuro cercano o al lejano?

Judas se encogió de hombros. No captó la fina ironía del rabí.

Y el Maestro respondió, por supuesto:

—Dios es el único ser que no tiene futuro... Cuando la creación se haya consumado, Él estará en otro asunto...

—¿Habrá más creaciones? —intervino Tomás nuevamente.

Andrés le reprendió y le recordó que él ya había preguntado.

Pero el Galileo accedió a contestar:

—Vosotros seréis testigos —y actores principales— en las creaciones que esperan... Ese es otro de los grandes objetivos de los seres que ascienden... No es vuestro caso.

Me quedé con las ganas de profundizar en el asunto. Pero no me atreví.

Y el Galileo volvió sobre la pregunta de Judas Iscariote:

—El Padre Azul lo es todo, aunque tú, ahora, no puedas entenderlo: Él es pasado, futuro y, sobre todo, ahora. No te preocupes del pasado, y mucho menos del futuro. ¡Vive a Dios!... ¡Vive el presente!

Tampoco comprendieron.

Juan Zebedeo solicitó información sobre algo que se me antojó de difícil aclaración:

—¿Dios, bendito sea, tiene un alma como la nuestra?

—El Padre Azul es todo alma... No tiene sangre, ni carne... Está hecho de una sustancia que tú ignoras. Él es todo cáliz...

Y el rabí acudió a un símil que ya utilizó en otras oportunidades:

—El alma es una copa... Hay que llenarla de experiencias y de luz. Pues bien, el Padre Azul siempre está lleno.

Felipe volvió a las andadas:

—Si no tiene sangre ni carne, ¿qué come?

El intendente fue amonestado por el jefe. A Felipe le daba lo mismo.

—El Padre Azul tiene un único alimento conocido —respondió el Galileo con santísima paciencia—: bebe y come AMOR, con mayúsculas.

—¡Qué aburrido! —terció el cocinero—. Yo le daría a probar un buen cordero asado...

Se levantaron algunos murmullos de aprobación.

Y el Maestro replicó, casi para sí:

—Tranquilo, Felipe... Él conoce tu cordero.

Simón, el Zelota, preguntó algo previsible:

—Dios, bendito sea su nombre, ¿tiene ejércitos?

El Maestro sonrió con benevolencia.

—Tiene ejércitos que no precisan armas... Tiene ejércitos que combaten con el AMOR... Tiene miles de millones de criaturas que lo custodian y auxilian...

—¿Y si alguien lo traiciona?

Andrés permitió la segunda pregunta del Zelota.

—Si alguien lo traiciona —sentenció Jesús— es porque Él lo permite...

—En el más allá —gritó de nuevo el intendente— ¿se trabaja como aquí?

Andrés lo dio por imposible.

—Más que aquí, Felipe... Más que aquí, pero en lo que verdaderamente te gusta.

La respuesta del Hijo del Hombre dejó pensativo al grupo. Obviamente, casi ninguno trabajaba en lo que le apetecía.

Andrés fue el último; mejor dicho, el penúltimo:

—¿Quién es más poderosa: la mente o el alma?

—Son criaturas diferentes —aclaró Jesús—. No debes compararlas, de la misma manera que no puedes igualar al león con la mariposa. La mente es el león: fuerte y ágil... La mariposa es el alma: trasciende y vuela. Pero solo el alma vivirá eternamente...

Y le tocó el turno a este explorador.

Jesús me animó con una sonrisa.

—¿Cuándo lo veré? —improvisé.

—¿Tienes prisa?

—No —balbuceé—, pero...

Y el Maestro respondió de una manera misteriosa (al menos para mí):

—Estás llegando al final de la escalera... Pero, recuerda, tras la muerte tampoco lo verás. Eso será después, mucho después...

Y añadió, dejando caer una de sus interminables sonrisas:

—De momento, siéntelo... Él te habita. Lo sabes, ¿verdad?

Asentí en silencio.

—No pidas a la humilde y bella luciérnaga que vuele al sol. Sería la destrucción...

Jesús, entonces, se puso en pie, alzó los brazos, y entonó su canción favorita. Todos la coreamos: «Dios es ella... Ella, la primera *he,* la que sigue a la *iod*... Ella, la hermosa... El vaso del secreto... Padre y Madre no son quince sino nueve más seis... Dios es ella...».

El Maestro, naturalmente, tenía razón. La mejor forma de resolver los problemas es alejándose de ellos.

Pocos días antes, el grupo apostólico se hallaba inmerso en agrias polémicas con los seguidores de Yehohanan. Todo eso desapareció en tres días, en los bosques de Sartabá. Sus mentes se relajaron y los estúpidos conflictos quedaron olvidados.

Y comprendieron: casi todo tiene arreglo... Es cuestión de inteligencia y buena voluntad.

Y el lunes, 11 de agosto del año 27 de nuestra era, el Hijo del Hombre volvió a sorprendernos:

—¡Vamos a Samaría!

DEL 11 AL 31 DE AGOSTO (AÑO 27)

El buen ánimo de los discípulos se agotó, rápido, conforme nos aproximábamos a Samaría. Y al cruzar la frontera, los íntimos se incendiaron.

El odio hacia los samaritanos era genético.

Samaría era un territorio muy extenso, más grande que la Judea, en el que prosperaban la vid, los bosques, el ganado, el olivo y algunas montañas emblemáticas.

Hacía siglos, el rey judío Omrí había comprado la Samaría a un tal Sémer por la ridícula suma de 2 talentos de plata (unos 28.800 denarios). Así lo aseguraba el primer libro de los Reyes (16, 24).

Pues bien, a partir de ahí empezaron las desgracias de Samaría.

En el año 772 antes de Cristo, los asirios penetraron en la zona y deportaron a muchos de sus habitantes. «Y el rey Sargón II trajo gente de Babilonia, de Kūtāh, de Awwā, de Hămāt y de Sĕfarwáyim, y los asentó en las ciudades de Samaría y habitaron en sus ciudades». Este es el relato del segundo libro de los Reyes (17,24).

Kūtāh fue una de las regiones que más paganos introdujo en Samaría. De ahí que a los samaritanos los llamaran *kuteos* (*kwt*), siempre de forma despreciativa.

Estas mezclas raciales entre mesopotámicos y judíos provocarían la aparición de una nueva raza —cetrina y recelosa— que permitió la llegada de numerosos cultos idolátricos.

Pero no todos los habitantes de Samaría eran paganos. Buena parte de los judíos que se quedaron profesaba la religión de Moisés, al que consideraban «el gran profeta». Estos samaritanos adoraban a Yavé, estaban sujetos al rito de la circuncisión, respetaban el sábado, y leían los cinco libros del Pentateuco. Su única gran diferencia con sus hermanos israelitas de la Judea era el Templo de Jerusalén. Al igual que la secta de los esenios no reconocían la autoridad de los sacerdotes de Jerusalén y, en consecuencia, rechazaban los ritos del Templo. Con el tiempo, los *kuteos* levantarían su propio templo en la cima del monte Garizím. Allí —decían— veneraban los cálices sagrados que utilizó Moisés durante el éxodo por el desierto.

Pero las invasiones en Samaría continuaron, y la confusión idolátrica se multiplicó.

Después de Sargon II llegaron los ejércitos de Asarhaddón (680-669 a. de J. C.) y de Asurbanipal (668-631 a. de J. C.) y el número de los deportados superó los 30.000. En su lugar aparecieron nuevos colonos, todos paganos y hostiles a la religión judía. Y los mesopotámicos se quedaron con las tierras y casas de los legítimos dueños: los judíos. En otras palabras: el odio siguió creciendo...

Por último, llegó Alejandro Magno (año 332 a. de J. C.) y, tras vengar el asesinato de Andrómaco, gobernador de Siria, ejecutado por los samaritanos, Samaría recibió un nuevo castigo y otros 20.000 *kuteos* fueron desterrados.

Y la ruptura entre la Judea y Samaría fue total. Y los samaritanos, como digo, decidieron levantar en el monte Gerizím una réplica del Templo de Jerusalén. Años más tarde, en el 128 a. de J. C., dicho templo fue destruido por el asmoneo Juan Hircano. El odio entre samaritanos y judíos alcanzó el nivel más alto. Hasta el punto que los israelitas evitaban viajar por Samaría y los *kuteos* rara vez entraban en la Judea.

En definitiva: la historia de Samaría era una interminable sucesión de guerras, dolor, muerte y deportaciones.

Y, hasta cierto punto, entendí la repugnancia de los discípulos de Jesús al pisar aquel territorio.

Caminamos rápido.

Cubrimos los 25 kilómetros entre Sartabá y la ciudad de Sicar o Siquén en cuatro horas.

Sicar era una población de mediano porte (22.000 habitantes), ruidosa, negra, amurallada y entregada al dios dinero. Fue destruida por el sirio Salmanasar V hacia el año 724 a. de J. C. Alejandro Magno le devolvió la prestancia. Allí instaló a sus soldados. Pero Juan Hircano la destruyó de nuevo.

Los habitantes vivían en torno a un generoso manantial.

Andrés trató de acampar al pie de la muralla, como era habitual, pero no fue posible.

El Iscariote, Juan Zebedeo y el Zelota pusieron el grito en el cielo.

«Aquella era una ciudad impura —gritaron, furiosos—. Solo con mirarla caemos en pecado...»

Tenían que alejarse. Tenían que perderla de vista.

La bronca fue de tal calibre que Andrés y Tomás se vieron en la necesidad de buscar otro emplazamiento. «De lo contrario —amenazaron los disidentes— abandonaremos el grupo».

Y nos alejamos hacia el sur, hasta que el ocaso (a las 18 horas y 21 minutos) nos cerró el paso.

Nos detuvimos en una vaguada, entre campos de cereal en barbecho, en un paraje que llamaban «los pozos de Jacob».

Esa noche todo fueron caras largas y silencios.

El Maestro no cenó. Lo noté disgustado.

Entró en su tienda y desapareció.

Zal lloraba a la puerta, desconsolado. Aquel perro era más inteligente que muchos de nosotros...

Al día siguiente, martes, 12 de agosto (año 27), tras el desayuno, Jesús y su perro salieron del campamento y se alejaron entre los campos.

La *tabbah* reaccionó tarde y los perdieron.

Yo lo dejé todo y me fui tras los confusos Pedro y los hermanos Zebedeo.

Una hora más tarde —tras varias idas y venidas— dimos con el Galileo.

Se hallaba sentado en el brocal de piedra negra de un ancho pozo, de unos tres metros de diámetro. Muy cerca se distinguían otros dos pozos de idénticas dimensiones. Los tres disponían de sendos trípodes de madera, firmemente anclados en tierra.

Zal se encontraba a los pies de Jesús, con la cabeza descansando sobre la tierra roja.

Una mujer sacaba agua del pozo.

Y nos fuimos aproximando...

Los trípodes sostenían unas carruchas de hierro —viejas y oxidadas— de las que colgaban unas cuerdas no menos cansadas. De cada soga pendía un pellejo de cabra —hinchado y embreado— que servía para izar el agua.

Algo más allá de los pozos jugaban unos niños, bajo la atenta mirada de media docena de chozas.

Calculé que podía ser la quinta (once de la mañana).

La *tabbah*, al descubrir a la mujer, se detuvo. Y Juan Zebedeo y Pedro maldijeron a la samaritana.

Acto seguido, sin más, dieron media vuelta y regresaron al campamento.

Comprendí.

La sola visión de la *kuteo* los contaminaba. Según los judíos, «las samaritanas eran menstruantes desde la cuna». Es decir, doblemente impuras. Si las miraban, las tocaban, o hablaban con ellas, tenían que acudir al Templo, o a las sinagogas, y satisfacer un dinero en concepto de «pecado».

Y terminé acercándome...

Mi intención, sencillamente, era observar y tomar referencias. Nada nuevo.

El pozo era profundo (unos treinta metros). El agua parecía limpia.

La mujer —samaritana, a juzgar por su túnica negra— era joven. Tenía un trasero enorme.

Me miró, desconfiada, y descubrí que le faltaba el ojo derecho. El párpado caía como un tejido muerto. El izquierdo lucía un celeste luminoso. La piel era suavemente aceitunada.

La *kuteo* tiraba de la soga con fuerza.

A su lado, al pie del antepecho del pozo, descubrí a una niña de unos cinco o seis años. El murete, de un metro de alzada, la ocultaba a mis ojos.

Me acerqué a la pequeña y quedé espantado. La totalidad del rostro, manos, cuello y pies aparecían colonizados por grandes tumores. Se trataba, posiblemente, de un lipoma, una enfermedad hereditaria (dominante autosómica). Los tumores se hallaban mezclados con otros nódulos o angiomas rojos y azulpurpúricos.

¡Dios bendito!... ¡Qué horror!

Conté treinta tumores. Probablemente se extendían por el resto del cuerpo.

Uno de los angiomas se derramaba desde el cabello y sepultaba la totalidad del ojo derecho.

Lo palpé suavemente y deduje que era una lesión blanda y movible, bien delimitada, y de unos nueve centímetros de longitud.

La niña no dijo nada. Y permitió que palpase otros bultos.

¡Podre criatura!

La pequeña jugaba con un cubo de metal...

La samaritana, finalmente, consiguió levantar el odre y vació el contenido, llenando dos cubos de hierro.

Jesús, atento, seguía los movimientos de la mujer.

Fue en esos momentos cuando el Maestro solicitó agua a la *kuteo*:

—¿Me das agua?

La mujer, sorprendida, replicó:

—Y tú, judío, ¿me pides agua a mí, una samaritana?

El Galileo sonrió y contestó:

—Si de verdad me conocieras, tú solicitarías de mí el agua viva... Pero no sabes quién soy.

—¿Eres más que nuestro padre Jacob que nos dio estos pozos?

Y el Maestro mantuvo la sonrisa, confundiendo a la mujer.

Jesús señaló el pozo y exclamó:

—Todo el que beba de esta agua volverá a tener sed... Pero, en verdad te digo que si bebes del agua viva del Espíritu que te habita, no volverás a sentir sed...

La samaritana no comprendió. Y preguntó, desconcertada:

—Pero, ¿quién eres?... ¿Quizá un profeta?

Jesús negó con la cabeza.

Y la *kuteo* continuó:

—¿Eres Moisés o Elías que han vuelto?

La respuesta del Galileo me dejó atónito:

—Soy más que eso... Soy tu Dios y Creador.

Era la primera vez —que yo recordara— que Jesús de Nazaret proclamaba su divinidad. Y lo hizo frente a una mujer y, para colmo, samaritana...

La *kuteo* se asustó, vació un poco de agua en el cubo de la niña, y ordenó que se lo entregara al hombre que seguía sentado en el brocal.

La pequeña obedeció. Tomó el recipiente y corrió hacia el Hijo del Hombre.

Pero, al poco, tropezó con una raíz y cayó al suelo.

El Galileo se alzó y, rápido, acudió en auxilio de la niña.

El cubo rodó por la tierra y se derramó.

El Maestro, solícito, se arrodilló frente a la pequeña de los tumores, se hizo con el cubo, y mojó la mano izquierda en lo que quedaba de agua. Después levantó la túnica y limpió la rodilla derecha de la pequeña. Aparecía ensangrentada.

La niña —nunca supe su nombre— dejó hacer. No derramó una sola lágrima ni hizo un mal gesto.

Y el rabí, conmovido ante aquella catástrofe humana, terminó abrazándola.

Acarició los cabellos negros y besó el tumor que tapaba el ojo.

Sentí un nudo en el estómago.

En esos instantes se registraron tres hechos, casi simultáneos.

No podría decir cuál fue primero.

Zal se levantó y, sin explicación conocida, se puso a ladrar —furiosamente— a las nubes.

Después emprendió una carrera loca y desesperada alrededor del pozo.

Yo no salía de mi asombro.

La samaritana, igualmente perpleja, corrió hacia su hija.

El tercer hecho fue el más desconcertante.

Mientras Jesús abrazaba tiernamente a la niña, del pozo surgió una columna de luz azul, tan ancha como el diámetro del brocal. Y se perdió hacia lo alto, clavándose en la base de los «cb» (cumulonimbos), a cosa de 3000 pies de altura.

Quedé hipnotizado.

En el interior de la columna de luz flotaban trillones de puntos luminosos...

Zal ladraba y continuaba corriendo alrededor del pozo.

Y la samaritana, de pronto, se detuvo y se desplomó, desmayada.

En segundos, el asombroso cilindro de luz azul se desvaneció... Y lo hizo con un sonido seco: una especie de «clanc».

Y en el aire quedaron flotando los millones y millones de puntos luminosos.

Y descendieron despacio, como una nevada imposible.

Al llegar al suelo desaparecían.

El Maestro soltó a la pequeña, se alzó, y terminó alejándose del pozo.

Zal dejó de ladrar y de dar vueltas y lo siguió dócilmente.

En el aire percibí un intenso olor a nardo. Pero, ¿dónde estaban las flores? Allí no había un solo nardo. Y recordé: el olor de la misericordia...

¿Qué había sucedido?

Quien esto escribe tenía la mirada fija en la niña de los tumores.

¡Dios de los cielos!... ¡La pequeña aparecía limpia!... ¡No quedaba rastro de la enfermedad!... ¡La piel lucía blanca y sin angiomas!

¡Dios!... ¡Lo hizo de nuevo!... ¡Había sanado a la niña samaritana!...

Lo supe. Fue en aquel tierno abrazo cuando se conmovió el maravilloso corazón del Hombre-Dios.

Pero la proximidad de la samaritana tuerta me sacó de estas reflexiones.

Esta vez fui yo el que casi cayó desmayado.

La mujer me miraba, perpleja y pálida, ¡con los dos ojos!

Después miraba a la niña...

Creí que enloquecía.

¡La samaritana había recuperado el ojo inexistente!... ¡Era tan azul como el otro!

«¡Eso no es posible!» —me dije— «¡No había ojo!»

Sí era posible...

Allí estaba, frente a este desconcertado explorador. La samaritana tuerta ya no lo era. El Maestro había hecho el prodigio. Bueno, el Maestro o su «gente»...

Me rendí a la evidencia.

Prodigios más espectaculares había visto...

Y la mujer, asombrada, tomó a la niña de la mano y salió a la carrera en dirección a las chozas.

Yo caminé hacia el campamento, con el alma llena y la mente vacía.

Como médico no podía comprender...

La reconstrucción de ese ojo exigía, no solo la materialización del mismo, sino las conexiones de los nervios con el cerebro. Todo un trabajo de expertos, y en segundos o décimas de segundo.

Sí, la misericordia y el poder de aquel Hombre eran infinitos...

Y antes de alcanzar las tiendas me detuve, me arrodillé, y di gracias al Padre Azul por haberme permitido conocerle, por haberme permitido ser testigo de semejantes prodigios, y por dar fe de su inmensa misericordia.

Quizá estas memorias no sean creídas. Lo comprendería.

Lo que hizo y dijo el Hijo del Hombre fue mucho más de lo que podamos imaginar y de lo que nos han contado.

Muchísimo más.

Al alcanzar la cocina de campaña, el Galileo partía cebolla. Parecía feliz. Me miró, sonriente, y me guiñó el ojo.

Mensaje recibido.

En el campamento nadie supo...

Jesús no comentó lo sucedido en los pozos de Jacob. La escolta, como dije, no fue testigo del doble prodigio.

Pero, al día siguiente, 13 de agosto, miércoles, la situación cambió, ¡y de qué manera!

Durante la mañana empezó a llegar gente.

Husmeaban entre las tiendas. Preguntaban por el «Dios y Creador».

Nadie entendía...

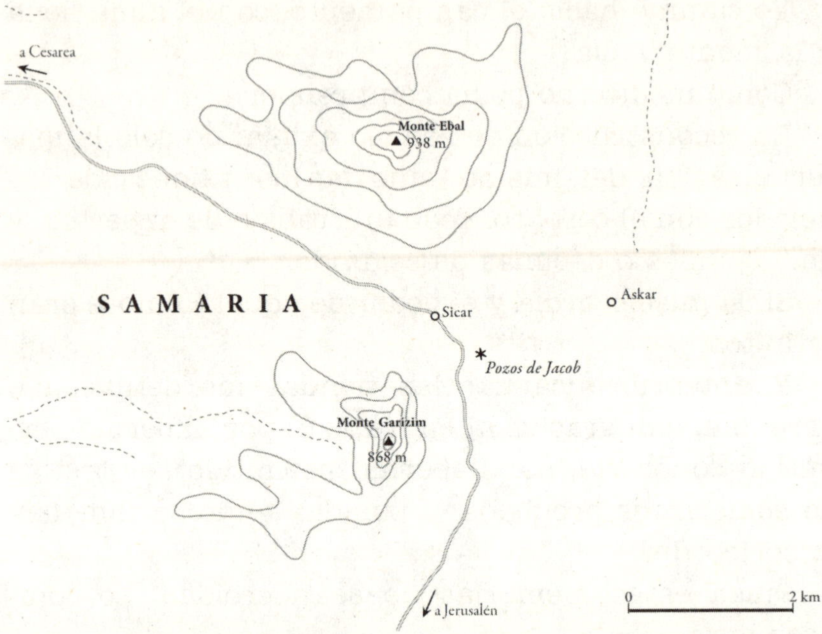

Ubicación de los pozos de Jacob, en Samaría.

Al principio fueron pocos.

La samaritana de los ojos celestes aparecía en primera fila. Hablaban entre ellos. Buscaban entre los discípulos.

Finalmente, la mujer —llamada Nalda— identificó al Hombre al que había dado agua y que la había sanado.

Y se desató la locura...

La noticia se propagó por toda la región y hacia las 18 horas y 20 minutos (momento del ocaso del sol), el campamento fue un hervidero de gente.

Había samaritanos por todas partes. Gente de Sicar y de las aldeas cercanas reclamaban al Maestro y exigían la curación de sus parientes y amigos. Ofrecían dinero a voz en grito. Lloraban. Suplicaban. Maldecían. Se arrodillaban ante la tienda de Jesús. Intentaban convencer a Andrés para que les permitiese hablar con el «Dios y Creador» (palabras pronunciadas por Nalda).

El jefe de los íntimos —desesperado— no sabía qué hacer. Pedía paciencia y orden.

Imposible. Podían ser más de quinientos los que demandaban salud, dinero, trabajo y amor.

La *tabbah*, como pudo, escondió al Galileo en el carro cubierto.

Y la gente empezó a perder la paciencia.

Algunos, descontrolados, patearon los pucheros y malograron la cena.

Felipe lloraba...

Las voces y los malos modos fueron a más.

Y llegó un momento en el que estuvieron a punto de emprenderla a trompadas.

Juan Zebedeo, Pedro y el Iscariote desenvainaron las espadas y amenazaron al gentío. Los samaritanos retrocedieron, pero continuaron con sus amenazas desde cierta distancia.

Andrés suplicaba prudencia.

Aquella situación podía desembocar en una tragedia.

Y llevaba razón.

Los ánimos estaban desatados.

Fue una noche caótica.

Pero, con la madrugada, el cansancio se apoderó de todos. Y los *kuteos* se fueron retirando en silencio.

Andrés, entonces, despabiló a sus hombres y dio una orden:

—¡Huyamos!

Levantamos las tiendas en minutos y salimos —a la carrera— hacia el sur.

Enésima huida.

Unos pocos samaritanos nos siguieron, pero, aburridos, terminaron deteniéndose y escupiendo sobre el polvo del camino. Allí quedaron, en la oscuridad de la noche, con los puños en alto y maldiciendo al «Dios y Creador».

Al amanecer nos detuvimos.

Nadie nos seguía.

Según Tomás nos hallábamos muy cerca de la montaña sagrada de los *kuteos*: el Garizím.

En efecto, a eso de la tercia (nueve de la mañana) divisamos el célebre monte.

Era pura roca. Alcanzaba los 868 metros de altura. Tenía forma cónica y las laderas eran un todo verde. Miles de robles formaban un bello y apretado bosque.

En la cima, entre peñas blancas, se distinguían los restos de un viejo templo, destruido por el tiempo y por la mano del hombre. Hacía un siglo que Hircano lo había incendiado y derribado.

Acampamos a orillas de un riachuelo, en la más absoluta soledad.

Andrés reunió a los discípulos y transmitió las órdenes del Maestro:

—Nada de visitas a las ruinas del templo de los *kuteos*. Nada de predicación…

El Galileo asintió con la cabeza, tomó a *Zal*, y se perdió en el bosque de robles.

Imaginé que deseaba conversar con su Padre.

Concluido el montaje de las tiendas y de la cocina, Felipe, Bartolomé y este explorador decidimos echar un vistazo por los alrededores. El resto se quedó en el campamento, durmiendo.

Fue así como descubrimos el poblado de las cobras. Así lo bauticé.

Junto al caminillo que trepaba hacia la cima se alzaban veinte chozas de piedra y madera en las que malvivían los samaritanos que daban servicio a los peregrinos que llegaban al Garizím.

Había de todo. Herreros, comerciantes, prostitutas, adivinos, aguadores, guías, mercenarios que protegían a los que deseaban visitar el templo, bebedores de sangre, pícaros y truhanes de todos los pelajes y credos...

Juan Zebedeo y los otros fanáticos —Simón, el Zelota, y Judas Iscariote— no pisaron el lugar en los diecisiete días que pasamos al pie de la montaña sagrada.

Felipe, el Oso y yo nos divertimos de lo lindo contemplando aquella *troupe*.

Allí conocí a los miembros de una secta, adoradores de la serpiente. Me recordaron a los «ofitas», unos locos que surgirían dos siglos después y que aseguraban que «el gesto de la serpiente, incitando a Eva a comer del árbol de la sabiduría, provocó el acceso del hombre al conocimiento». Estaban agradecidísimos a las serpientes. Y cada mañana, al alba, abrían unas grandes cestas, dejaban en libertad media docena de cobras escupidoras (previamente drogadas, claro está), y las hacían bailar al son de las flautas.

Dos chozas más allá habitaban los bebedores de sangre, otra secta pagana. Decían que beber sangre regeneraba el alma y el cuerpo. Y aseguraban que la sangre que ingerían a la caída del sol procedía de niños sacrificados durante la Pascua en las ruinas del templo. Eran defensores de la reencarnación. Y sostenían que el infierno existía, pero solo para las mujeres. Comprendí por qué, muchos años después, Clemente de Alejandría los condenaría en sus *Stromata*.

Los samaritanos más ortodoxos nos mostraron los diez mandamientos. Curioso: los nueve primeros eran idénticos a los de los judíos. El décimo, en cambio, variaba. Y rezaba: «No darás culto a Yavé fuera del Garizím».

Vendían el Pentateuco en cientos de piedras. Grababan la Ley en las rocas, según su tradición. Para los *kuteos*, los judíos habían perdido el norte. La Ley oral (conocida después como la Misná) era una pérdida de tiempo y de energía. Lo único importante —según los samaritanos— eran los cinco libros del Pentateuco: Génesis, Éxodo, Levítico, Números y Deuteronomio. Naturalmente, los *kuteos* habían introducido más de seis mil variantes en dichos textos sagrados (bien en grafías, supresiones o inversiones de palabras y pasajes). Otra locura...

En el poblado de las cobras degustamos un licor delicioso: el hidromiel. Lo que los griegos llamaban *melikraton*. Era una bebida a base de agua y miel, previa fermentación de la segunda. Deshacían la miel en el agua y calentaban la mezcla hasta esterilizarla. Eliminaban la espuma y trasvasaban el licor a cubas de roble. Con la nieve del Hermón era una bebida refrescante y energética. Alcanzaba un grado de alcohol próximo a los 15 grados. Los había secos, dulces, oscuros y claros. Según los samaritanos, el inventor fue el mismísimo rey de Arcadia: Aristeo. Para engendrar hijos varones debía consumirse el hidromiel durante un ciclo lunar.

Felipe compró varios litros y los repartió en el campamento. Todos probaron, menos el Iscariote.

El Maestro terminó cantando...

Uno de aquellos días, el intendente convenció a Jesús para que se uniera a nosotros y paseara por el poblado de las cobras.

Accedió y se lo pasó como un niño. Sobre todo, frente a las chozas de los encantadores de escorpiones.

Aquellos tipos —de origen egipcio— se autoproclamaban *jerp serket* o «encantadores de escorpiones». Era gente culta, especializada en medicina, que sabía de venenos y sus antídotos. De hecho, para protegerse de las picaduras de los «matadores» y de los «amarillos», se inoculaban diariamente pequeñas dosis de veneno. Eso los inmunizaba.

Sacaban a los escorpiones de las jaulas y los hacían girar, como si fueran bailarinas, al son de las flautas dulces.

El Maestro, maravillado, solicitó permiso para tocar.

Se lo dieron, entre risas.

Fue a sentarse frente a una de las jaulas y el *jerp* de turno la volcó, provocando la caída en tierra de un ejemplar enorme, de unos veinte centímetros de longitud. El aguijón era negro y poderoso.

Y a una indicación del cuidador, el Galileo se puso a tocar.

¡Oh!... Creí que lo había visto todo. Pero no...

El «matador» —peligrosísimo— se puso a dar vueltas, al compás de la flauta.

No podía creerlo.

¡Jesús, encantador de hombres y de escorpiones!

El «espectáculo» se prolongó un par de minutos.

Noté cómo sudaba, de puro miedo.

Al terminar, Felipe y el Oso aplaudieron a rabiar.

Y todos felices...

El 21 de agosto del año 27, jueves, fecha del 33 aniversario del nacimiento del Hijo del Hombre, los discípulos se adelantaron a mis intenciones. Felipe y los gemelos viajaron a Sicar y compraron una preciosa túnica blanca, de lino, sin costuras. Y se la regalaron.

Como se recordará, la vieja túnica blanca del Maestro había resultado chamuscada en Beit Ids, cuando Jesús salvó la vida de Ajašdarpan, el niño de los huesos de cristal.[1]

Mi intención era haberle comprado una túnica nueva, pero los íntimos, como digo, se adelantaron.

Esa tarde del 21 de agosto, el Galileo hizo una excepción.

Fue a sentarse en el poblado de las cobras, con los samaritanos, y lanzó una encendida y hermosa prédica sobre su tema favorito: el Padre Azul.

Los *kuteos*, asombrados, se decían unos a otros:

—¡Qué judío tan raro!... ¡No habla de un Yavé justiciero y castigador!... ¿Quién será ese nuevo Dios?

Y el Hijo del Hombre derivó sus palabras hacia otro asunto que fascinó a propios y extraños: la *nitzutz* o chispa divina que habita en la mente humana desde los cinco años.

Recuerdo afirmaciones como estas:

«El ser humano disfruta de un Espíritu que no duerme durante el sueño... Es una fracción de la esencia del Padre Azul que se instala en lo más profundo de vuestras mentes... Él aconseja en silencio... La *nitzutz* dirige sin dirigir... La chispa divina está siempre alerta... Él sabe lo que necesitáis en cada momento... La *nitzutz* es la belleza máxima... ¡Y os habita gratuitamente!... Él os acompañará siempre... Él es el responsable de vuestros momentos felices... Él es joven; jamás envejece... Si sois conscientes de que un Dios os habita, jamás experimentaréis el mie-

[1] Amplia información en *Caná. Caballo de Troya 9*. *(N. del a.)*

do... Y afrontaréis las dificultades de la vida con fuerza y serenidad... Entonces seréis verdaderamente sabios... Entonces seréis ricos porque estaréis llenos de amor...».

Sí, nunca me cansé de escucharle...

El 29 de agosto, viernes (año 27), llegó un correo de David Zebedeo.

Abner y el grupo de los «justos» deseaban parlamentar de nuevo con Jesús y sus íntimos. Solicitaban disculpas por sus malas maneras y citaban a los discípulos en una aldea llamada Gelbus, en la sierra de Gilboá.

Andrés y Jesús conversaron y decidieron acudir a la reunión con los seguidores de Yehohanan, alias el Bautista.

«Mal asunto», pensé.

DEL 1 AL 21 DE SEPTIEMBRE (AÑO 27)

El lunes, 1 de septiembre, partimos hacia el macizo llamado Gilboá.

Sabía poco de aquel lugar.

Por el camino, Tomás me puso al corriente.

Se encontraba a 50 kilómetros al noreste de Garizím y formaba parte de los montes de Efraím, entre la llanura de Yizreel y la cuenca de Escitópolis.

Fue escenario de batallas famosas.

En esas sierras, el mítico Gedeón liberó a los israelitas del dominio de los madianitas y suprimió el culto al dios Baal.

Pero la batalla más notable fue, sin duda, la del rey Saúl contra sus ancestrales enemigos: los filisteos.

Saúl (1020 al 1012 a. de J. C.) fue ungido rey por el profeta Samuel. Fue el monarca que preparó la unión de los reinos locales que daban forma, en aquel tiempo, a lo que hoy conocemos como Israel. Se enfrentó a David y tuvo un final dramático. En una de las colinas del Gilboá se vio rodeado por los filisteos y no dudó en arrojarse sobre su propia espada, suicidándose. Su hijo Jonatán murió con él.

Y el Oso de Caná redondeó las explicaciones de Tomás, recordando algo que ya había contado en otra oportunidad: la obsesión del rey Saúl por la muerte. En vida obligó a la célebre bruja de Endor a reclamar la presencia del profeta Samuel, muerto mucho antes, para que le comunicase el resultado de la guerra contra los filisteos. Samuel —cuenta la leyenda— se le apareció y le anunció su propia muerte.

Fueron cuatro días de marcha, prácticamente sin tropiezos.

Cruzamos las poblaciones de Baddan, Aenon, Renon, Aser y Bezek.

Jesús se detuvo en todas ellas e hizo «'im».

Pero, al entrar en Bezek, ocurrió algo que nos hizo temblar.

Calculo que podía ser la nona (tres de la tarde) cuando nos detuvimos en la fuente del pueblo. Faltaban tres horas para el ocaso.

Era una plaza minúscula, con un manantial en el centro. El agua quedaba remansada en una rústica piscina ovalada de tres metros de diámetro mayor.

Felipe abrevó a las mulas y, quien más quien menos, se inclinó sobre el estanque, refrescándose.

Yo permanecí un poco atrás, atento.

Jesús introdujo la cabeza en el agua, disfrutó del frescor, y bebió con satisfacción.

Juan Zebedeo se hallaba a la izquierda del Maestro, recibiendo en ambas manos el potente caño de agua que brotaba entre las rocas.

Se empapó y bebió.

Y, de pronto, oímos voces a nuestras espaldas.

Al volverme descubrí un *contubernium*, una escuadra romana integrada por ocho infantes y un suboficial, un *optio*.

Obviamente tenían intención de acceder a la fuente.

El *optio*, con el puño en alto, gritaba en un pésimo arameo:

—¡Paso, miserables!... ¡Agua... nuestra!

Desconcertados y temerosos, los discípulos se hicieron a un lado. El Iscariote había enrojecido de rabia.

Y el suboficial se aproximó al estanque.

Sudaba bajo el peso de la coraza de cuero. El olor era insufrible.

Juan Zebedeo vio llegar al *optio*, pero no se movió de su sitio. Y continuó refrescándose.

Fue un presentimiento. Lo supe. Algo estaba a punto de suceder...

El Maestro, al lado de Juan, parecía ausente. Seguía lanzando agua sobre el rostro y el cuello, disfrutando de su frialdad.

El suboficial alcanzó el murete que rodeaba la fuente y se quitó el casco, también de cuero.

Lo depositó sobre la piedra y el resto de la patrulla imitó a su jefe.

Y todos trataron de saciar la sed.

Y sucedió lo inevitable...

El *optio*, pegado prácticamente a Juan Zebedeo, lo empujó sin miramientos, insultándolo:

—¡Perro judío!... ¡Fuera!

Y el Zebedeo replicó de la peor forma posible.

Se volvió hacia el suboficial y escupió en el estanque, frente al *kittim*.

Se hizo un silencio de muerte.

Y el *optio*, ciego de ira, se lanzó sobre el irresponsable discípulo, derribándolo.

En la caída, Juan, sin querer, empujó al Maestro y ambos terminaron por el suelo.

Me eché a temblar...

La escuadra desenvainó las espadas y rodeó al Galileo y al discípulo.

Jesús parecía no saber qué estaba pasando.

Juan miraba al suboficial, lleno de odio.

Sucedió todo con rapidez.

Zal, atento, se coló entre los mercenarios y fue a situarse entre su amo y el *optio*, mostrando los dientes al suboficial.

Quedé aterrado.

El Maestro, en el suelo, no tuvo tiempo de llamar al fiel perro de color estaño.

Y el suboficial desenfundó el temible *hispanicus*, dispuesto a decapitar al animal.

Pero Santiago de Zebedeo estuvo listo.

Saltó sobre el perro, lo agarró por las orejas, y tiró de él, alejándose de la fuente.

El silencioso Santiago salvó la vida de *Zal*, sin duda, y evitó males mayores.

A un gesto del *optio*, la escuadra devolvió las espadas a las fundas de madera y siguieron bebiendo.

Mateo y Tomás ayudaron a Jesús a levantarse y Juan fue sacado del lugar a empujones. Pedro lo llamó «insensato y niño consentido».

A una orden de Andrés, el grupo se retiró con rapidez y en silencio.

Allí se quedó el *contubernium*.

¿Pudo producirse una masacre? No tengo la menor duda... Pero nada de esto fue narrado por los evangelistas. De haber contado la verdad, la imagen de Juan Zebedeo habría resultado lastimada.

El jueves, 4 de septiembre (año 27), avistamos la sierra de Gilboá.

Se trataba, en efecto, de un macizo formado por numerosas elevaciones, casi todas por debajo de los 400 metros.

Pura roca, espinos, retamas, teucrios aromáticos, lirios violetas —a millones— y algunos corros de encinas y robles en las laderas.

Tomás condujo el *reda* hasta un arroyo llamado Uajita, en la base de una de las colinas de yeso.

Muy cerca, en la pradera, se alzaba un poblado —ni siquiera una aldea— al que conocían por el nombre de Gelbus.

Las chozas, de paja, nos miraron desconfiadas. Todas tenían las puertas abiertas; mejor dicho, carecían de puertas.

En los alrededores pastaban algunos onagros grises y altos. También miraron recelosos. Pero siguieron a lo suyo.

Al poco vimos llegar a los vecinos.

Gente rara, con túnicas rojas y azules, muy sobradas, y ridículos gorros cónicos, al estilo de los fariseos. Pero no eran fariseos, no señor...

No saludaron.

Hablaban entre ellos en *koiné* (griego internacional), y siempre guardando las distancias.

Levantamos las tiendas y, al rato, se esfumaron.

¿Quiénes eran?

Tomás dio una breve explicación.

—Son nigromantes...

Habíamos ido a parar a una comuna integrada por hechiceros, *kasday* (astrólogos), caldeos (adivinos) y magos negros y blancos.

No me gustó.

No me equivoqué.

Allí viviríamos otro amargo lance...

Y poco antes del ocaso vimos llegar a Abner y a su grupo: los «justos». Trece en total.

Según comentaron, habían decidido imitar al rabí de Galilea, nombrando doce apóstoles. Yehohanan, aunque encarcelado, seguía siendo el líder; mejor dicho, el Mesías esperado.

Fueron recibidos con una alegría contenida. Los últimos disgustos y polémicas estaban aún calientes...

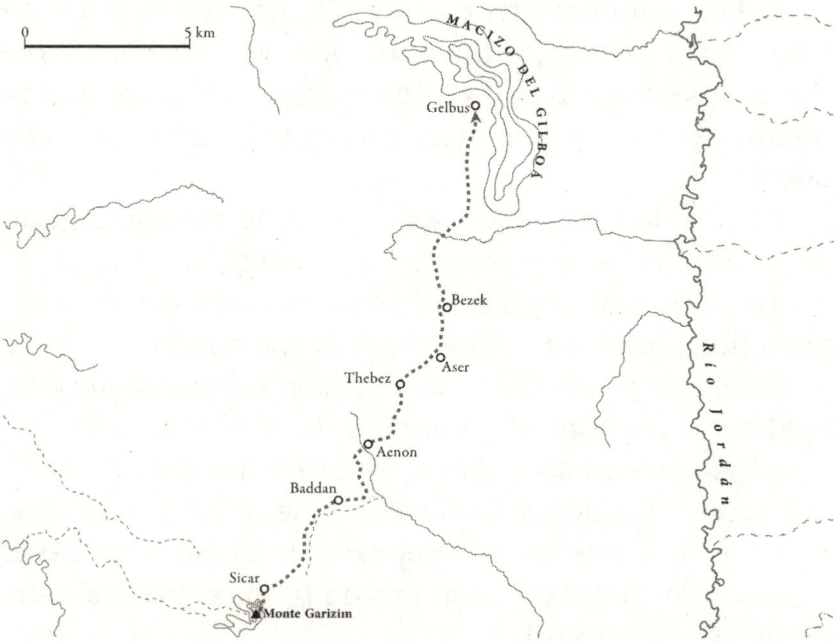

Marcha de Jesús y los íntimos desde el monte Garizím al poblado de Gelbus, en el macizo del Gilboá.

Los «justos» se instalaron cerca de nuestro campamento, en un *guilgal*, el habitual círculo de piedra.

Andrés y Abner celebraron una primera reunión y decidieron limar asperezas.

Y quedó establecido que ambos grupos se reunirían una vez al día, excepto los sábados.

Jesús, según su costumbre, desayunaba y se alejaba hacia las colinas, casi siempre en la compañía de *Zal*.

Hizo ver a Andrés que no deseaba participar de aquellos «cónclaves domésticos». Así los llamó.

«He venido a este mundo para sembrar la esperanza —manifestó rotundo—. No participaré en cuestiones menores que pueden ser resueltas por vosotros... Si necesitáis consuelo espiritual, avisadme».

Y los seguidores de Jesús y de Yehohanan se sentaron y trataron de armar ideas y detalles. Pero las cosas fueron mal desde el principio. No había forma de que se pusieran de acuerdo ni en lo más básico.

¿Cómo debían rezar? ¿De pie o de rodillas? ¿Con los brazos en alto o pegados al cuerpo?

Asistí, asombrado, a los primeros «cónclaves». Después abandoné las reuniones, decepcionado.

Debatían y debatían, enroscados en minucias y en asuntos puramente humanos o de servicio.

¿Qué oración adoptaban como expresión oficial de sus ideas? Los íntimos del Galileo exigieron el padrenuestro. Los «justos» la rechazaron. Había que rezar al estilo del Bautista, siempre en la más estricta ortodoxia. Eso clamaron.

Y las polémicas se hicieron eternas.

Abner y Andrés se desesperaban. Nadie escuchaba. Todos gritaban más que los otros.

Santiago de Zebedeo y Bartolomé terminaron marchándose. «Aquello —dijeron— era pura mediocridad».

El segundo gran problema tenía nombre propio: Yehohanan.

¿A quién obedecían? ¿Quién era realmente el líder? Jesús hacía prodigios. Jesús era el Mesías esperado. Él conduciría los ejércitos de liberación. Los «justos» se opusieron con todas sus fuerzas. El Mesías era el Bautista. Si no hacía milagros era porque se hallaba sepultado en la fortaleza de Maqueronte, en el mar de la Sal.

El Iscariote y Simón, el Zelota, estaban indecisos. Y se mantuvieron en un discreto silencio.

Y los ánimos siguieron incendiándose.

Mientras Yehohanan estuviera preso —en eso sí alcanzaron un acuerdo— ambos bandos se reunirían cada dos o tres meses y en lugares que establecerían los respectivos jefes: Andrés y Abner, el pequeño gran hombre.

Pero el escollo que rompería de nuevo las voluntades fue el bautismo de los fieles.

Para el Maestro, bautizar o no bautizar no era importante. Para los «justos» era un asunto de máxima trascendencia.

Y las discusiones se hicieron interminables.

Finalmente llegaron a un acuerdo: a partir de esos momentos, dos o tres «justos» acompañarían al grupo del Galileo de forma permanente y bautizarían a los seguidores que lo reclamaran.

Y surgió un último punto, no menos delicado.

Si el Bautista era ejecutado —algo muy probable—, ¿qué deberían hacer?

Los «justos» protestaron. Eso no sucedería. Yehohanan mandaría caer fuego del cielo y arrasaría Maqueronte y al maldito Antipas.

Ninguno de los íntimos del Maestro creyó una sola palabra. Y vuelta a empezar.

Al atardecer, tras la cena en común, el Hijo del Hombre se dedicó a relatar a los veinticuatro algunos detalles de su infancia y primera juventud en Nazaret. Nada nuevo para este explorador. Esa información aparece reflejada en las presentes memorias.[1]

Los «justos» no prestaron demasiada atención a las palabras de Jesús.

El Maestro, sobre todo, habló de sus dudas y de sus anhelos. Él sabía —desde que tenía doce o trece años— que había venido a este mundo para cumplir una misión; un trabajo relacionado con su verdadero padre: Ab-bā. Pero, durante muchos años —angustiosos—, el Galileo no supo, exactamente, en qué consistía ese plan.

Relató la trágica muerte de su padre terrenal, José, en un edificio público de Séforis, capital de la baja Galilea, y explicó cómo Herodes Antipas se negó a entregarle la indemnización económica que le correspondía a la familia. Desde entonces, Jesús se refirió a Antipas como «ese chacal».

Después habló del monte Hermón y de cómo recuperó su divinidad en el verano del año 25 de nuestra era. Jesús tenía treinta y un años.

Fue entonces cuando supo quién era realmente: Micael, Creador de un universo. Un Dios enviado a la Tierra para revelar el rostro del verdadero Dios: el Padre Azul.

Tras el bautismo en el río Artal, Jesús se retiró a las colinas de Beit Ids y allí meditó durante 39 días. Vivió en una cueva y yo tuve el privilegio de acompañarle. Tomó una serie de importantes decisiones —entre otras no hacer milagros— y, al regresar, aceptó a los primeros seis discípulos: Andrés, su hermano Pedro, los Zebedeo, Felipe y Bartolomé.

[1] Amplia información en *Nazaret. Caballo de Troya 4. (N. del a.)*

Habló igualmente de su célebre entrevista con los ángeles rebeldes en la cima del Hermón, en agosto del año 25. Pero no dio detalles.

Lamentablemente, a la hora de contarlo, los evangelistas lo confundieron todo: palabras, lugares e intenciones.

Durante aquellos días, cansado, como digo, de tanto despropósito y de tanto cónclave absurdo, acompañé a Felipe y a los gemelos de Alfeo en sus paseos por el poblado de los caldeos o videntes.

No me arrepentí.

Fue muy didáctico...

Gelbus, como apunté, era una comuna de *gzry*, que podría traducirse como «astrólogo», aunque otros preferían el término «exorcista».

Era la mayor concentración de *gzry* de todo Israel.

Conté 257 entre nigromantes, brujos blancos y negros, echadores de cartas, *kalus* (que calman el corazón de los dioses mediante la música y el canto), *barus* (adivinos —sacerdotes de origen mesopotámico que aseguraban ser los descendientes legítimos de Emmeduranki, rey anterior al diluvio; el dios bello—. Todos vestían de rojo y se rasuraban las cabezas) y los trazadores de círculos o *ašap*, capaces de atraer la lluvia.

Los astrólogos o caldeos y los echadores de cartas eran los más numerosos y populares.

Algunos decían haber estudiado con Cidenas y Naburimannu, dos eminentes matemáticos babilónicos...

Reí para mis adentros.

¡Qué farsantes!

Cidenas y Naburimannu (conocido también como Naburianus) vivieron trescientos años atrás...

No importaba.

Nadie preguntaba.

La gente que acudía al poblado —a cientos— lo hacía con el único propósito de averiguar su futuro y el de sus hijos. Y, de paso, regresar a sus tierras con algo de esperanza en el corazón...

Algunos presentaban copias del *Enuma Anu*, un texto astrológico del año 1595 a. de j. c., proporcionado —según la leyenda— por los dioses Anu, Enlil y otros. Contenía predicciones astrológicas que denominaban «el manual».

Eso impresionaba a los clientes...

Otros se proclamaban —abiertamente— seguidores y discípulos del gran Hermes Trimegisto (el tres veces grande). Hermes era en realidad la encarnación del dios egipcio Thoth, el sabio, mago y prudente. Y hablaban del *Corpus Hermeticum* y de la *Tabla Esmeraldina* y del *Divino Pimandro*, obras atribuidas a Hermes.

Para los astrólogos, el cielo y la tierra se hallan íntimamente vinculados. «Lo que es arriba —decían— es abajo». Creían en la «simpatía universal» y consideraban que los astros ejercen un poderoso influjo sobre hombres y animales. Como la definió Mitrídates, «la astrología era la ciencia divina que hace felices a los hombres y les enseña a parecerse a los dioses».

Naturalmente, todo eso me parecieron fantasías...

Conocí también a varios «teúrgos», magos muy influidos por la filosofía de Platón, que estimaba que todo lo material —casas, hombres, piedras, peces, etc.— es puro reflejo de algo que existe en el reino de lo invisible. E invocaban los *Oráculos caldeos*, obra supuestamente escrita por el legendario Zaratustra, el gran profeta persa.

Llevaban a cabo los *oro skopeo* (horóscopos) sobre papiros, de viva voz, sobre metal o sobre piedra. Necesitaban la hora de nacimiento de la persona, así como el día, mes y año.

Sobre algunas de las puertas de las chozas colgaban las célebres estrellas caldeas de siete puntas. Cada punta simbolizaba a los planetas conocidos en aquel tiempo: el Sol, Venus, Mercurio, la Luna, Saturno, Júpiter y Marte. Marcaban —para los astrólogos— el orden de los días de la semana, las horas y los colores. Mi hermano, en sus estudios, llegó a descubrir algo desconcertante. La estrella caldea contiene los pesos atómicos de los elementos más destacados.[1]

Lo admití. Sabía de la seriedad de Eliseo...

Este variopinto poblado, como digo, formaba una comuna bien avenida. Se ayudaban. Se protegían. Re-

1

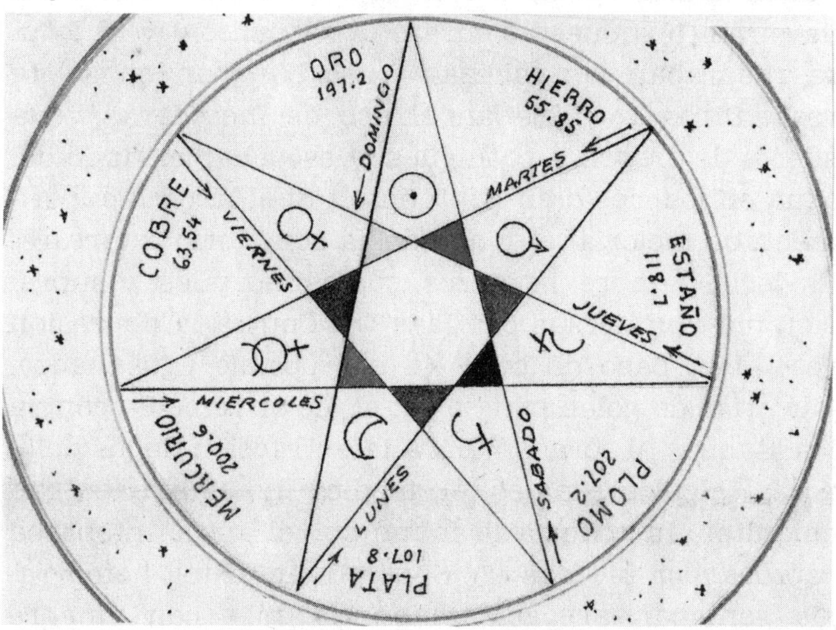

Estrella caldea y los pesos atómicos.

partían las ganancias (la consulta mínima no bajaba de un denario de plata) y vigilaban a los intrusos como nosotros. No admitían competencia.

Y aunque la magia y la astrología estaban penadas desde los tiempos del emperador Augusto (año 11 después de J. C.) (Tiberio las toleraba), y los sacerdotes judíos las calificaban de «ciencias funestas», el pueblo hacía caso omiso y llegaba, regularmente, hasta Gelbus, llevando a cabo toda clase de consultas.

Yo, como científico, nunca creí en la astrología. Creo, por supuesto, en la influencia física de la actividad solar y en las influencias gravitatorias de la luna sobre la salud del ser humano e, incluso, sobre su estado de ánimo. Pero, de ahí a considerar que los astros puedan modificar mi Destino, hay un abismo (insalvable).

En algunos casos, los magos y caldeos decían ser también «sanadores» o *rofé*. Y practicaban toda clase de curas (o supuestas curas). A saber: contra la locura rasuraban las cabezas y las bañaban en aceite rosa. Otros aconsejaban el uso de mecedoras, toda suerte de drogas y potingues, y escuchar el ruido del agua en los ríos o en las fuentes. Si el loco no experimentaba mejoría, el mago debía someterlo a tortura. Es decir, hambre, latigazos, sustos mortales, y supresión del vino en las comidas (!). Contra la depresión recetaban bazo de buey (a ser posible agusanado). Las crías de golondrina eran el mejor remedio contra los ataques al corazón. Para la extracción de los dolorosos cálculos renales, el «médico» no se andaba con chiquitas. Introducía la mano por el ano e intentaba capturar las piedras (!). Si se producía una hemorragia sentaban al paciente en un cubo con vinagre fuerte.

Se basaban en la obra de Celso —*De artibus*— y en las sentencias de Tibulo.

Quedé horrorizado.

También «curaban» con la saliva, el aliento, y la vista.

Vi a enfermos a los que hacían caminar sobre brasas ardientes y a los que obligaban a sostener carbones encendidos en las manos. Si el paciente soltaba el carbón, el médico estaba autorizado a golpearlo con finas varas de avellano.

Uno de los caldeos nos enseñó un viejo rollo, asegurando en voz baja que estábamos ante el tesoro de los tesoros.

El pergamino en cuestión —eso dijo— era una copia del libro de los Misterios, entregado a Noé antes del diluvio por el ángel Raziel. El escrito contenía los secretos del cielo (de los siete superuniversos) y del Paraíso. Gracias a este *megillah*, Noé pudo construir el arca de madera de acacia y salvar a los animales (no por parejas sino de siete en siete).

En una de aquellas visitas a los caldeos quedamos fuertemente impresionados.

En una de las chozas —casi aislado— vivía un anciano alto y delgado, de mirada azul, y largas barbas blancas. El cabello, también de color espuma marina, aparecía minuciosamente trabajado en siete trenzas. Vestía siempre de blanco.

Dijo llamarse Sus («Caballo», en arameo).

Se presentó como «interpretador de sueños».

Aquello me interesó vivamente.

Yo solía tener ensoñaciones muy vívidas y extrañas.

Su fama llegaba más allá de Alejandría...

Fue un milagro...

Los discípulos de Jesús —casi todos— aceptaron sentarse frente al anciano de las trenzas y relatar sus ensoñaciones más frecuentes u obsesivas.

El Iscariote pagó, gustoso, un total de diez denarios por otras tantas consultas.

Quedé fascinado.

Andrés fue el primero en relatar su sueño más repetitivo y, en cierto modo, penoso:

—De pronto me veo en lo alto de una escalera que no tiene fin —aclaró—. Esa escalera conduce al cielo. En otras ocasiones lleva a un jardín...

La historia me resultó familiar. Y recordé mi reciente ensoñación, en la que ascendía por una escala de 13.013 peldaños metálicos.

—... Al llegar al final de la escalera —prosiguió el jefe de los íntimos— alguien que no veo me sujeta y me transporta, por el aire, hasta el jardín... Allí me dedico a cortar flores. Son flores de muchos colores...

Sus escuchaba atentamente.

—... Pero no son flores normales... ¡Tienen cabezas humanas!... Y, al cortarlas, lloran... Yo también termino llorando en el sueño.

El interpretador preguntó:

—¿Faltaba algún escalón?

Andrés trató de recordar.

—No lo sé...

—No importa —concedió Sus—. Está claro... Te cuesta mucho alcanzar tus ideales en la vida...

Andrés bajó los ojos y aceptó la sentencia del venerable anciano.

—No dejes de pelear por lo que consideras justo —añadió Sus.

El interpretador sonrió con los ojos y le dio un consejo:

—Y sigue recogiendo esas flores... Son las mejores... Son las flores del alma... Esas nunca se marchitan.

Andrés no se contentó y se interesó por el asunto de los peldaños:

—¿Y qué ocurre si falta un escalón en la escalera?

—Mi ciencia dice que la ausencia de un peldaño o el estado ruinoso de la barandilla indican que el protagonista del sueño vive en una permanente angustia.

El anciano llevaba razón. Andrés, como responsable del grupo apostólico, se hallaba sometido a una fuerte y constante presión. Andrés era un perfeccionista y buscaba el equilibrio en todo. Eso provocaba una tensión poco aconsejable.

Pero el bueno de Andrés no practicó las recomendaciones del mago. Y siguió como siempre...

Pedro, hermano de Andrés, habló de agua, mucha agua:

—Es un sueño que se repite y se repite... Estoy en la casa, con Perpetua y mis hijos y, de repente, empieza a llover... Y las goteras nos inundan...

—¿Cuántas goteras? —intervino Sus.

—Muchas...

—¿Muchas goteras o una sola?

—No, muchas goteras... Y el agua va subiendo y subiendo. Es angustioso... ¡Nos ahogamos!

El interpretador movió la cabeza, negativamente.

Y fue sincero:

—Esas goteras indican luto...

Pedro palideció.

—¿Morirá mi esposa?

Sus volvió a negar con la cabeza, pero no quiso proseguir. Entiendo que actuó con prudencia. Según mis noticias, tanto Perpetua como Pedro sufrirían martirio en Roma treinta y un años después.

—¿Y si hubiera sido una sola gotera? —se interesó Pedro.

—Eso habría indicado sufrimiento, sin más...

—Pero no duelo... —porfió Pedro.

El anciano dijo que sí con un hilo de voz. Estaba claro que la ensoñación del pescador no le agradó. Y no quiso hacer más comentarios.

Lo supe. El interpretador «vio» la muerte de Pedro...

Felipe, el intendente, fue el siguiente.

Y habló de algo que este explorador desconocía por completo:

—Me veo con frecuencia en una cárcel... No sé qué hago allí... Nunca he hecho daño a nadie...

Felipe hablaba con razón. Aquel calvo de ojos verdes era todo bondad.

—... Yo vestía de rojo —continuó el cocinero jefe—... ¿Y por qué si mi color es el amarillo?...

El interpretador le animó a que no se desviase del asunto principal. Y Felipe prosiguió:

—... Entonces, en el sueño, se abre una puerta y veo entrar en la celda un lobo negro y enorme... Tiene los ojos inyectados en sangre... Me mira y enseña los colmillos... Y gruñe... ¡Me va a devorar!...

Los discípulos estaban pálidos.

—¿Y cómo termina el sueño? —solicitó Pedro, nervioso.

—¡Me devora!... ¡El lobo empieza por los pies!... ¡Después devora las manos!... ¡Y yo lo veo todo!

Los íntimos, asustados, hicieron comentarios entre ellos.

Andrés solicitó silencio.

—Ahí termina el sueño —concluyó Felipe, más pálido que el resto.

Sus se tomó su tiempo. Meditó y, finalmente, sentenció (no sé si con acierto):

—Tienes un lobo interior que te está devorando...

Traté de analizar las palabras del interpretador de sueños. ¿Un lobo interior? ¿Era Felipe avaricioso? No, todo lo contrario... ¿Era lujurioso? No lo parecía... ¿Era ruin o mentiroso? Para nada... Como dije, era un hombre eminentemente bueno. No supe qué pensar...

Bartolomé, el Oso de Caná, hizo un pormenorizado relato del sueño que le asaltaba con frecuencia. He aquí una síntesis:

—Andaba yo en uno de mis viajes (?), no sé si por la China (?), cuando me veo asaltado por miles y miles de abejas gigantescas, negras y amarillas... Me persiguen... Corro, pero la pierna izquierda no me responde... Y caigo al suelo, dispuesto a morir...

Bartolomé, como se recordará, cojeaba de la pierna izquierda, como consecuencia de las venas varicosas.

Se rascó la coronilla y preguntó al maestro interpretador:

—¿Significa el sueño que moriré en la China?

Los íntimos rieron la supuesta gracia del Oso.

—¿Tienes asociados? —preguntó Sus.

—Sí, estos...

Y señaló a sus amigos.

—Pues llegará el día —exclamó en anciano de las siete trenzas— en el que romperás con ellos...

Bartolomé y el resto se negaron a aceptar las palabras de Sus.

Este explorador guardó silencio.

El interpretador había acertado, una vez más.

Tras la muerte del Galileo, Bartolomé se alejaría de Pedro y del resto, encaminándose a las tierras de la India. No moriría en China, pero casi...

Simón, el Zelota, indagó primero en la mirada del anciano y después, con palabras entrecortadas, dijo algo sobre un desierto, un *megillah* o pergamino, y una serpiente que salía del citado rollo. Esa era su pesadilla desde hacía tiempo.

Los profundos ojos negros del Zelota brillaban.

Sus volvió a preguntar:

—¿Había palomas o águilas sobrevolándote?

El guerrillero negó con la cabeza.

—Entiendo que tú también perderás a tus amigos...

La respuesta del interpretador dejó muda a la concurrencia.

«Eso no es posible —se decían unos a otros—. Somos hermanos al servicio del Mesías».

Sus estaba en lo cierto. Tras la muerte y resurrección de Jesús de Nazaret, al comprobar cómo Pedro, los hermanos Zebedeo, Mateo y Andrés traicionaban el mensaje del Maestro, el Zelota se despidió del núcleo apostólico, dirigiéndose a Egipto. Desde allí penetró en África, llevando el verdadero mensaje del Hombre-Dios a miles de personas: el Padre Azul existe y nos regala la inmortalidad.

Pero guardé silencio, naturalmente.

Juan Zebedeo se resistió al principio. Después, presionado por todos, accedió a contar su más terrible pesadilla:

—Me encuentro de pie, en una ventana... Abajo está el vacío... Sé que voy a caer... Miro con angustia... Sé que voy a caer... ¡Y caigo!... ¡Caigo!

Sus lo tuvo claro desde el principio.

Según explicó, ese tipo de ensoñación era común.

Y sentenció, valiente:

—Te consideras inferior al resto de los hombres... E intentas demostrar lo contrario con la soberbia.

Nadie replicó, pero todos, en nuestro interior, estuvimos de acuerdo.

Juan tartamudeó:

—¡Mal... mal... mal... di... di... to!

Pero Sus no había terminado:

—Te gustan los hombres...

Juan Zebedeo, con los negros ojos encendidos, se levantó y abandonó la choza entre maldiciones.

—... Y morirás lejos de tu país...

Las últimas palabras del interpretador de sueños no fueron oídas por el irascible Zebedeo.

No sé cómo lo hizo, pero Sus acertó de nuevo. Juan Zebedeo moriría en Éfeso (actual Turquía) cuando contaba ciento un años de edad.

A Santiago, hermano de Juan, tuvieron que arrastrarlo —materialmente— al interior de la choza del mago. No quería hablar. Pero, finalmente, lo convencieron.

Y el rostro pétreo del discípulo no se alteró mientras contaba su pesadilla más frecuente:

—Estoy en el campo o en el mar —explicó con su habitual y reposada voz—, miro a lo alto, y veo una enorme águila... Me observa con sus ojos amarillos... No se mueve... Está quieta, con las alas extendidas...

Ahí terminaba el sueño.

Sus miró al discípulo con curiosidad.

Y terminó augurándole:

—Lo sacrificarás todo por una idea... Mujer, hijos... Todo.

Santiago no movió un músculo. Y no hizo comentario alguno.

Yo sabía que, en el año 62, el hijo del trueno sería ejecutado por defender una idea: la buena nueva. Pero él, en esos momentos, no podía imaginarlo...

Tomás fue sincero, como siempre:

—Tengo un sueño muy raro —explicó al interpretador y a sus amigos—. Veo cómo se me caen los dientes... A veces, incluso, me los como... Es angustioso...

Al principio, el estrabismo de Tomás en su ojo izquierdo confundió a Sus. Él tampoco sabía dónde mirar...

—Te preparas para un cambio —anunció el mago.

Tomás asintió. Y adelantó a Sus que se hallaba en pleno proceso de divorcio.

Todos quedamos desconcertados al ver al Iscariote sentado frente al interpretador.

«¡Qué honor!», pensé.

Y Judas reveló lo que le atormentaba desde niño:

—En ese sueño salgo a la calle desnudo... Pero la gente no me mira...

—¿Has sido violado?

La súbita pregunta de Sus nos dejó perplejos, y no digamos al Iscariote.

Pero Judas guardó silencio.

Yo sabía que fue violado por una patrulla romana cuando era un niño.[1] Me lo contó Amidá, su madre...

El interpretador, inteligentemente, evitó la cuestión y resumió:

—Soledad... Estás solo...

El perfil de pájaro del Iscariote no se alteró.

—Deberías poner remedio a ese problema —aconsejó el anciano—. De lo contrario...

El Iscariote no volvió a abrir la boca.

Los gemelos de Alfeo se sentaron también frente a Sus y repitieron el único sueño doloroso que recordaban: sus familias se ahogaban frente a las costas de Kursi, en el *yam* o mar de Tiberíades.

[1] Amplia información en *Caná. Caballo de Troya 9. (N. del a.)*

El interpretador no vaciló:

—Ellos os necesitan...

Mateo Leví explicó su pesadilla con detalle:

—Me veo en una cárcel... De pronto descubro una puerta... Nadie me ve... Puedo huir, pero no lo hago...

Los ojos azules del *gabbai* o recaudador de impuestos se iluminaron.

—Y en la puerta abierta —prosiguió el discípulo— se presentan el Maestro y mi hijo Telag... Jesús lleva de la mano al pequeño.

Telag, como ya indiqué, era un niño con síndrome de Down.

—¿Y qué más? —inquirió el interpretador.

—Nada más. Ahí termina el sueño.

Sus guardó silencio. No pudo o no quiso interpretar la ensoñación del antiguo *gabbai*.

Más adelante, cuando sucedió lo que sucedió, creí entender el sueño premonitorio de Mateo: Telag resultaría mágicamente sanado...

Pero no debo adelantar los acontecimientos.

Este explorador fue el último.

Y expuse la reciente ensoñación de los 13.013 peldaños.

Sus escuchó atentamente.

Después preguntó:

—¿Caíste al vacío?

—Así es...

Meditó durante un par de minutos y replicó, convencido:

—¡Atención!... Te ronda la muerte.

Permanecí impasible.

Eso le gustó al mago.

Y añadió:

—Tu camino está terminado...

Más o menos fue lo que pronosticó el Maestro. Por cierto, no hubo forma de convencer al Galileo para que se sentara frente a Sus.

Nos quedamos con las ganas... ¿Tenía el Hijo del Hombre pesadillas? ¿Cuáles eran sus ensoñaciones más frecuentes? Obviamente, al disponer de una naturaleza humana, el Maestro soñaba. Pero, ¿en qué consistían esos sueños? ¿Aparecía el Padre Azul en los mismos? Yo diría que sí...

Pero no todo fue pacífico en aquellos días, en el Gilboá.

Desde el principio, como dije, percibí desconfianza en la comuna. Había recelo —mucho recelo— en las miradas de los brujos.

Y se preguntaban: «¿Éramos espías?... ¿Quizá de Roma?... ¿Trabajábamos para el Sanedrín o para Herodes Antipas?... ¿Éramos homosexuales?... ¿Qué hacían veintisiete hombres en mitad de la nada?... ¿Por qué se pasaban el día discutiendo y polemizando?... ¿Por qué uno de ellos —el que parecía el jefe— desaparecía cada mañana entre las colinas con la única compañía de un perro?»

Naturalmente, algunos de los «justos» se fueron de la lengua y la noticia de la presencia del Mesías en Gelbus se propagó veloz.

Ello contribuyó a multiplicar las dudas entre los hechiceros y adivinos.

Echaron sus cartas y consultaron a los dioses, pero el Mesías no apareció en los vaticinios. Y las risas y las burlas se extendieron por el poblado.

¿Éramos unos locos?

La mayoría de los nigromantes creyó que sí. Éramos una partida de fanáticos religiosos...

Y, en parte, se tranquilizaron.

Andrés y Abner no tuvieron en cuenta las confusas opiniones de los magos y astrólogos. A ellos solo les importaban los «concilios domésticos». Grave error.

Y amaneció el jueves, 11 de septiembre del año 27 de nuestra era.

Ese día, todo se enredó...

Muy temprano, como un fantasma, se presentó en el campamento una vieja conocida: Sigal, la hechicera de Giló.

Quedamos estupefactos.

¿Cómo pudo localizarnos?

Bueno, tampoco era tan difícil...

El nombre de Jesús de Nazaret se hallaba en boca de todo Israel. Seguir su pista era simple.

Tenía el rostro desfigurado. Cargaba un saco de viaje y mucha amargura.

No habló con nadie.

Se instaló cerca de las tiendas y procedió a su rutina: excavó dos círculos concéntricos en la pradera y revolvió en el interior del negro petate.

Al poco le vimos extraer un cráneo mondo y lirondo.

Me pareció la calavera de un equino; posiblemente de un caballo joven.

Regresó al centro de los círculos, se arrodilló, y alzó el cráneo por encima de la cabeza, al tiempo que iniciaba sus habituales y monótonos cánticos.

El nombre del Maestro aparecía en todos sus conjuros.

Según Felipe y Bartolomé, la utilización de un cráneo de caballo, o de mula, tenía su justificación. El diablo se presentaba en forma de macho cabrío (eso era lo habitual). Pero también lo hacía en forma de caballo. Esas presencias eran las más funestas. «Las invocaciones con calaveras de equinos resultaban mortales en cuestión de días». Eso dijeron.

Y los discípulos y los «justos» siguieron a lo suyo, olvidando a la mujer del ojo violeta.

La gente de la comuna no tardó en descubrir a Sigal.

Se aproximaron, cuchichearon entre ellos, y regresaron a las chozas visiblemente enfadados.

Aquello no me gustó...

Así transcurrieron dos días.

El Galileo tampoco prestó atención a la bruja.

Al alba, como digo, Sigal tomaba posesión de los círculos concéntricos, levantaba la calavera por encima de la cabeza, e iniciaba los conjuros. No se detenía un momento. La cantinela se prolongaba desde las cinco de la mañana (hora del amanecer) hasta las cinco de la tarde (momento del ocaso). ¡Doce horas con los brazos en alto! ¡Doce horas sin comer ni beber! Aquella mujer era un portento... Y entendí: su odio hacia Jesús le daba fuerzas.

Y el sábado, 13 de septiembre (año 27), ocurrió...

A eso de la nona (tres de la tarde) descargó una fuerte tormenta sobre la zona. El Maestro se hallaba ausente.

Todos corrimos y nos refugiamos en las tiendas y en la carpa de pieles de cabra que protegía la cocina.

Sigal, impasible, continuó en el centro de los círculos, con la calavera sobre la cabeza y, en esta ocasión, con el cráneo apuntado hacia el poblado.

La lluvia, torrencial, la empapó y casi apagó los cánticos. Pero ella no se movió ni dudó.

Al poco, la fatalidad hizo que uno de los rayos cayera en Gelbus, el poblado de los hechiceros.

Resultado: una choza incendiada y tres astrólogos calcinados.

«¡Vaya! —me dije— ¿No adivinaron que iban a morir?»

El resto de los caldeos huyó horrorizado.

Pero un pequeño grupo de magos terminó dirigiéndose a nuestro campamento.

Se detuvieron frente a la bruja y la acusaron de haber provocado la caída del rayo.

Estaban furiosos.

Y la amenazaron, y nos amenazaron, con toda clase de males y desgracias.

Andrés y Abner intentaron apaciguar los ánimos.

Fue inútil.

Aquellos energúmenos estaban fuera de sí.

Y alzaron sus mazas y hachas, exigiendo que nos fuéramos.

Sigal, con el cráneo de caballo sobre la cabeza, al ver a los fanáticos, arreció en sus conjuros y cánticos.

Y los astrólogos respondieron con nuevos insultos y maldiciones.

La mujer, entonces, se alzó, salió de los círculos, y se encaminó —decidida— hacia los exaltados magos.

La lluvia la cegaba.

Y apuntó con la calavera a los tipos de las mazas.

Lo hizo uno por uno, al tiempo que gritaba:

—¡¡Pervertidos!!... ¡¡Farsantes!!

Otro rayo impactó cerca, provocando el temor y la confusión de los caldeos.

Algunos retrocedieron. Otros tropezaron y cayeron.

Pero uno de ellos levantó un hacha de doble cuchilla y lanzó un fortísimo golpe sobre Sigal.

¡Dios bendito!

La lluvia se mezcló con la sangre.

El hacha abrió la cabeza de la mujer como si fuera un melón y Sigal cayó muerta en el acto.

Quedé paralizado.

Nadie se atrevió a moverse.

Aquellos salvajes podían masacrarnos...

Y la lluvia resbaló sobre el cuerpo de la infeliz...

La calavera de caballo, a su lado, se reía de todos.

Los caldeos levantaron de nuevo las armas y nos amenazaron. Después dieron media vuelta y se alejaron.

En esos momentos huimos, espantados.

Corrimos bajo la lluvia sin saber a dónde dirigirnos.

Una hora después retorné a la cocina.

Allí, muy cerca, seguía el cuerpo sin vida de la misteriosa Sigal.

Los discípulos y los «justos» fueron regresando y Andrés y los gemelos de Alfeo se ocuparon del traslado del cadáver a uno de los bosques.

Allí procedieron a sepultarlo.

Sobre la tumba quedó la calavera de equino, como una advertencia.

Nadie volvió a pisar el poblado de los astrólogos.

Al volver al campamento, Jesús fue informado por Andrés, pero el rabí no dijo nada.

Y «justos» e íntimos continuaron con sus debates (inútiles debates).

Jesús siguió con su rutina.

Por la mañana marchaba a las colinas del Gilboá, conversaba con su Padre, y regresaba al ocaso.

Zal era el único verdaderamente feliz y despreocupado.

Andrés, acertadamente, sugirió al rabí que había llegado el momento de levantar el campamento y marchar de aquel siniestro lugar.

Pero los «justos» se negaron.

Ellos no tenían nada que ver con Sigal. No tenían nada de qué arrepentirse y no se moverían hasta que los acuerdos entre ambos bandos estuvieron consolidados.

El asunto fue sometido a votación.

Solo Andrés y Tomás votaron a favor del levantamiento de las tiendas.

Y Jesús aceptó la decisión mayoritaria. Nos quedaríamos un poco más.

Por supuesto, no hubo más conversaciones tras la cena. La muerte de Sigal pesaba en el ánimo de casi todos.

Noté a Jesús triste y apagado.

Yo asistí a otros «concilios domésticos», tan inútiles y áridos como los anteriores. Aquello era una solemne pérdida de tiempo.

Pero no podía hacer nada más. Estaba donde estaba. Mi obligación era permanecer cerca del Hijo del Hombre y dar cuenta de los hechos.

Tentado estuve de acompañar al Galileo a las colinas, pero algo —esa fuerza que siempre me acompaña— dijo que no. Debía ser paciente... Estaba a punto de asistir a otro suceso que tampoco fue narrado por los evangelistas.

Los «justos» seguían empeñados en sacar adelante lo que denominaban plan «Nogha'» (amanecer o luz del amanecer). Abner me había hablado del asunto poco antes de la captura de Yehohanan por parte de Antipas.

Se trataba, como se recordará, del intento de derrocamiento del rey Herodes Antipas, con la supuesta ayuda de los ejércitos de Eneas (Aretas IV), rey de los nabateos. Aretas era el ex suegro de Antipas. Tras

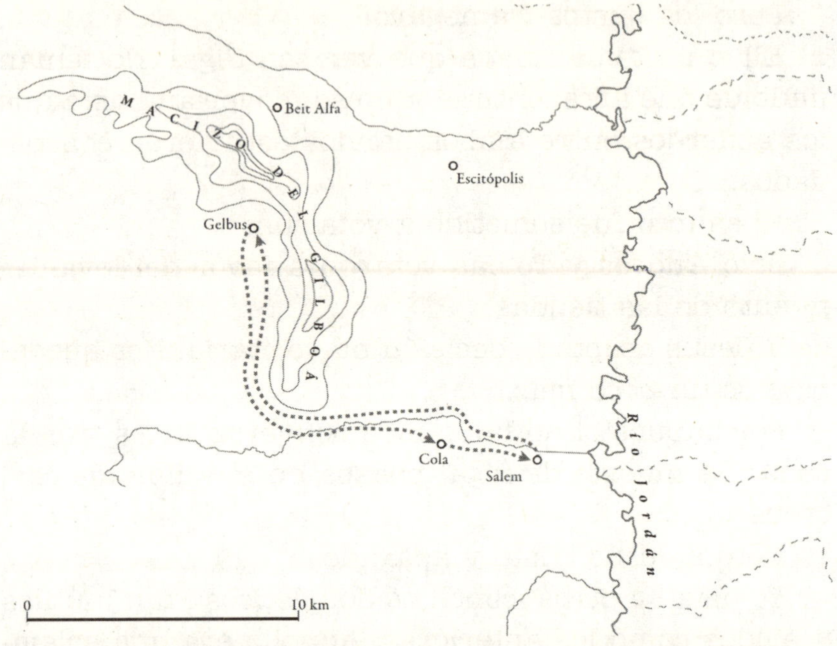

Camino seguido por el Maestro y el mayor desde Gelbus a Cola y Salem.

la boda de Herodes Antipas con Herodías,[1] Aretas IV juró vengarse del tetrarca. Pues bien, según el pequeño gran hombre, todo estaba dispuesto para ese momento. Yehohanan —como Mesías— iría al frente de los ejércitos árabes. Primero caería Beteramta, una ciudad fortaleza ubicada a 18 kilómetros del Jordán. Antipas la había fortificado y ahora era conocida como Livias, en honor a la mujer del emperador Tiberio (más tarde la llamarían Julias). Después caería Maqueronte. Después Tiberíades. Después el resto de Galilea. Después Jerusalén...

Aquello, como dije, me pareció una locura.

Y, en efecto, «*Nogha'*» se vino abajo cuando Antipas apresó al Bautista.

[1] Amplia información en *Caná. Caballo de Troya 9*. *(N. del a.)*

En aquella refriega, la guardia gala de Antipas acabó con la vida de diez «justos», hiriendo a otros. Recuerdo los nombres de Shlomó (el primer mártir de la cristiandad), Arkí, David, Issacar y Ageo.

La iglesia católica nunca los menciona...

Judas Iscariote, el Zelota y Juan Zebedeo defendieron el plan «*Nogha'*» con entusiasmo. «Era lo que necesitaban», dijeron. Primero liberarían a Yehohanan. Después arrasarían el imperio romano. Jesús marcharía al frente de las tropas. «Jesús y el Bautista», matizaron los «justos».

Y la polémica se encendió de nuevo.

DEL 21 DE SEPTIEMBRE AL 1 DE OCTUBRE (AÑO 27)

En la mañana del domingo, 21 de septiembre, Jesús se presentó en la cocina de campaña.

Acababa de amanecer. Los relojes de la «cuna» podían marcar las seis.

Quedé sorprendido.

El Maestro cargaba su habitual saco de viaje. En la cabeza lucía la familiar cinta blanca; señal inequívoca: se disponía a caminar y durante un largo período de tiempo.

No supe qué pensar.

Nadie había comentado nada al respecto.

¿Se marchaba del Gilboá? ¿Y por qué en solitario? ¿Qué pretendía?

Desayunó con calma: leche caliente y pan recién horneado con miel y queso.

El Galileo me miró, divertido.

Algo tramaba...

Aguardé, expectante.

Al terminar, el Maestro indicó que recogiera mis cosas y le acompañara.

Felipe y los gemelos de Alfeo siguieron a lo suyo, disponiendo los desayunos. El resto de los discípulos continuaba en las tiendas, durmiendo.

Imaginé que Jesús lo había hablado previamente con Andrés.

Obedecí, claro está.

Él era mi único objetivo en aquella apasionante aventura...

El Galileo acarició a *Zal* y le susurró:

—Espérame...

El perro de color estaño se tumbó frente a la tienda de pieles de cabra de su amo y supo que no debía acompañarle. No lloró ni protestó.

Y poco antes de la tercia (nueve de la mañana) nos alejamos del campamento en dirección sureste.

En un primer momento imaginé que Jesús se había cansado de tanto «concilio» y de tanto astrólogo.

Sí y no...

La verdad es que no pregunté.

El rabí, sin mediar palabra, se alejó unos pasos.

Yo conocía ese gesto.

Significaba que deseaba caminar en soledad. Y lo respeté, naturalmente.

Y así fue hasta que nos adentramos en los interminables campos de cereales de Esdrelon.

Jesús aflojó el paso y dejó que lo alcanzara.

Lo noté serio. Parecía preocupado.

Y terminé preguntando sobre algo que me rondaba desde la muerte de Sigal, la hechicera del ojo violeta:

—¿Qué necesidad había?

El Galileo dijo no entender y solicitó una aclaración:

—¿A qué te refieres?

—Lo sabes bien... ¿Qué necesidad había de que esa mujer muriese y de forma tan horrible?

Jesús se detuvo. Me miró intensamente y replicó:

—Ella lo eligió...

Sí, lo habíamos hablado, pero no terminaba de comprender.

—¿Cómo puede escoger un final así?

—Todo tiene sus ventajas —declaró el rabí—, aunque ahora no alcances a captarlo.

Se percató de mi absoluta ignorancia, sonrió compasivo, y prosiguió:

—No puedes medir lo invisible... Ten paciencia. Todo será desvelado..., en su momento.

Y volvió a despegarse de este confuso y confundido explorador.

Al atardecer nos detuvimos frente a una aldeíta llamada Cola. Era pura miseria. Puro barro. Puras moscas. Gallinas negras y alborotadoras. Niños desnudos de cabezas rapadas. Perros ladradores y cobardes. Paisanos recelosos y huidizos. Era tan poca cosa que el sol pasaba veloz y sin mirar.

Acampamos cerca.

Esa noche oscureció a las 17 horas y 35 minutos.

Hicimos un buen fuego y el Maestro se ocupó de la cena: habas guisadas por Felipe y carne de buey salada con pan moreno y zumo de frutas.

Cenamos en silencio. No sé si lo he dicho: si era viable, al Maestro le gustaba comer en silencio.

Las ocho mil estrellas nos miraban, atentas y brillantes.

Algunos aullidos lejanos anunciaron el ocaso lunar. Ese día tuvo lugar a las 19 horas, 27 minutos y 55 segundos.

Cola eran cuatro líneas negras, mal trazadas. Aquí y allá parpadeaban algunas lucernas de aceite, arrancando amarillos a la noche. Los lloros de un niño eran otra señal de vida.

Jesús terminó su cena y permaneció con los ojos bajos.

Animé la hoguera y dejé que los reflejos acariciaran el rostro del Hijo del Hombre. Lo hicieron con delicadeza.

Él, como si supiera, alzó la vista y sonrió brevemente.

Entonces, ante el aplauso de los luceros, pregunté:

—¿Estás triste?

Movió la cabeza, afirmativamente.

Y supuse que, a pesar de todo, el recuerdo de Sigal continuaba pesando en su memoria.

¡Cuánta soledad la de aquel Hombre! ¡Qué inmensa soledad la del que no tiene palabras para comunicar lo que sabe!

Y volví sobre el viejo tema, susurrando casi para mí:

—¡Extraño Destino!

El Maestro sabía muy bien a qué me refería. Y me envolvió en una nueva sonrisa, al tiempo que insistía en lo ya dicho:

—Recuerda: ella lo eligió...

—Lo sé —repliqué—, pero tengo tantas dudas...

Él levantó la vista y las ocho mil estrellas se empujaron unas a otras, nerviosas. ¿A quién miraba?

—Empezaré por el principio, una vez más —anunció con cierto cansancio—. Dime, *mal'ak* (mensajero), ¿qué es la vida?

No supe qué decir. La vida son muchas cosas...

Él adivinó mi ignorancia y resumió:

—La vida, sobre todo, es una aventura.

Y redondeó:

—Estás en el mundo para experimentar...

Lo sabía. Él lo dijo.

—... Estás aquí —continuó— para saber a qué sabe el dolor, a qué sabe la belleza, la soledad, la alegría, el miedo, la lealtad, el tiempo, la distancia, el amor y el desamor, la familia, el anonimato, la riqueza, la ceguera, la difamación, la sabiduría y la búsqueda del Padre Azul, entre otras experiencias.

Y añadió con una seguridad que dejó perplejas a las ocho mil estrellas y, naturalmente, a quien esto escribe:

—Pero antes, cuando habitas en la esencia de Dios, debes elegir...

—¿La esencia de Dios? ¿Qué es eso?

Movió la cabeza, negativamente.

Lo supe. No hay términos para describir algo así. Y puntualizó:

—Admite mi palabra. Lo sabes: nunca miento...

Asentí en silencio. Él jamás mintió.

—Antes de encarnarte —prosiguió— ya eras. Eras en la imaginación del Padre Azul. Entonces te ofrecieron vivir la aventura de la vida en los universos del tiempo y del espacio...

—¿Quién me ofreció una cosa así? —le interrumpí.

—Eso no importa —sonrió—. Alguien te dio a elegir y tú seleccionaste la vida que ahora llevas. Y lo hiciste con todo lujo de detalles...

Permitió que sus palabras descendieran en mi mente y me empaparan. Y remató con una frase que me impactó:

—Seleccionaste, incluso, el momento y la forma de morir...

Le miré, incrédulo.

—¿Quieres decir que Sigal eligió esa muerte horrible?

Asintió con la cabeza y en un dramático silencio.

Lo acepté porque lo dijo Él.

Pero Jesús leyó mis pensamientos y supo de mis dudas:

—Querido *mal'ak*: no juzgues... Te falta información. Las leyes que rigen al «otro lado» no son las que conoces. Cada movimiento —aquí— tiene unas consecuencias que no puedes imaginar...

Elevó de nuevo la mirada hacia el firmamento y solicitó:

—Transmite fielmente mis palabras, aunque no comprendas.

—Siempre lo hice y lo haré...

—Lo sé, y te lo agradezco... Tus diarios serán de especial importancia para muchos, aunque otros no los aceptarán.

—También lo sé —repliqué.

Y el rabí continuó hablando sobre aquel asunto —tan delicado— que, sintetizando, bauticé como la «ley del contrato».

Si no entendí mal, antes de nacer, cuando el ser humano existe —únicamente— en la «mente» y en la «voluntad» de Dios, alguien le permite escoger qué clase de vida quiere vivir en la imperfección. Una vez seleccionada, la criatura nace y un ángel le borra lo que sabe. Por eso nadie entiende por qué ha nacido y qué sentido tiene su vida.

Otros rechazan la oportunidad de vivir la aventura de la materia y se desarrollan «por otros caminos». En realidad, según entendí, hay infinitos caminos...

La materia (la imperfección) es el escalón más primitivo de la creación. Vivir en ella es un gesto heroico (siempre). Crecer a partir de la materia es lo más indicado para alcanzar un nivel supremo de comprensión. Es lo establecido por los Dioses.

—Por eso no debes juzgar —insistió el Galileo—. Cada cual elige su vida y tiene razones sobradas para hacerlo... Pero esas «razones» solo son conocidas por él y por el Padre Azul.

—¿Y qué ventajas tiene ser un tirano o un asesino o un loco?

El Maestro parecía esperar mi pregunta:

—Todo es un juego...

Repliqué, desconcertado:

—¿Matar niños es un juego?

Se puso serio. Y exclamó:

—Confía. Todo está diseñado para el bien. Conocer de cerca la oscuridad es impagable...

Esa noche me dormí con nuevas dudas.

¿Yo había elegido un amor violeta (imposible)? ¿Qué ventajas tenía enamorarse de Ruth? Una estrella, entonces, brilló más que las demás.

Lo supe. Era ella... ¡Mi querida Ma'ch!

El 22 de septiembre, lunes (año 27), fue otra jornada sorprendente.

Ni Él ni yo podíamos imaginar lo que estaba a punto de suceder. Bueno, en realidad, no estoy siendo riguroso. Él, Jesús de Nazaret, sí lo sabía... Él lo sabía todo.

Pero debo ir paso a paso.

Muy temprano, tras recibir al alba, recogimos nuestras cosas y nos pusimos nuevamente en camino.

Cola quedó pronto en la lejanía...

Desconocía las intenciones del Galileo. ¿Qué se proponía? ¿Hacia dónde se dirigía?

Su gente había quedado en el monte Gilboá, empeñada en inútiles discusiones con los «justos», los seguidores de Yehohanan, también conocido como Juan el Bautista.

Y caminé tras Él.

No quise atormentarme con nuevas elucubraciones.

Él sabía...

¡Y ya lo creo que sabía!

Como digo, me dejé llevar.

El camino hacia el sureste aparecía desierto. Durante la primera hora no nos cruzamos con un solo caminante. No acertamos a coincidir con una sola reata de burros.

¡Qué extraño!

Aquel camino, hacia el valle del Jordán, era siempre un constante ir y venir de peregrinos y comerciantes.

Debí suponerlo...

Algo sucedía; algo anormal...

Pero el Maestro, decidido, continuaba con sus típicas zancadas, cargando el saco de viaje sobre el hombro izquierdo.

Obviamente sabía hacia dónde marchaba.

Un tiempo después —hacia la tercia (09 horas)— observé una nube.

¿Una nube?

Quedé desconcertado.

¡Qué nube tan rara!

Era roja y se movía lateral y perpendicularmente.

Pensé en un enjambre de pájaros.

No podía ser... Estábamos en el mes de *tišri* (septiembre). ¿Qué clase de aves emigraban en esas fechas?

Jesús se detuvo. Dejó caer el petate sobre la tierra del sendero y permaneció atento al cielo.

Lo alcancé.

El Maestro tenía la vista fija en la nube rojiza.

—¿Qué es eso? —pregunté, ciertamente alarmado.

Y, sin desviar la mirada de la nube, el Galileo respondió:

—*Akal!*... ¡Langosta!

Eliseo y yo habíamos topado con una plaga de saltamontes cuando caminábamos hacia el monte Hermón en el verano del año 25. En aquella ocasión fueron otros ortópteros de grandes dimensiones (entre diez y doce centímetros). Los judíos los llamaban «devoradores verdes» (*Saga ephippigera*). Arrasaban con todo. Los órganos bucales hacían presa en plantas o animales y los cortaban como navajas. Durante la noche se mostraban especialmente activos. Si uno dormía al raso, de pronto, podía verse cubierto por cientos de «devoradores» que no distinguían entre plantas, animales o seres humanos. Los *felah* los combatían con fuego y con la estimable ayuda de las cigüeñas. Pero, si una de las aves tenía la mala fortuna de tocar el suelo, cientos de «devoradores» caían sobre ella, dejándola en los huesos.

Sí, fue una experiencia poco grata...

En esta ocasión no se trataba de saltamontes. Eran langostas; unos insectos mencionados en el libro de los Proverbios (30, 27) y admitidos por el Levítico como dieta diaria (11, 20-23).

Como digo, quedé perplejo.

Nunca había visto cosa igual.

¡Eran millones!

Flotaban sobre los campos con movimientos erráticos. Ascendían de pronto y volvían a bajar, cubriendo las tierras de rojo. Formaban nubes densas que se estiraban en todas direcciones.

Y empezamos a oír un zumbido sordo y constante.

—¿Son peligrosas? —pregunté con un hilo de voz.

El Galileo sonrió, pícaro, y exclamó:

—Confía... Todo está ordenado para el bien.

No comprendí.

¿Eran o no eran peligrosas?

Y dispuse el cayado... ¡Qué ridiculez! ¿De qué servía el láser de gas contra millones de ortópteros hambrientos?

Y Jesús volvió a hacerlo. Entró en mis pensamientos y aclaró:

—*Akal* no es peligrosa, pero sí molesta...

¡Vaya!... ¿Cómo lo hacía? ¿Cómo podía entrar en la mente? ¡Qué preguntas! Me hallaba junto a un Hombre-Dios...

Y continuamos caminando.

Al poco, el zumbido se intensificó.

Y penetramos en la «nube».

Nos vimos desbordados.

Jesús se cubrió con el ropón y yo hice otro tanto.

Eran insectos rojos, moteados en negro, de unos diez centímetros de longitud. Las alas eran como el acero.

Al retornar a la «cuna», «Santa Claus» me informó sobre la naturaleza de aquellos ortópteros. Se trataba de la *Schistocerca gregaria*, una especia de langosta muy común en aquellas latitudes; especialmente en el desierto de Judea. Tras las lluvias, las hembras depositaban en tierra entre 2000 y 3000 «canutos» por metro cuadrado. Cada «canuto» (tubo de arena) contenía del orden de treinta huevos. Eso representaba más de 500 millones de insectos por hectárea.

En esta ocasión, el enjambre se desplazaba en enormes bolas, formando un «ejército» de siete kilómetros de largo por uno de ancho. «Santa Claus» calculó setenta millones de langostas.

Caían a decenas sobre los mantos, sobre los sacos de viaje, sobre las barbas y sobre las sandalias. Calculé mil langostas por metro cuadrado.

Era, sencillamente, asfixiante...

La *akal* lo devoraba todo a su paso. Aquel enjambre podía consumir diez toneladas de forraje al día.

A pesar de los ropones, los insectos penetraban bajo los mantos y quedaban enganchados en las barbas y en los cabellos. Llegué a escupir más de una y más de dos langostas.

El sol quedó oculto.

Era difícil caminar...

Al pisar las aplastábamos.

El zumbido se hizo infernal.

Avanzamos un corto trecho, pero, literalmente enterrados en los insectos, tuvimos que detenernos.

Tuve miedo...

¿Qué podíamos hacer?

Si permanecíamos quietos, los millones de langostas terminarían devorándonos.

Pero eso no era posible...

Y fue en esos críticos momentos cuando escuchamos aquellas voces.

No muy lejos, a cosa de un centenar de pasos, medio distinguí unas casas blancas, igualmente sepultadas por la «nube» de «gregarias». Algunos vecinos gritaban y hacían señas para que nos reuniéramos con ellos.

¡Era una aldea!

Corrimos hacia el lugar y los campesinos nos empujaron al interior de una de las viviendas. Allí palmearon las ropas y nos libraron de cientos de langostas.

¡Dios bendito! ¡Teníamos «gregarias» hasta en el taparrabo!

Tuvimos que desnudarnos, ante el regocijo de las mujeres.

Contemplé a los vecinos y quedé desconcertado.

¡Yo los conocía!

¡Santo Dios! ¡Habíamos ido a parar a la aldea de Salem, a poco más de ocho kilómetros de Gilboá!

Como se recordará, en dicha aldea permanecí durante una temporada tras sufrir una grave crisis de amnesia.[1] Allí fui atendido por un matrimonio dulce y generoso, que me ayudó a superar la difícil situación. Allí fui encontrado por Eliseo...

Me identifiqué y la familia, en efecto, me reconoció.

Uno de los hombres salió de la casa y fue a dar aviso al viejo Abá Saúl y a su esposa, Jaiá.

¡Asombroso!

Y el Maestro, feliz, me guiñó el ojo...

Fue así, gracias a la súbita plaga de langosta, como Jesús de Nazaret terminaría conociendo al venerable y sabio Abá Saúl y a Jaiá («la viviente»), su tierna y siempre sonriente esposa.

El Destino, en efecto, lo tenía todo atado (y bien atado).

Salem o Salim, como ya comenté en su momento, era un villorio modesto, habitado por gente sencilla y de buen corazón.

Un puñado de casas —alrededor de veinte— se protegía del ardiente sol del valle del Jordán con la ayuda de un alto palmeral.

Salem se hallaba muy cerca de la Perea, el territorio de Herodes Antipas. Calculé unos cinco kilómetros a la frontera. Algo más al sur destacaba la ciudad de Mehola. Desde allí, la senda conducía a Jericó.

[1] Amplia información sobre la estancia de Jasón en Salem en *Nahum.Caballo de Troya 7. (N. del a.)*

El «pavimento» de Salem era inconfundible. Aparecía formado por cientos de miles de conchas blancas, restos del primitivo mar de Lisán.

Abá Saúl no tardó en presentarse.

Seguía siendo el anciano venerable que había conocido. Vestía de blanco inmaculado, con los cabellos —igualmente nevados— hasta la cintura.

Lloró al verme.

Saúl había sido escriba y doctor de la Ley de Jerusalén. Hacía tiempo que se retiró de todo y de todos, refugiándose en la aldea de Salem. Sus únicas ocupaciones eran Jaiá, su esposa, y sus «hijos»: miles de rollos acumulados en estanterías y canastos. En mi primera visita conté del orden de seis mil libros. Abá o «padre» Saúl los acariciaba, los mimaba, y se entregaba a la lectura desde el alba al ocaso. El pueblo lo reverenciaba. Lo llamaban *rby* («mi señor»). Y aunque se trataba de un *hakam* («doctor ordenado»), la máxima dignidad entre los expertos de la Ley, Abá Saúl era la sencillez absoluta. Conversaba con los más humildes, se interesaba por sus problemas, y ayudaba siempre; no importaba quién fuera. En definitiva: era un *swpr*, un profesional de los libros y de la caridad.

Me besó en ambas mejillas y, delante de todos, alzó los brazos al cielo y dio gracias al Altísimo por haber escuchado sus súplicas y las de Jaiá.

El Maestro observaba en silencio y complacido.

Y al poco llegó la esposa.

Se lanzó a mis brazos y, sofocada, sin poder contener las lágrimas, gritó:

—¡Has vuelto!... ¡Has vuelto!... ¡Lo sabía!

Jaiá, cuya traducción podría ser «la viviente» o «la que vive», rondaba los setenta años. Una sonrisa permanente rodaba desde los ojos claros. Era de escasa estatura y de enorme corazón. Había sido hermosa. Tenía las manos como el alma: delicadas y brillantes. Era una mujer especialmente intuitiva.

Pues bien, fue así, merced a la providencial «nube» de langostas, como terminamos en el hogar de Abá Saúl.

Fueron nueve días inolvidables. Nueve días en los que no pudimos pisar la calle. Las «gregarias» lo impedían...

Jesús de Nazaret y este explorador aceptamos la hospitalidad del matrimonio. Y lo hicimos encantados.

Abá Saúl no tardó en percatarse de la formidable personalidad del Galileo y de su pensamiento revolucionario, tan cercano a sus ideas.

Como se recordará, el *hakam* formaba parte de un reducido grupo de iniciados —los melquisedec—, que creían en un Dios amor (todo amor).

Melquisedec, o el príncipe de la Paz, fue un extraño personaje que apareció en las tierras del Israel hacia el año 1980 antes de J. C. Nadie supo dónde había nacido. Nadie conocía a su familia. Era alto, con el cabello hasta la cintura, y tres círculos concéntricos (bordados en azul) en el pecho. Empezó a predicar y habló —por primera vez— de un Dios Altísimo, todo amor, que imaginaba al ser humano, se instalaba en su mente, y le regalaba el alma inmortal. Sus enseñanzas se extendieron en todas direcciones y llegaron a los territorios más remotos. En China hicieron prosperar el taoísmo. *Shen* era la chispa divina (una fracción del mismísimo Padre Azul) que entra en la mente humana y que lo acompaña para siempre. Pero el concepto inicial se vio alterado y se convirtió en un elemento material. Y lo mismo sucedió en Egipto. El *akh* —la chispa del Padre— terminó demolido y desfigurado. Abraham y Moisés heredaron estas enseñanzas, pero, lentamente, la mezquindad de los hombres borró la luz de Melquisedec. Y todo fue olvidado.

Jesús consultó los *megillah* que conservaba Abá Saúl. Los leía con avidez. Pasó muchas horas sentado sobre las esteras, devorando los rollos.

El resto del día lo pasaba fregando cacharros y ayudando a Jaiá en la preparación de la cena. No importaba que la anciana protestase. A Jesús le divertía la cocina. Le encantaba inventar y preparar recetas. Y lo hacía admirablemente bien.

Por la tarde noche, tras reponer fuerzas, conversábamos. Era el momento esperado por todos; especialmente por Abá Saúl. El buen hombre se hallaba necesitado de conversación. En la aldea era difícil profundizar en los temas que le interesaban y preocupaban.

Naturalmente, Saúl nos ilustró sobre el príncipe de la Paz, el misterioso Melquisedec (en realidad Malki Sedeq). Y habló de los tres círculos concéntricos que lucía en el pecho. Dijo que era la representación de «Elyon», el Altísimo. Cada círculo simbolizaba un atributo:

—El central —explicó— es el presente para siempre.

Abá Saúl lo llamó AMOR, con mayúsculas.

El Maestro escuchaba con el rostro radiante.

—... De ese círculo central —prosiguió el anciano— nace todo lo demás...

Y el Maestro redondeó:

—De ese AMOR nace lo visible y lo invisible...

Según Abá Saúl, los tres círculos concéntricos son el emblema del Padre Azul.

El Galileo y yo nos miramos. Saúl estaba en un error. Esa bandera, en realidad, era la del Maestro...

El verdadero nombre de Jesús, como ya he mencionado en otras ocasiones, es Micael. Él gobierna un universo. Él es un Dios Creador. Él tiene esa bandera...

Y fue en esos instantes cuando la estancia se llenó de un intenso perfume. Todos lo percibimos. Fue un olor a tintal (tierra mojada). Jaiá se asomó a la ventana y aclaró que no había llovido. ¿Cómo era posible? ¿De dónde procedía la esencia? Este explorador la asoció a la esperanza...

Una tarde, a petición de Jaiá, le conté al Galileo el extraño sueño tenido por este explorador en el «lugar del príncipe», una suave colina muy próxima a Salem. La tradición aseguraba que, en dicho cerro, Melquisedec levantó un palacio. La cuestión es que, durante mi anterior estancia en la aldea, me presenté en las ruinas del referido palacio y terminé dormido. Y tuve un sueño. Vi llegar a un hombre alto (tan alto como yo). En el sueño fingí que dormía. El hombre tenía los ojos azules y los cabellos nevados y largos, hasta la cintura. Vestía una túnica blanca, hasta los pies. Parecía seda. En el pecho lucía tres círculos concéntricos, bordados en azul. Entonces abrió los labios y «habló» con palabras luminosas. Y dijo:

—Yo soy el verdadero precursor del Hijo del Hombre...

Y la «luz» repitió:

—*Bar Nasa!... Bar Nasa!...* ¡Hijo del Hombre

Y las palabras luminosas se propagaron por las ruinas.

—Cuando llegue el momento —continuó el hombre de los tres círculos— busca a tus pies... Entonces comprenderás que esto no es un sueño.

Y desperté.

El Maestro dibujó una leve sonrisa, se inclinó sobre la estera en la que estábamos sentados y fue a acariciar los tres círculos concéntricos que habían sido trenzados en el esparto. ¡Asombroso! ¡Los círculos aparecían a mis pies!

Mensaje recibido.

Uno de aquellos días —el sábado, 27 de septiembre (año 27) —, tras la cena, la conversación se centró en un asunto del que habíamos hablado con Eliseo en el monte Hermón. Esta vez, el diálogo fue más profundo...

Esto es lo que recuerdo:

Fue Abá Saúl quien preguntó a Jesús:

—Nuestro maestro, Melquisedec, nos habló de él... Dijo que fue una brillante estrella... Gobernaba muchos y extensos territorios... Lo llamaban —y lo llaman— Luzbel.

El Galileo escuchaba, atento.

—Pues bien —prosiguió el anciano—, ¿cómo puede ser que una criatura tan perfecta se rebele contra el Altísimo? ..., bendito sea su nombre.

El Maestro respondió al instante:

—En el corazón de los perfectos también cabe la duda... No os engañéis: la belleza puede conducir al error.

Jaiá interrumpió al rabí:

—Pero, ¿quién era Luzbel?

Saúl corrigió a su esposa:

—Luzbel es... Aún no ha sido juzgado.

Jesús asintió en silencio. Y Abá Saúl continuó:

—Luzbel era un príncipe de gran belleza y poder. Según Melquisedec, su reino abarcaba más de seiscientos territorios.

Entendí que los dominios de Luzbel sumaban más de seiscientos mundos.

—Pero un día —explicó Abá Saúl— este príncipe empezó a hacerse preguntas...

El Galileo bajó los ojos.

—... ¿Existe en verdad el Altísimo?... ¿No será que los Dioses menores han inventado el concepto del Padre Azul para mantener su poder?...

El significativo silencio del Maestro me dio a entender que Saúl hablaba con razón.

—Y Luzbel —detalló Abá Saúl— negó que hubiera un camino hacia el Paraíso...

Jesús alzó la vista y me miró intensamente. Su rostro aparecía grave.

—... Luzbel, entonces, según nuestro maestro, exigió que sus seiscientos territorios fueran autónomos e independientes. Y planteó, además, que la resurrección del alma es automática, no dependiendo de nada ni de nadie... Y aseguró que el supuesto camino del ser humano hacia el Padre Azul era un fraude total y vergonzoso...

Todos escuchábamos, desconcertados.

—¿Cuándo fue eso? —intervine.

—Melquisedec dijo que la rebelión de Luzbel y de los otros tuvo lugar hace doscientos mil años...

Jesús volvió a asentir en silencio.

—¿Los otros? —preguntó Jaiá— ¿Quiénes fueron?

—Melquisedec —replicó el marido— habló de Satán, lugarteniente de Luzbel, y de Caligastía, príncipe de nuestro mundo, y de Belzebú... En total, 37 príncipes rebeldes.

Entendí que la rebelión alcanzó a 37 mundos. No era mucho, la verdad...

—¿Y qué sucedió? —me interesé.

Luzbel se autoproclamó el Dios de la libertad y el amigo de los hombres y de los ángeles... Fue una locura.

Y Abá Saúl prosiguió:

—Luzbel prometió a los príncipes que lo secundaron que gobernarían sus tierras al margen del hipotético poder central.

¡Vaya!... Quedé perplejo. Luzbel inventó el nacionalismo.

—¿Y qué hizo el Padre Azul? —preguntó Jaiá inocentemente.

—Dejó que la rebelión siguiera su curso... Y la locura se prolongó durante dos años... Después, los 37 príncipes y sus tierras fueron aislados.

—¿Qué quieres decir? —se interesó la mujer.

—Lo que estás oyendo. Esos territorios están en cuarentena. Y así siguen...

—¿Y qué fue de Luzbel y de los rebeldes?

Abá Saúl utilizó palabras que no comprendí:

—Melquisedec habló de «cárceles espirituales» ... No sé a qué se refería. Y allí están, a la espera de juicio.

Jaiá siguió preguntando:

—¿Qué sucederá si son condenados?

—Serán aniquilados... Desaparecerán, como si nunca hubieran existido.

La anciana presionó:

—¿Y si se arrepienten?

Abá Saúl movió la cabeza, negativamente. Estaba claro.

Luzbel no es un personaje que reconozca sus errores.

—Si se arrepienten —sentenció Saúl— serán perdonados. Pero dudo que Luzbel, Satán y el resto acepten algo así... Su orgullo los domina.

El Maestro asintió con la cabeza, levemente.

—¿Hubo batallas?

La pregunta de Jaiá fue respondida por el Galileo:

—Hubo discursos... Luzbel hablaba y exponía sus argumentos y Gav-Riel respondía.

—Entonces —argumentó la anciana—, si el diablo está en prisión, ¿cuál es su poder sobre el ser humano?

El rabí dibujó una leve sonrisa y declaró, rotundo:

—Ninguno...

—¿Y los endemoniados?

Jesús de Nazaret respondió a la cuestión de Jaiá con idéntica seguridad:

—No hay endemoniados... Solo enfermedades mentales.

Abá Saúl se dirigió al Maestro y planteó un tema de especial trascendencia:

—No entiendo por qué Luzbel y los suyos no han sido juzgados. Han pasado doscientos mil años... ¿No es hora de hacer justicia?

Jesús le miró con benevolencia y declaró:

—La misericordia es paciente...

—¿Eso quiere decir —interrumpió Jaiá— que serán perdonados?

El silencio se sentó a nuestro lado.

—¿Y qué sucederá cuando nuestro mundo deje de estar aislado?

El Galileo respondió a Abá Saúl con dos únicas palabras:

—*Or gadol!!*

Eso significaba «Gran Luz».

Como decía el Maestro, quien tenga oídos que oiga...

El 30 de septiembre, martes, fue el último día en Salem.

La «nube» de langostas se cansó de la aldeíta y de sus alrededores y se alejó hacia el norte.

Y el camino quedó libre. Podíamos regresar a Gilboá.

Ese martes, sabiendo que Jesús y este explorador abandonaríamos la casa, Jaiá se esmeró. Buscó unas espléndidas setas y dispuso una cena especial. Jesús se ocupó de cocinarlas.

Le vi cortar los sombreros de las *boletus* con gran delicadeza. Después dispuso una fuente de madera bien enmantecada.

Jaiá lo observaba, feliz y asombrada.

El Maestro cortó un par de cebollas en dados pequeños y preparó dos dientes de ajo —bien picaditos—, así como una cucharada de sal, pimienta negra recién molida, tres puñados de pan rallado y queso igualmente desmigado; mucho queso.

Lavó los sombreros y los cubrió con sal durante unos minutos. En ese tiempo, el Galileo alegró la casa con su canción favorita: «Dios es ella».

Jaiá le proporcionó agua hirviendo y blanqueó los *boletus*. Después los refrescó con agua fría y fue a situar los sombreros en forma invertida en la fuente enmantecada.

Era admirable. Jesús se entregaba en todo lo que hacía. Mimaba las setas. Mimaba la mantequilla. Mimaba la canción... Nos mimaba con la mirada.

Tomó una sartén y procedió a calentar la mantequilla.

—... Ella es Dios... Ella, la primera *he*...

Añadió el ajo y la cebolla y jugó con el recipiente de hierro, salteando los ingredientes hasta que se ablandaron.

—... La que sigue a la *iod*... Ella, la hermosa..., el vaso del secreto...

Picó después los «cabitos» y aumentó la intensidad del fuego durante unos minutos.

—... Padre y Madre no son 15, sino 9 más 6...

Acto seguido, con gran pericia, derramó la sal y la pimienta molida sobre la pasta y se afanó en removerla, añadiendo el pan rallado y un toque de vino blanco.

—... Ella es Dios...

Esperó a que el fuego perdiera fuerza y siguió cocinando hasta que la mezcla presentó un aspecto liviano. Después, sin dejar de canturrear, tomó una cuchara y fue llenando cada sombrero con la deliciosa salsa.

Jaiá remató la receta con una generosa ración de queso sobre cada uno de los *boletus*.

Y el Maestro introdujo la fuente en el horno. Allí la mantuvo hasta que el queso empezó a burbujear.

Delicioso.

Todos nos chupamos los dedos.

Y el Galileo fue felicitado.

Tras la cena, Abá Saúl preguntó directamente al Hijo del Hombre:

—Tú hablas del Padre Azul... Nosotros, los melquisedec, hablamos del Altísimo... Entiendo que tú y yo estamos hablando del mismo Dios, bendito sea su nombre...

Jesús asintió con la cabeza.

—... Tú hablas de un Dios amoroso —continuó el anciano— y nosotros también. Pero, entre tú y nosotros, hay una enorme diferencia...

«Claro —pensé—. Él es un Dios. Él es nuestro Creador...».

Pero Abá Saúl pensaba en otro asunto...

—Tú no temes a nada... Nosotros, en cambio, tememos a la vejez, a la soledad, y, sobre todo, a la muerte.

El Galileo se apresuró a preguntar al *hakam*:

—¿Por qué? ¿Por qué teméis a la vejez?

Jaiá habló valientemente, como siempre:

—La vejez es oscuridad... Todo, a nuestro alrededor, se apaga.

Abá Saúl tomó las manos de su esposa y las besó dulcemente.

Jesús negó con la cabeza y proclamó:

—Debería ser al revés… Al final de la vida todo se enciende, todo se comprende, todo se perdona, todo se espera… El final de la vida es luz. Una luz nueva y prometedora. Estamos más cerca del «regreso» a nuestra verdadera casa. ¡Alegraos!… Al final de la vida, el alma se ha llenado… ¡No temáis!… Es el momento de recoger.

—Pero, ¿por qué tenemos que envejecer?

El Maestro miró a Jaiá con dulzura, y le dijo:

—Es lo establecido. Es la Ley. Es la sabiduría del Padre Azul… Has experimentado. Has vivido. Tu cuerpo demanda un final. No sería bueno que continuaras así, indefinidamente. Mereces algo especial y glorioso. Algo nuevo y nuevamente joven. Esa nueva forma corporal —que te fascinará— te espera tras el dulce y benéfico sueño de la muerte.

—Pero la vejez —insistió Saúl— borra la memoria…

El Maestro hizo otra revelación:

—No importa que la borre… La *nitzutz* (la chispa divina que nos habita) vigila para que la memoria no desaparezca. Ella, la chispa, copia tus recuerdos…

Esta vez fui yo quien preguntó:

—¿La *nitzutz* hace copia de la memoria?

Jesús sonrió, divertido. Y asintió con la cabeza, en silencio.

¡Vaya!… Eso era nuevo para mí. Pase lo que pase, las memorias permanecen intactas. Me pareció una medida muy prudente por parte del Padre Azul. Después, ya en los mundos MAT, las memorias se incorporan al nuevo cuerpo.

—La vejez aísla… —insistió la anciana.

El rabí no le permitió continuar:

—La vejez aísla, sí, pero a tu favor… Y la vejez te aísla para que pienses —necesariamente— en la muerte.

—No quiero pensar en eso —protestó Jaiá—. No quiero...

—Pues debes hacerlo —recomendó Jesús—. Debéis hacerlo... Eso es la vejez: intuir que la muerte está muy cerca..., y que no es nada.

—Pensar en la muerte... —musitó Abá Saúl—. ¿Y qué gano con eso?

—La muerte —replicó el Galileo— es el negocio de tu vida... ¿Merece la pena que te entrenes para ese negocio decisivo? ¿Merece la pena que pienses en ella, al menos una o dos veces al día?

Jaiá intervino, curiosa:

—¿Y qué se supone que debo pensar?

Jesús fue directo:

—Piensa, por ejemplo, que la muerte es un simple y benéfico sueño... Nada más. Piensa que morir significa iniciar... Emprender una vida nueva que no termina... Piensa que seguirás viva... Piensa que entrarás en el reino del AMOR, por fin... Piensa que, al «otro lado», te espera una felicidad que no puedes imaginar... Piensa que, al morir, te reunirás —temporalmente— con tus seres queridos, ya fallecidos... Piensa que la muerte es el inicio de otra aventura, la definitiva... Piensa en la muerte como algo necesario y bello.

El rabí hizo una pausa y contempló a sus amigos. Jaiá estaba perpleja. ¿De dónde sacaba el Galileo aquella seguridad a la hora de hablar? Abá Saúl asentía en su corazón.

Pero el anciano no pudo resistir la tentación y planteó la pregunta capital:

—¿Quién eres en verdad?

El Maestro fue rápido y sincero:

—Soy un enviado, como lo fue tu admirado Melquisedec... Estoy aquí para sembrar la esperanza. El mundo no está perdido. Alguien os ama. Llegará el día en el que encontraréis de nuevo el camino de la vida y de la luz.

Y terminó con otra de sus palabras favoritas:

—¡¡Confiad!!

—Todo eso está muy bien —reconoció Abá Saúl— pero sigo teniendo miedo...

Jesús preguntó:

—Cuando te dispones a dormir, ¿te acuestas tranquilo?

Saúl dijo que sí.

—¿Y no comprendes que dormir es morir cada noche?

—¿Cómo es eso?

—El Padre Azul —os lo dije— es genial... Y nos entrena cada noche para morir. Eso es el sueño.

Jaiá aplaudió al Hijo del Hombre.

Y Jesús preguntó al *hakam*:

—¿Cuántos años tienes?

—Ochenta y uno —replicó Saúl.

—Pues bien —simplificó el Galileo—, el Padre Azul lleva ochenta y un años entrenándote para morir... Y lo hace cada noche. Deberías estar agradecido... Más aún: tener miedo a morir es un insulto al buen Dios.

Abá Saúl bajó los ojos. El Maestro tenía razón; toda la razón.

—Y tú —terció la anciana—, ¿no temes a la soledad?

Jesús la miró con ternura. Y replicó:

—Nunca estoy solo...

Pero, al instante, rectificó:

—Nunca estamos solos...

Llevó el dedo índice izquierdo a la sien y recordó:

—Él, el Padre Azul, vive en tu mente desde que cumpliste los cinco años de edad. Él sabe de ti mucho más que tú misma. Él escucha tus lamentos antes de que los pronuncies. Él te guía en silencio sin que tú lo sepas. Él te da las respuestas que necesitas en cada instante. Él te consuela sin palabras. Él está a tu lado en lo bueno y en lo malo. Él es el silencio, la música y la voz de tu amado. Él espera de ti mucho más de lo que supones. Él es el piloto infalible que te guía hacia el AMOR. Él es tu gran tesoro...

—Dime —intervino Jaiá—, ¿alguien vive sin la *nitzutz* (la chispa)?

El Maestro respondió con algo que no entendí bien:

—Solo algunos seres humanos —muy pocos— no necesitan la *nitzutz*. Su misión es otra... El resto —la mayoría— es habitado por la chispa divina..., obligatoriamente.

—¿También los desalmados? —requirió Saúl.

—Todos. Pobres, ricos, esclavos, mujeres, ancianos, ciegos o paganos. Todos reciben la bendición de los cielos. El Padre Azul no hace distinciones entre los humanos. Y los habita, uno por uno...

—Pero, aun así —lamentó Abá Saúl—, es tan difícil bajar los escalones de la vejez...

—Bájalos con inteligencia —le animó el Maestro—. Bájalos sabiendo que subes...

—¿Es que no temes a la muerte? —insistió el *hakam*.

—Os lo dije: la muerte es otra genialidad del Padre Azul.

Jaiá seguía fascinada con la seguridad de aquel Hombre.

—¿Una genialidad? —preguntó—. Pero, ¿qué es realmente la muerte?

—Os lo he dicho —replicó Jesús—. La muerte es un dulce sueño...

—Sí —le interrumpió la anciana—, pero, ¿qué más?

El Galileo observó a sus amigos y rogó a Jaiá que lo acompañase.

Saúl y yo nos miramos, intrigados.

¿Qué se proponía?

La anciana obedeció y se fue tras el Hijo del Hombre.

Jesús se detuvo al final del pasillo, frente a la puerta de entrada a la vivienda. E invitó a la mujer a que abriera dicha puerta.

Jaiá, desconcertada, volvió la cabeza hacia su marido e interrogó a Saúl con la mirada.

¿Qué hacía? Las langostas seguían en el exterior...

Abá Saúl no lo dudó y la animó a que obedeciera al Maestro.

Jaiá, entonces, decidida, echó mano del pasador y tiró de la madera.

Y la puerta se abrió...

Escuchamos el zumbido de las «gregarias».

Jesús se apresuró a cerrar la hoja y declaró:

—Esto es la muerte... Abrir una puerta.

Jaiá, deslumbrada, obsequió al Galileo con la mejor de sus sonrisas.

Y Jesús preguntó a la anciana:

—¿Te ha dado miedo?... ¿Te ha dado miedo abrir la puerta?

La mujer negó con la cabeza.

Nunca olvidaré aquella conversación sobre las esteras en las que una mano misteriosa trenzó los tres círculos concéntricos: la bandera de Micael, Dios de nuestro pequeño gran universo. Micael: Jesús de Nazaret...

«La muerte solo es abrir una puerta...».

DEL 2 AL 6 DE OCTUBRE (AÑO 27)

La plaga de langostas desapareció el miércoles, 1 de octubre (año 27 de nuestra era).

Las vimos volar hacia el norte.

Al día siguiente nos despedimos de Salem.

Jaiá lloraba.

Y retornamos al monte Gilboá.

En el campamento, todo era desolación.

Tres de los discípulos —Mateo, el Iscariote y Bartolomé—, así como diez de los «justos» (incluido Abner, el pequeño gran hombre), se hallaban enfermos.

Felipe los auxiliaba como podía.

Los enfermos padecían un mal muy común en aquel tiempo: la malaria.

Las últimas e intensas lluvias habían provocado nubes de mosquitos, entre los que se encontraba el mortífero *Anopheles gambiae*, el transmisor del *Plasmodium falciparum*, el parásito responsable del paludismo o malaria.[1]

En el siglo xx, según la Organización Mundial de la Salud, algo más de 500 millones de personas resulta-

[1] Atraído por el olor y el sudor humanos, el *Anopheles* clava sus piezas bucales en la piel de la víctima y, mientras extrae la sangre, transmite el parásito a través de la saliva. La disgregación de los hematíes infectados provoca fiebre, escalofríos y anemia. *(N. del m.)*

ron afectadas por la malaria. Ello provocó un millón de muertos. La mitad fueron niños.

No pudimos evaluar el alcance del paludismo en Israel en la época de Jesús, pero, a juzgar por lo que vimos, los casos se contaban por miles.

Si Felipe no lograba atajar la infección, los pacientes podían sufrir una anemia grave y, finalmente, un fallo cardíaco y pulmonar.

Examiné a los íntimos y a los «justos».

No había duda.

La fiebre —alta—, los escalofríos, y las convulsiones eran característicos.

Para los judíos, la enfermedad era consecuencia de la agresión de los espíritus maléficos, encarnados en los mosquitos. Otros, más sensatos, seguían los consejos de Heródoto: convenía impregnar las redes de pesca con aceites (especialmente de pescado) y cubrirse con ellas durante la noche. De esta forma evitaban las picaduras de los *Anopheles*.

Afortunadamente, Felipe —previsor— disponía de una importante reserva de *Artemisia annua*, una planta muy eficaz contra la malaria.[1]

Por lo que pude observar, parte del poblado se hallaba igualmente bajo los efectos de la infección.

Felipe y los gemelos de Alfeo —arriesgándolo todo— iban y venían entre las chozas de los caldeos, suministrando la *Artemisia* a quien la necesitaba.

Hicieron un trabajo admirable...

[1] Según Felipe procedía de su querida China. Sea como fuere, lo cierto es que resultaba un excelente antitérmico, con un destacado contenido en santonina, tuyona y cineol. La *Artemisia* repele los parásitos del paludismo y evita que se reproduzcan (el *Plasmodium*, una vez en el interior del cuerpo humano, puede reproducirse hasta 40.000 veces).

El Maestro también se multiplicó, llevando palabras de consuelo a unos y a otros. No importaba que fueran «justos», astrólogos o discípulos.

El único que rechazó las palabras de Jesús fue Judas Iscariote.

Aquel hombre se hallaba realmente envenenado...

Por un momento pensé que el Galileo haría un prodigio y sanaría a los enfermos. Me equivoqué.

La epidemia siguió extendiéndose y, a los pocos días de nuestra llegada, Juan Zebedeo y los gemelos cayeron igualmente enfermos.

La situación se complicó.

Y Andrés, el jefe, previa consulta a Felipe, estimó que el Hijo del Hombre debía ausentarse del Gilboá, al menos temporalmente.

Lo hablaron y Jesús aceptó. Permanecería lejos del campamento durante dos semanas.

Me pareció una medida prudente.

Y me brindé a acompañarle. Sin pretenderlo, este explorador resultaría beneficiado con la decisión. Yo no lo sabía en esos momentos, pero nos aguardaban nuevas aventuras...

Para colmo de males, en la mañana del martes 7 de octubre, cuando nos disponíamos a partir, alguien dio la voz de alarma.

De los bosques cercanos surgieron miles de hormigas gigantes.

Eran las *Dorylus punicus*.

Quedé asombrado.

Muchas de ellas alcanzaban los 80 y 100 milímetros de longitud.

Eran de color marrón claro, con unas alas transparentes, cruzadas por gruesas venas.

Los ojos eran negros, redondos, y sobresalientes. Daban miedo.

Los órganos bucales eran garras. Parecían espadas.

Al parecer, los fuegos del campamento las habían atraído.

Allí dejamos a los discípulos y a los «justos», removiendo tiendas y provisiones, pateando el suelo, y combatiendo la nueva plaga con palos y fuego.

Y en mitad del desastre, mil maldiciones...

Al alejarnos, el Galileo sonrió y comentó:

—Como en los viejos tiempos, *mal'ak*...

Se refería, sin duda, a la invasión de hormigas que padecimos durante nuestra estancia en el Hermón, la montaña sagrada.

DEL 7 AL 25 DE OCTUBRE (AÑO 27)

Partí del Gilboá con cierta zozobra. Yo, al menos, me sentía intranquilo. ¿Qué sería de los íntimos?

El Maestro, sin embargo, parecía tranquilo. Él sabía...

Obviamente, la decisión de alejarse del campamento era lo aconsejable.

Y el martes, 7 de octubre, como decía, nos pusimos en camino.

En esta oportunidad, Jesús de Nazaret sí se pronunció:

—Al sur...

A sur sí, pero, ¿a qué lugar?

No aclaró el destino.

Y, durante tres horas, caminamos por la margen izquierda del río Jordán, siempre en dirección sur.

Evitamos las ciudades. De vez en cuando, el Galileo entraba en las aldeas o en las granjas, hacía «'im», y descansábamos.

Al alcanzar el vado de Josué, el Maestro se detuvo. Contempló el monumento —supuestamente levantado por el caudillo que condujo al pueblo elegido— y mantuvo un respetuoso silencio. Acarició los grandes cantos rodados (doce en total) que formaban la base y procedió a leer en voz alta el texto grabado en los dos brazos inferiores de la *menorá* que remataba dicho monumento:[1]

—«Esta es la palabra del Eterno: no por el poder, ni por la fuerza, sino por Mi espíritu..., dice el Eterno de los ejércitos».

Al concluir la lectura ocurrió algo desconcertante.

Una súbita ráfaga de viento se presentó en el lugar y apagó todas las candelas.

El *schomêr* que tanto me había impresionado —alto, enjuto como una caña, de cabellos rubios y sueltos, y la mirada azul siempre amarrada a las llamas amarillas— palideció y cayó desmayado.

Fue asistido al momento por otros vigilantes, al tiempo que dos de los *schomêr* se afanaban en el inmediato encendido de las copas.

No lo consiguieron.

No hubo forma de prender las candelas.

Los vi discutir y llorar.

Minutos después, cuando nos alejábamos del monumento, los vigilantes lograron encender la *menorá*. ¿Casualidad? No lo creo...

Fue en ese tramo —hasta las cascadas de Ma'in— cuando el Maestro caminó a mi lado y aceptó responder a una serie de cuestiones menores. ¿O no fueron minucias?

—¿Por qué caminas siempre a la izquierda de la gente?

Jesús, divertido, replicó:

[1] La *menorá* o candelabro disponía de siete brazos de bronce, con una altura total de un metro. Las siete copas de metal aparecían encendidas día y noche. Un equipo de vigilantes —los *schomêr*— vivía permanentemente junto al monumento. Amplia información en *Caná. Caballo de Troya 9*. *(N. del a.)*

—Así estoy más cerca de su corazón...

—¿Por qué nunca te miras al espejo?

El Galileo no pudo contener la risa.

—Es que estoy muy visto...

—¿Por qué nunca te despides?

—Te lo dije... Despedirse es morir un poco. Es mejor un «hasta luego».

Estuve totalmente de acuerdo.

—¿Por qué nunca te excusas?

El Galileo se detuvo y me miró, intrigado.

—¿Hablas en serio?

Asentí. Y el Hijo del Hombre comentó, casi para sí:

—Nunca me excuso porque no lo necesito... Conozco la verdad.

Aquellas palabras fueron pronunciadas dulcemente, sin el menor asomo de soberbia. Y estuve de acuerdo nuevamente. ¡Era un Dios!

—Nunca te he visto discutir... ¿Por qué?

El Galileo me corrigió:

—En la cocina sí...

—Hablo en serio...

—Yo también.

El Maestro volvió a detenerse, colocó sus largas manos sobre los hombros de este explorador, y susurró, como temiendo que alguien pudiera oírle:

—Conozco la verdad y, además, es mía... ¿Crees que merece la pena discutir?

—Nunca te he visto solicitar consejo...

Jesús sonrió levemente, y manifestó:

—Dices bien... Nunca me has visto. Pero eso no significa que no lo haga.

—¿Y a quién pides consejo?

El rabí me miró intensamente. Y permaneció en silencio durante varios segundos.

Comprendí.

Mensaje recibido.

—¿Por qué casi nunca llevas dinero?

—Lo sabes bien... La intendencia no es cosa mía.

Rectificó:

—La intendencia no es cosa nuestra. De eso se ocupa el AMOR... Es decir, el Padre Azul.

Me armé de valor y pregunté:

—¿Es que no tienes necesidades sexuales? Nunca te he visto con una mujer...

El Galileo se puso serio. Pensé que me había extralimitado. Pero el rabí replicó con naturalidad:

—Estoy aquí por asuntos más importantes... Y lo sabes.

Me quedé cortado. Y fue Él quien me animó a seguir preguntando:

—¿Algo más?

—¿Por qué nunca te enfadas?

Volvió a sonreír, y preguntó:

—¿Y qué gano con ello?

Esa noche acampamos cerca de Ma'in, la antigua Baal Meón, citada en Números (32, 38).

Casi no hablamos. Cenamos algo y nos dejamos acunar por las ocho mil estrellas.

Aquel Hombre me había conquistado, definitivamente. Ya no era un observador imparcial, pero tampoco me importó.

En la mañana del 8 de octubre (año 27), miércoles, al llegar a las cascadas, nos desnudamos y disfrutamos de un prolongado baño. El agua, procedente del *wadi* Zerqa, brotaba caliente, a casi 40 grados Celsius.

Fue una delicia.

Jesús cantó y cantó bajo el poderoso manantial de Ma'in y aprovechó para lavar sus cabellos.

Después, muy relajados, continuamos la marcha hacia el sur, siempre por la orilla oriental del mar de la Sal (actual mar Muerto).

No me atreví a preguntar por nuestro destino. Era mejor así... ¡Sorpresa!

Poco antes del ocaso (ese día tuvo lugar a las 17 horas, 14 minutos y 27 segundos) avistamos la aldea de Calirohi o Callirroe. Como ya mencioné en su momento, se trataba de un puñado de casas de piedra y adobe, mal avenidas, con los techos de paja. La totalidad de las viviendas se reflejaba —aburrida— en las aguas azules y naranjas del lago.

Los vecinos eran *a'rab* (árabes); más exactamente nabateos.

Formaban un clan. Los llamaban Jemâr («los que saben de asfalto»). Se dedicaban, justamente, a la caza de los grandes bloques de asfalto, expulsados desde el fondo del lago.

Casi todos eran negros, con un alto porcentaje de ojos claros; la mayoría verdes. Las moscas se los comían.

Por un momento, con la fortaleza de Maqueronte a la vista, pensé que Jesús de Nazaret deseaba trepar hasta lo alto y solicitar permiso a Herodes Antipas para visitar a Yehohanan, su primo lejano.

¡Qué absurdo!

No eran esos los pensamientos del Hijo del Hombre...

Y durante buena parte de la noche, el Galileo se dedicó a conversar con los vecinos de Calirohi.

Les habló del Padre Azul, de la vida tras la muerte, de la «pesca» del asfalto divino en los cielos, de la maravillosa recompensa que les esperaba... Hombres, mujeres y niños —todos parientes— escuchaban perplejos y maravillados. Jamás, nadie, les había hablado con tanta dulzura y seguridad.

Al final besaron las manos del rabí y retornaron a sus obligaciones con una esperanza recién nacida. Sus vidas no eran absurdas.

El jueves, 9 de octubre, reanudamos el camino hacia el sur.

A eso de la tercia (nueve de la mañana), al divisar el llamado torreón de «las Verdes»,[1] fue este explorador quien invitó a Jesús a hacer un alto.

El rabí aceptó, encantado.

El torreón, de planta cuadrada y 8 metros de altura, había sido edificado con grandes sillares negros y basálticos.

Fuimos recibidos por los dos mastines blancos. Uno de ellos —*Bêji*— me reconoció y empezó a saltar a mi alrededor. El otro se aproximó al Galileo, lo olfateó brevemente, y ladró con alegría.

Raisos, el dueño, me recordaba muy bien. Y él y «las Verdes» rieron con ganas al rememorar el incidente en la peña de los grafitis, cuando, por mi mala cabeza, quedé colgado —boca abajo— en lo alto del peñasco. Fue *Bêji*, como se recordará, quien me sacó del apuro.

Presenté al Maestro como un educador y como un notable experto en las Sagradas Escrituras.

Raisos, como expliqué, era un *lehasîg*; una especie de conseguidor. Suministraba toda clase de mercancías al que lo solicitase (y tuviera dinero para pagarlo). Era, además, el patrón del *hata'*, una embarcación panzuda y naranja, también llamada «el barco de los pecados». La ley oral judía establecía que los peca-

[1] Amplia información en *Caná. Caballo de Troya 9*. (*N. del a.*)

dos llamados nefandos («ante los que Dios oculta la vista») no podían ser satisfechos (desde el punto de vista económico) en el Templo de Jerusalén o en las sinagogas. El «pecador» debía acudir al mar de la Sal, contratar a Raisos, y arrojar el dinero que servía para reparar la falta al fondo de las aguas. Así consta en la Misná (tratado *Nazir*, capítulo IV).

Pero Raisos, sobre todo, era un bribón de tomo y lomo. Sumergía los dineros en las aguas del mar Muerto y, al cabo de un rato, se los devolvía a su dueño. Después cobraba una comisión...

Era miope, zambo, cincuentón, encantador de escorpiones, y coleccionista de refranes.

Las mujeres —«las Verdes»— padecían una enfermedad poco común. Las caras y cuellos presentaban una destacada tonalidad verde. Podía tratarse de una enfermedad dermatológica, provocada por una dieta vegetariana severa. Dos de las esposas (conté cinco) padecían también una horrible deformación en la nariz. Era como si las hubieran devorado las ratas. El mal consistía en una leishmaniasis cutánea, con elevaciones eruptivas. Los nódulos aparecían ulcerados. Las infelices no podían permanecer mucho tiempo con las heridas al aire: las moscas caían sobre ellas a cientos.

El Maestro se mostró muy interesado por las inscripciones grabadas en la roca.

Y allí nos fuimos.

En efecto, a cosa de quince metros del suelo, en un peñasco rojo de arenisca nubia, se distinguía una extraña leyenda, grabada en columnas.

Como dije, era arameo antiguo.

La grabación arrancaba con una frase: «Eran doscientos los que bajaron en la cima del monte Hermón».

El resto era una sucesión de nombres. En la primera columna se leía:

«SEMIHAZAH» (la única palabra en mayúsculas). Y al lado: «jefe de los encantamientos».

Después leímos: «Ar'teqof» (segundo jefe y conocedor de los signos de la tierra), «Ramt'el» (tercer conjurado), «Hermoní» (el que enseñó a desencantar), «Baraq'el» (el que enseñó los signos de los rayos), «Kokab'el» (el que conoce las estrellas y practica la ciencia de las estrellas), «Zeq'el» (el que sabe de relámpagos), «Ra'ma'el» (el sexto), «Dani'el» (el que conoce las plantas), «'Asa'el» (el décimo de todos ellos), «Matar'el» (el que conoce los venenos), «Iah'el» (el que conoce los metales), «Anan'el» (el que conoce los adornos), «Sato'el» (decimocuarto), «Shamsi» (el que conoce las señales del sol) y «Sahari'el» (el que conoce y enseña los signos de la luna).

La quinta y última columna aparecía borrada. Las letras habían sido macheteadas. No fue posible reconstruir ninguno de los cuatro presumibles nombres.

Jesús de Nazaret, con una vista excelente, fue leyendo cada una de las columnas. Pero no hizo comentarios; no en esos momentos...

Y, satisfecha la curiosidad del Galileo, regresamos al torreón.

Raisos nos invitó a pernoctar en su casa.

Fue una excelente idea...

Durante la cena, el conseguidor se interesó por la piedra de los grafitis:

—¿Quiénes fueron esos doscientos que bajaron en el Hermón?

El Maestro fue directo:

—Rebeldes al servicio de Luzbel...

—Entonces —añadió Raisos—, esos nombres...

—Ángeles rebeldes —simplificó Jesús.

Raisos me señaló con el dedo y comentó:

—Mi amigo dice que eres un experto en la Torá... ¿Puedo fiarme de tus palabras?

Me adelanté, convencido:

—Al cien por cien...

El Galileo agradeció mi apoyo con una amplia sonrisa y respondió al anfitrión:

—Antes de que ellos fueran, yo soy.

Raisos acudió a uno de sus refranes:

—El que se enorgullece de lo que es multiplica su honor...

Y el conseguidor intervino de nuevo:

—Maestro, tengo una duda...

Jesús rio, asombrado. Y preguntó:

—¿Solo una?

—Por grande que sea el cedazo —replicó el *lehasîg*— siempre cabrá dentro otro...

—¿Esa es tu duda?

Esta vez fue Raisos el que rio.

—No, rabí... Mi duda es la siguiente: si Adán y Eva fueron nuestros primeros padres, ¿quién fue Nod?

El conseguidor, aunque árabe, conocía la Biblia. En el Génesis (4, 16) se dice que, tras matar a su hermano, «Caín salió de la presencia de Yavé, y se estableció en el reino de Nod, al oriente del Edén». Raisos llevaba razón. Si Adán y Eva fueron los primeros, ¿quién era el tal Nod?

Jesús observó al *lesahîg* con curiosidad. Raisos no tenía pelos en la lengua. Y el Galileo respondió con la misma franqueza:

—Adán y Eva no fueron los primeros...

Las mujeres, desconcertadas, cuchichearon entre ellas.

Y Raisos, dirigiéndose a este explorador, exclamó, satisfecho:

—Me gusta tu amigo... Su palabra baila al sonido de su mente.

Jesús, entonces, procedió a contar un cuento; mejor dicho, un supuesto cuento.

—Hace mucho, muchísimo tiempo —habló el Hijo del Hombre—, los ángeles del Señor descendieron sobre el mundo y propiciaron la aparición de las plantas... Y la tierra se cubrió de vida... Después llenaron los mares con toda suerte de peces... Por último, siguiendo el consejo de Dios, favorecieron la multiplicación de las aves y de las bestias del campo...

Raisos y «las Verdes» seguían el relato, expectantes. Y lo mismo sucedía con este explorador. ¿Adónde quería ir a parar?

—... Y cuando esos ángeles lo estimaron conveniente —prosiguió Jesús—, se acercaron a uno de los grupos de animales, parecidos a monos, y susurraron palabras de vida en los oídos de una pareja... Eran unos jovencísimos gemelos... A partir de esos instantes, los hermanos «despertaron» y comprendieron que no eran como los demás... Después, otros ángeles susurradores se aproximaron a ellos y los dotaron de valor, de curiosidad, de lealtad, de generosidad y de intuición...

Raisos estaba perplejo.

—... Una noche —continuó el rabí—, los gemelos tomaron una decisión: huirían... Y así lo hicieron... Se escondieron en las copas de los árboles y fueron alejándose de la tribu... Y caminaron hacia el norte...

El Maestro nos miró, uno por uno. ¿Se trataba realmente de un cuento? Para mí estaba claro: aquella versión era más lógica que la narrada por el Génesis.

—... De esos gemelos —puntualizó el rabí— nacería la raza humana...

Raisos replicó con otro de sus proverbios:

—Siempre hay alguien que engaña a alguien...

Y el conseguidor comentó:

—Naturalmente, esos hermanos no se llamaban Adán y Eva...

—Naturalmente —admitió el Galileo.

—Pero, entonces, ¿qué son las Sagradas Escrituras?

Jesús no esquivó la pregunta de Raisos:

—Otro invento humano.

El conseguidor acudió a uno de sus refranes y fue muy explícito:

—Una cachetada no abre la cabeza, pero sí los ojos...

Y Raisos profundizó:

—Entonces, nunca hubo una serpiente y una manzana...

—Nunca... La historia —reveló el Galileo— fue más interesante y bella de lo que te han contado.

Y Raisos sentenció:

—Diez no pueden ser nueve y nueve nunca serán diez...

La conversación sobre los gemelos se prolongó durante más de dos horas. Lo que acerté a escuchar me dejó perplejo. Nada fue como lo contaron... Algún día debería armarme de valor y escribir lo que oí. Sí, algún día...

—¿Y qué más sabes? —se interesó el conseguidor.

Jesús echó mano de otro refrán. Y cautivó, definitivamente, a Raisos:

—Saberlo todo, y decirlo todo, es dejar las cosas por hacer.

Y el conseguidor replicó al momento:

—La valentía está debajo de la piel...

—No, amigo —respondió el rabí—, el valor es también silencio.

—Eres hermoso —contestó Raisos— porque tienes buenos modales.

Y prosiguió el duelo de refranes:

—Son los buenos pensamientos —advirtió el Maestro— los que te harán hermoso.

—Eres como la fuente que fluye a borbotones —añadió el conseguidor—. Nunca te pudrirás…

—Nadie se pudre —sentenció Jesús— si bebe del Padre Azul.

Raisos se alzó y proclamó:

—Reconozco la altura de aquel que es más alto que yo…

Y el Galileo replicó:

—El más alto es el que menos lo parece.

—¿Sabes que lo que vendes —intervino el conseguidor— te vende a ti?

Jesús sonrió, complacido. Y declaró:

—Que te recuerden, amigo, por tu estela de luz…

—Pero, dime, ¿qué vendes?

El Maestro respondió a la cuestión con una sola palabra:

—¡¡Esperanza!!

—La esperanza —lamentó Raisos— llena la cabeza del tonto…

El Hijo del Hombre se puso serio:

—No hablo de la esperanza humana. Hablo de la esperanza que habita en los cielos…

—Esa esperanza, como la mentira, atrae a la esposa —terció Raisos—, pero solo la verdad la mantiene a tu lado.

«Las Verdes» rieron el nuevo refrán del patrón.

—Yo soy la verdad —anunció Jesús—. Verdad y esperanza son una misma cosa. Ninguna puede vivir sin la otra.

—No estoy de acuerdo —intervino Raisos—. El sol, por muy caliente que sea, no puede borrar las rayas a la cebra...

—La esperanza de la que te hablo —sentenció el Hijo del Hombre— es infinitamente más luminosa que el sol.

El Maestro disfrutó de la cena y, sobre todo, de los refranes de nuestro anfitrión. Yo disfruté con todo.

Aquello se hizo deliciosamente interminable...

El 10 de octubre del año 27 fue otro día —cómo definirlo—..., delicado.

Nos despedimos y continuamos hacia el sur.

El camino era muy voluntarioso. Se abría paso al pie de los altos acantilados rojos, pendiente siempre de la cercana lámina azul del mar de la Sal. Fue un trayecto entre farallones y enormes rocas.

Casi no hablamos.

El Maestro tomó la acostumbrada delantera y caminó seguro y decidido.

Desconocía sus intenciones.

¿A qué lugar se dirigía?

Aquella región, al sur del mar Muerto o mar de la Sal, era desconocida para mí

Las primeras luces habían pintado la superficie del lago con asombrosos y bellísimos naranjas. Los acantilados se reflejaban boca abajo, inmóviles y resignados.

Y hacia la quinta (once de la mañana), Jesús se detuvo.

Se subió a una de las rocas y me esperó.

Al alcanzarlo pregunté:

—¿Qué sucede?

El Galileo indicó el fondo del camino.

A cosa de doscientos metros, entre el roquedal, distinguí unos bultos.

Se trataba de una mula torda y tres individuos.

Uno aparecía en el suelo. Posiblemente se hallaba muerto o inconsciente.

La caballería cargaba grandes fardos negros.

Jesús se llevó el dedo índice izquierdo a los labios, solicitando silencio.

Los individuos nos vieron y, rápidamente, desenfundaron las espadas.

Hablaron entre ellos y empezaron a caminar hacia nosotros.

Uno —el más alto— tiraba de la mula.

Aquello no me gustó...

No me equivoqué.

E, instintivamente, me preparé.

Deslicé los dedos hacia la parte superior de la vara de Moisés y acaricié la cabeza de cobre que activaba los ultrasonidos.

Creí entender.

Estábamos ante una partida de «bucoles» (bandidos).

Ambos vestían de negro. El más bajo era grueso y calvo.

Parecían *a'rab* (árabes).

Al llegar a 20 metros se detuvieron de nuevo y discutieron.

Hablaban en árabe, en efecto.

El más alto trataba de convencer al calvo para dar la vuelta y seguir el camino. El que parecía el jefe —el más bajo— se negó. Buscaban oro.

Jesús escuchó tranquilo.

Yo sabía de su repugnancia natural hacia toda clase de violencia.

¿Cómo reaccionaría? ¿Se defendería?

Apenas llevábamos dinero. En mi bolsa quedaban diez denarios y alguna calderilla. El Maestro no portaba nada de valor.

Y la fuerza que siempre me acompaña se impuso.

No lo dudé.

Aunque no portaba las «crótalos», el blanco fue fácil.

Activé los ultrasonidos y una descarga de 21.000 Hertz impactó en la cabeza de la mula. El animal se desplomó, fulminado.

Los «bucoles», confusos, miraron hacia el azul del cielo. No había tormenta. «¿Qué ha sucedido?», se preguntaron.

El bandido más alto tiró de la cuerda, intentando levantar al animal. Imposible.

Un segundo disparo traspasó el cráneo del que tiraba de la mula y alteró el aparato vestibular (responsable de la percepción de sensaciones y de la permanente información sobre la posición del cuerpo y la cabeza en el espacio).[1]

Resultado: el bandido cayó, igualmente desmayado.

[1] Las ondas ultrasónicas, de naturaleza mecánica y cuya frecuencia se encuentra por encima de los límites de la audición humana (superior a los 18.000 Hertz), invadieron el oído interno del «bucol», bloqueando el conducto semicircular membranoso. Esto hizo que perdiera el equilibrio y cayera sin sentido. Como ya expliqué, con el fin de evitar el arduo problema del aire (enemigo de los ultrasonidos), Caballo de Troya ideó un sistema para «encarcelar» y guiar los ultrasonidos a través de un finísimo «cilindro» o «tubería» de luz láser de baja energía, cuyo flujo de electrones libres quedaba «congelado» en el instante de su emisión. Al conservar una longitud de onda superior a los 8000 angström (0,8 micras), el «tubo» láser seguía disfrutando de la propiedad esencial del infrarrojo, con lo que solo podía ser visto mediante el uso de las también mencionadas lentes de contacto («crótalos»). De esta forma, las ondas ultrasónicas podían ser lanzadas contra los objetivos (generalmente en distancias comprendidas entre cinco y veinticinco metros). *(N. del m.)*

Al verlo caer, el jefe dio un salto y salió a la carrera, desapareciendo en un recodo del camino.

¿Podía haber más «bucoles»?

En previsión de nuevos ataques continué pendiente, con los dedos muy cerca de la cabeza del clavo de bronce.

Jesús se acercó al bandido que yacía sin sentido. Lo observó brevemente y continuó hacia el hombre que, al parecer, fue asaltado.

Registré al «bucol» y, en efecto, encontré una bolsa de hule negro, repleta de denarios de plata. En el exterior aparecía una inicial —una «A»—, bordada en oro. Supuse que pertenecía al hombre que seguía en tierra.

Al unirme al Galileo, este, arrodillado en el camino, daba de beber al que fue asaltado. Era un anciano.

Presentaba una aparatosa brecha en la ceja izquierda.

Vestía una larga túnica blanca, de seda, y un enorme y enredado turbante, también blanco, ahora salpicado por la sangre. La piel era verdosa y el bigote espectacular. En el pecho, bordado en oro, leí un nombre: «Achala».

El tipo era delgadísimo —yo diría que consumido— y con una edad próxima a los ochenta años, o más.

Examiné el pulso. Era algo errático.

Y, poco a poco, el anciano fue recuperándose.

El Galileo preguntó y el hombre, efectivamente, dijo llamarse Achala. Procedía de la ciudad de Jericó. La mula transportaba bálsamo y aceites especiales. Era embalsamador. Vivía en la ciudad de la Sal. Al ver a los «bucoles», los dos esclavos que lo acompañaban huyeron.

En esas estábamos cuando la mula y el bandido recuperaron el sentido.

El «bucol», aterrorizado, escapó a la carrera.

Yo me hice con la caballería y me apresuré a devolver la bolsa de hule a su dueño.

En anciano, perplejo, examinó el interior y, al verificar que no faltaba nada, se arrojó a los pies de este explorador, llorando y agradeciendo a los dioses la providencial presencia de sus salvadores.

Me eché atrás y le animé a levantarse.

Jesús observaba atento y en silencio.

Fue así como entramos en contacto con el viejo Achala, un hindú de etnia «gadulia», procedente del oeste de la India. Había sido herrero, criador de camellos, y ahora regentaba un «taller» de embalsamamiento. Era rico.

Jesús de Nazaret me guiñó el ojo y continuamos hacia el sur, hacia la ciudad de la Sal.

Ese era nuestro destino.

Y hacia la nona (15 horas), faltando poco para la puesta de sol (ese día tendría lugar a las 17 horas y 12 minutos), la divisamos.

Había oído hablar de ella, pero nunca la visité.

Brillaba como un diamante...

Se alzaba cerca de la península de Lisán, entre las aldeas de Mazra'a y Agalin.

¿Cómo describirla?

La ciudad de la Sal —también llamada «Sheol» («Infierno»)— era una población de 12.000 habitantes. La formaban unas ochocientas casas. Era la única ciudad de Israel... ¡sin calles!

Las casas, de una planta, aparecían pegadas las unas a las otras, y construidas —en su totalidad— con bloques de sal. De ahí que, en la lejanía, la ciudad brillara como una joya.

Las viviendas carecían de puertas y ventanas. El único acceso se hallaba en lo alto, en las terrazas. Cada casa disponía de dos boquetes: uno para entrar y salir de hogar y otro dispuesto para la salida de humos. Para el ingreso en las viviendas disponían de escaleras de mano. En el perímetro de «Sheol» también habían sido dispuestas otras largas escaleras móviles, de hasta ocho metros de longitud. Vigilantes armados controlaban quién entraba y quién salía de la colmena.

Las casas disponían de una habitación principal —siempre sujeta a la mediocre luz de las lucernas de aceite— y otras satélites a las que se accedía mediante puertas enanas (casi gateras). Allí, en las habitaciones secundarias, guardaban el grano, las provisiones... ¡y los muertos! Los sepultaban bajo la sal. Eso hacía que se conservaran, prácticamente, momificados.

En cada vivienda se alojaba una familia (entre diez y quince personas). La mayoría era *badu* (beduinos); fundamentalmente trabajadores de las salinas y esclavos.

La vida social se hacía en los terrados.

A la puesta de sol, cuando las altas temperaturas del mar de la Sal lo permitían, la gente se reunía en las terrazas y conversaban o intercambiaban productos.

Observé un enorme número de homosexuales. Los llamaban «*sairis*». El Talmud decía de ellos: «... No tienen barba; su cutis es liso; sus cabellos mórbidos; su orina no hace espuma; su semen es claro como el agua; su voz es afeminada...». La gente los respetaba.

La ciudad había sido edificada sobre una inmensa planicie salada, en el *wadi* Hasá, relativamente cerca de las célebres ruinas de Sodoma y Gomorra, las ciudades malditas que —probablemente— fueron destruidas por algún tipo de erupción volcánica.

Ante mi sorpresa, «Sheol» era un matriarcado. Allí gobernaban las mujeres. Se hacía siempre lo que ellas decían. Disponían de un comité que impartía justicia, repartía el trabajo y los dineros, y aceptaba o rechazaba a los visitantes.

La defensa del anciano Achala nos abrió todas las puertas. Y fuimos acogidos con gratitud y simpatía.

Por supuesto, el hindú no permitió que buscáramos alojamiento.

Al llegar a la ciudad, tras el reconocimiento de los vigilantes, trepamos por una escalera de mano de ocho metros, y caminamos por los terrados, esquivando familias, y volviendo a subir por otras escalas movibles a niveles más altos. Finalmente llegamos a la casa del hindú: una vivienda rectangular —de diez por cincuenta metros—, provista de una sencilla escalera de madera de seis metros. En el interior había sido dispuesto un horno de piedra y varias plataformas (también de sal) que servían de camas. El horno disfrutaba de un tiro, comunicado con el techo. Sólidas vigas de madera, cañas y carrizos sostenían los bloques de sal de la techumbre. La temperatura en la casa era agradabilísima.

Media docena de lucernas de aceite —alojada en las paredes de sal— daba cierta vida a la casa; no mucha.

Un par de puertas ratoneras permitían el acceso a las habitaciones menores. El resto eran esteras de esparto y cacharros de cocina, colgados de los muros.

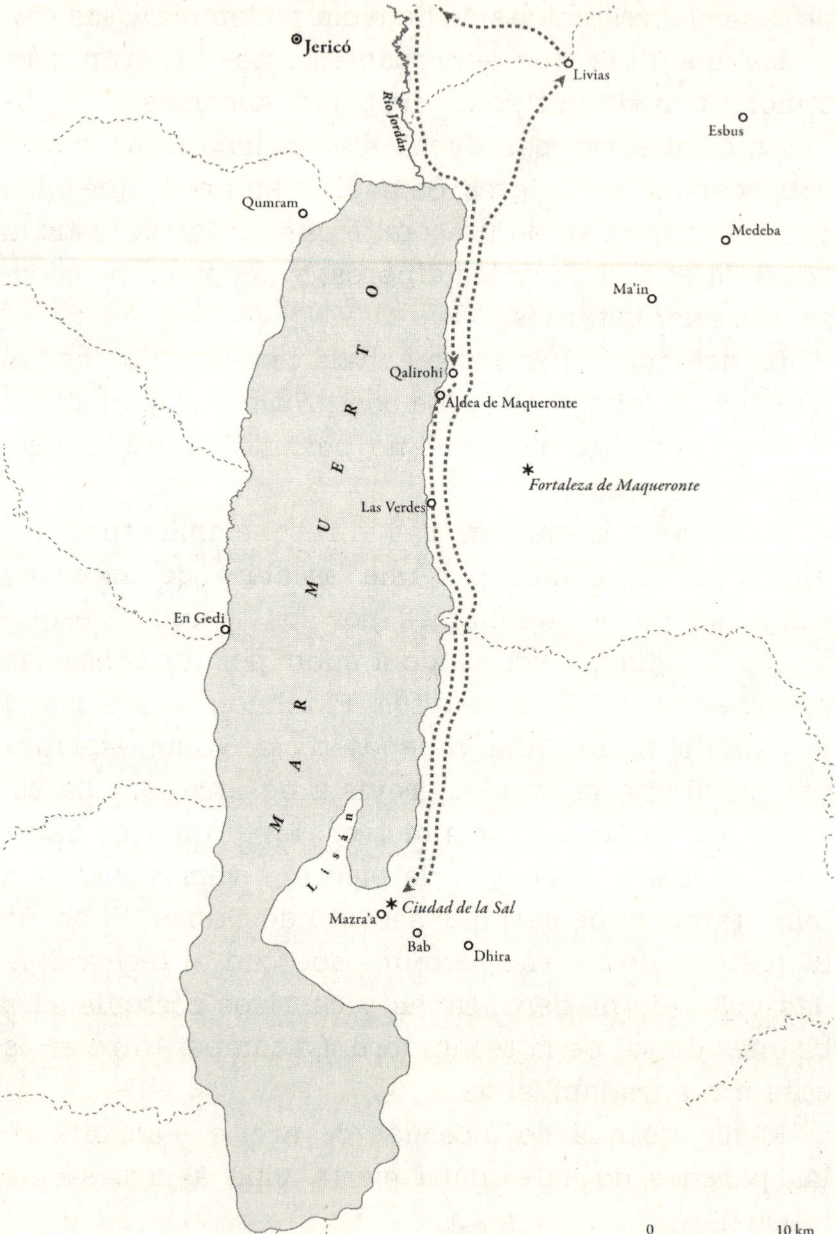

Recorrido hasta la ciudad de la Sal.

Allí pernoctamos parte de los once días que permanecimos en «Sheol».

El sábado, 11 de octubre (año 27), abandonamos la ciudad y buscamos trabajo en las salinas.

La sal era un antiguo negocio —seguro y próspero— controlado por Roma, por Herodes Antipas y por las principales castas sacerdotales de Jerusalén.

La exportación de sal superaba las 135 toneladas por día. Hay que tener en cuenta que el mar Muerto contenía —en aquellas fechas— del orden de ¡12 billones de toneladas de sal!

La sal se utilizaba para casi todo: salazón de pescado, conservación de los alimentos, curtido de pieles, embalsamamiento de los cadáveres, fabricación de lámparas, afrodisíacos, consumo diario, e, incluso, preparación del incienso. El Templo de Jerusalén consumía casi 3000 kilos anuales de incienso. Pues bien, la mayor parte de ese incienso lo preparaba —secretamente— una familia sacerdotal llamada Avtina y gracias a la sal de «Sheol». El resto de los componentes del incienso lo formaban conchas marinas molidas, resina de goma de alcanfor, terebinto, aceite vegetal, canela, bálsamo, casia y una sustancia llamada *maalah ashan* que tenía la propiedad de elevar el humo a gran velocidad. Los Avtina eran importantes accionistas en las salinas que rodeaban la ciudad de la Sal. En aquel tiempo, el consumo de sal por parte de un ciudadano romano medio se hallaba entre los 25 y 30 gramos al día. Hoy, en el siglo xx, un norteamericano consume por encima de 135 gramos diarios.

En «Sheol» las salinas ocupaban cientos de hectáreas. Calculé del orden de 440.000 metros cuadrados.

Hasta donde alcanzaba la vista contabilicé cientos de piscinas en las que se obtenía la sal por un lento proceso de evaporación.

En otras parcelas se almacenaban miles de vasijas con agua del lago. Los trabajadores hervían el contenido o, sencillamente, esperaban a que se evaporase. Después rompían la arcilla y recogían grandes «tortas» de sal.

Toda clase de animales —mulas, onagros, camellos y cabras— aparecían amarrados a las norias en un permanente girar y trasvasar agua del mar de la Sal a las piscinas. Se hacían, incluso, turnos de noche.

Aquí y allá se distinguían negros y elementales molinos de viento que ayudaban también en el necesario trasvase de agua a los cocederos.

En otras zonas, decenas de esclavos formaban cadenas humanas, cargando toda suerte de cubos y recipientes de agua. Así era trasladada desde las orillas del lago salado hasta las referidas piscinas y hasta las vasijas de cerámica. Las albercas habían sido minuciosamente embreadas, evitando así la filtración.

Los depósitos de evaporación se dividían en tres recintos principales: el decantador (donde se almacenaba el agua salobre), las zonas de evaporación (en las que aumentaba la concentración salina) y los cristalizadores. Todos ellos aparecían comunicados por una intrincada red de canales.

El trabajo se hallaba repartido de la siguiente forma: los aprendices —siempre niños— arreaban a las caballerías que cargaban la sal. Los llamaban «hormigas». Después estaban los «novicios» (que extraían la sal con pértigas y azadones), los «compañeros» y los «maestros» (expertos en vaciar y remover la sal). La mayoría eran esclavos. Trabajaban de sol a sol y por un denario de plata.

Hacia la sexta (mediodía), una campana interrumpía el trabajo y los aprendices repartían la comida. Generalmente pan negro y carne o pescado salados.

Calculé entre quinientos y setecientos esclavos, casi todos *badu* (beduinos).

En las piscinas solo se admitía a varones.

La mayoría trabajaba con amplias túnicas y obligados turbantes. El sol era implacable.

Para proteger los pies de la sal utilizaban las *naïls*, unas sandalias con gruesas suelas de madera o hierba prensada que amarraban con correas de cuero a los dedos gordo y segundo. Resultaban útiles y peligrosas... Mantener el equilibrio sobre aquellas plataformas no era fácil.

A pesar de las *naïls*, las ulceraciones en pies, manos, piernas y rostros eran frecuentísimas. Muchos carecían de uñas.

Jesús y este explorador solicitamos trabajo.

El gran capataz nos examinó de arriba abajo y preguntó qué experiencia teníamos en la extracción de la sal.

Ninguna...

Se resignó y ofreció el trabajo de aguador.

Nuestra misión era cargar odres de 20 y 30 kilos y correr a lo largo de las piscinas y molinos, suministrando agua a quien la necesitase. Pero el agua debía ser abonada, a razón de un as el cuartillo.

El trabajo era agotador.

Calculé que, en doce horas, recorríamos del orden de cincuenta kilómetros. A cambio recibíamos medio denario.

Aunque era sábado, empezamos en ese momento. En «Sheol» no contaban las normas religiosas judías.

El capataz nos ordenó trabajar bajo las órdenes de un clan de veteranos aguadores a los que llamaban «Tehenou». Era una familia bereber. Gente recia, discreta y trabajadora.

El jefe —al que llamaban Rella— nos acogió con benevolencia, y nos proporcionó las incómodas pero necesarias *naïls*.

Los Tehenou vivían en una mísera choza de sal y paja, al pie de una de las piscinas.

El clan lo integraban once personas.

La madre —Mesraya («la que hace correr a sus caballos a rienda suelta»)— era casi ciega. Por lo que pude apreciar, la mujer sufría una dislocación grave del cristalino (una homocistinuria). Se trataba de una enfermedad hereditaria (autosómico recesivo). Era gentil y discreta.

El resto de la familia lo formaban Yula, el abuelo («parecido o semejante a»), y los hijos: Marla («que vivirá largo tiempo»), Lundja («comedora de hombres»), Kanimana («alma bella»), Itra («estrella»), Ifray («sensible»), Ayas («el que va de puntillas»), Amallay («misericordioso») y Sekiwen («niño esclavo»), el benjamín.

Sekiwen era un jovencito de nueve años, rubio y tartamudo, aquejado de la misma enfermedad que la madre. Veía con muchas dificultades y padecía, además, una grave desnutrición. Los brazos no alcanzaban los 36 milímetros de diámetro. Lo examiné con calma y deduje que padecía el síndrome de Marfán: defectos esqueléticos, piernas largas, malformaciones torácicas (*pectus excavatum*), dientes en guerrilla y aracnodactilia (dedos en forma de patas de araña).

Por orden de su padre, Sekiwen se unió al Maestro y, a pesar de su ceguera, condujo admirablemente bien al inexperto aguador. En esos días fue su inseparable compañero.

Los Tehenou bautizaron al rabí con el alias de Ifain («luminoso») por sus cálidas palabras y su permanente luminosidad.

Pasamos muchas horas juntos...

La familia bereber —procedente del norte de África— me enseñó algunas palabras en su asombroso idioma.

A la hora de la comida brindaban siempre por la salud:

—¡¡Azul!!

Y el Maestro repetía, feliz:

—¡¡Azul!!... ¡¡Salud!!

Como digo, empezamos el trabajo el 11 de octubre (año 27). Allí no contaba el sábado; solo el dinero...

Y así fue durante una semana.

Al alba nos hallábamos en el tajo y retornábamos a la casa de Achala a la puesta de sol.

El Galileo, con Sekiwen, se movía por una ruta. Este explorador, en solitario, lo hacía por otra.

Regresábamos rendidos.

El Hijo del Hombre, sin embargo, sacaba fuerzas de flaqueza, subía a la terraza, se sentaba, y enseñaba a los vecinos.

Achala no salía de su asombro.

Poco a poco, decenas de habitantes de «Sheol» fueron reuniéndose alrededor del Maestro. Y escuchaban, desconcertados, las palabras luminosas del Galileo.

Jesús les hablaba de un Dios único y amable, que no hacía distinciones entre hombres libres y esclavos, entre ricos y pobres, entre mujeres y hombres, entre negros y blancos...

Escuchaban en silencio y, al final, aplaudían.

¡Qué espectáculo!

Jesús hablaba con entusiasmo y contagiaba ese entusiasmo.

—¡¡Todos sois iguales ante el Padre Azul!! —proclamaba bajo los luceros—... ¡¡Todos estáis de paso!!... ¡¡Todos estáis condenados a ser inmensamente felices, hagáis lo que hagáis y penséis lo que penséis!!... ¡¡La vida es una aventura!!... ¡¡Solo eso!!

La gente encendía hogueras y reclamaba más palabras luminosas.

—¡¡Ese Padre Azul —gritaba el Galileo— habita en vuestra mente!!... ¡¡No necesita templos, ni libros sagrados, ni sacerdotes!!... ¡¡No temáis!!... ¡¡Él os acompaña siempre y, tras la muerte, tras el dulce sueño de la muerte, volveréis a Él!!

Lentamente, los terrados se iban llenando.

Como digo, ¡qué espectáculo! ¡El Hombre-Dios hablando en las terrazas de la ciudad de la Sal!

Nada de esto fue registrado por los evangelistas...

En aquellos días observé también cómo un importante número de trabajadores en las salinas padecía de problemas oculares, consecuencia de la implacable reflexión de la luz en la sal. Muchos terminaban ciegos.

Todo fue bien hasta el viernes, 17 de octubre (año 27).

Sinceramente, nunca imaginé algo así...

Estaba en un error.

Jesús también se hallaba sujeto a las contingencias propias de la vida. Él lo aceptó en su retiro en Beit Ids: no haría uso de su poder para protegerse...

La cuestión es que el referido viernes, cuando me retiraba de las salinas, uno de los miembros de la familia bereber me salió al paso y me dio la noticia:

—Tu amigo, Ifain, ha sufrido un accidente...

Lo miré, incrédulo.

Eso no podía ser...

Corrí a la choza de los Tehenou y encontré al rabí sentado en el suelo y recostado contra una de las paredes de sal.

Mesraya, la madre del clan, estaba arrodillada junto al Galileo. Aplicaba un paño húmedo sobre el tobillo derecho de Jesús.

Me asusté...

Aparté a la mujer y procedí a examinar el pie, al tiempo que preguntaba:

—¿Qué ha sucedido?

El Galileo me miró y se encogió de hombros.

Al parecer, según explicó, una de las sandalias falló. La incómoda *naïl* se torció y el Hijo del Hombre perdió el equilibrio, cayendo sobre la sal.

—Soy un Dios con mala pata —y rio la ocurrencia.

El tobillo presentaba una tumefacción importante.

Palpé y el Maestro se quejó. El dolor era intenso.

Mi preocupación, en esos instantes, fue averiguar si se había registrado alguna fractura.

Mesraya adivinó mis intenciones e insinuó que no. Ella ya había explorado el pie.

No se equivocó.

Estábamos ante un esguince, una simple torcedura o distensión de una articulación. El fallo de la sandalia pudo ocasionar la rotura de un ligamento o, quizá, de alguna fibra muscular.

En principio, nada grave, aunque el dolor, como digo, era intenso, con una apreciable inflamación de la zona. La articulación afectada se hallaba incapacitada para el movimiento. Jesús debería guardar reposo durante un tiempo.

Me las arreglé para que el rabí levantara la pierna derecha, apoyándola sobre una tinaja vacía. Después solicité un lienzo.

Mesraya obedeció y preparó la tela, impregnándola previamente en miel.

Comprendí.

La miel produce peróxido de hidrógeno, un excelente antiséptico. Era una medida de prevención contra las posibles bacterias.

La bereber sabía...

Envolví el tobillo con especial cuidado y practiqué un vendaje en zigzag, procurando que la compresión fuera progresiva (de distal a proximal).

El Maestro cerró los ojos y resistió el dolor en silencio.

Después le proporcioné agua y sugerí que descansara.

Mesraya no se separó de su lado.

Ante la imposibilidad de que Jesús pudiera caminar, me dirigí a la casa de Achala, en la ciudad de la Sal, expliqué lo ocurrido, recogí los sacos de viaje, y retorné a la choza de los bereberes.

Allí pasamos los cuatro días siguientes.

Yo abandoné el trabajo de aguador, naturalmente, y vigilé el proceso del esguince.

La familia se volcó.

Nos proporcionaron comida, conversación y, sobre todo, mucho amor.

Dormíamos con ellos.

Mesraya buscó carne de serpiente y la maceró en miel, ofreciéndosela al rabí. Aseguró que era el mejor remedio contra las torceduras. El Maestro, resignado, se vio en la obligación de probarla.

Sekiwen, el niño rubio y tartamudo, abandonó su trabajo como aguador, y permaneció a los pies de Jesús, maravillado ante las historias *kui* que relataba el Hijo del Hombre.

Uno de aquellos días —creo recordar que el domingo, 19 de octubre (año 27 de nuestra era) —, en una de las pocas ocasiones en las que permanecimos solos en la choza, aproveché para plantear un asunto que había quedado en el aire cuando conversábamos con Raisos, el dueño del torreón de «las Verdes».

En dicha oportunidad, como se recordará, el Galileo aseguró que la historia de Adán y Eva fue más interesante y bella de lo que siempre se contó.

Me arriesgué y pregunté:

—¿Existieron de verdad nuestros primeros padres? ¿Quiénes fueron? ¿Por qué dijiste que no hubo serpiente ni manzana? ¿Qué pasó?

El Maestro solicitó calma. Y fue desgranando una historia, totalmente desconocida para quien esto escribe:

—Aunque el mundo se encontraba (y se encuentra) aislado del resto del universo, como consecuencia de la rebelión de Luzbel, las autoridades celestes aceptaron enviar (a la Tierra) una pareja de elevadores...

—Un momento —le interrumpí—, ¿elevadores?

Jesús sonrió, divertido.

Sí, es mucho —muchísimo— lo que ignoraba... Pero Él supo ser paciente con este explorador. Y prosiguió:

—En el orden cósmico, querido *mal'ak*, está previsto que, cuando la evolución de las razas humanas llegue a un determinado nivel, los cielos envían elevadores a esos mundos, con el fin de mejorar a los humanos, tanto física como espiritualmente.

Entendí a medias.

—Eso fueron Adán y Eva —redondeó el Maestro—. Unos elevadores de las razas...

Y el Galileo contó una historia que hoy, en el siglo xx, calificaríamos de ciencia ficción.

Si no entendí mal, unos 35.000 años antes de J. C., unos seres sobrenaturales fueron transportados a la Tierra y materializados en una península que se abría —perpendicularmente— en la costa de Fenicia (actual Líbano). Esas criaturas aparecieron como una mujer y un hombre de gran altura y belleza (casi tres metros), con la piel de color violeta. Eran Adán y Eva. Allí, en la referida península, fueron a levantar una pequeña ciudad. Y en ella edificaron las escuelas donde empezaron a enseñar a los hombres primitivos.

—¿Y qué pasó?

—Al principio todo fue bien —explicó Jesús, complacido ante mi interés—. La misión de Adán y Eva era tener un máximo de hijos...

—No entiendo...

El Galileo solicitó calma.

—De acuerdo a los planes del Padre Azul —prosiguió el rabí— los hijos de Adán y Eva deberían mezclarse con los nativos. Ese cruce elevaría el nivel físico y espiritual de los hombres de aquel tiempo.

El Galileo guardó silencio. Y deduje que algo volvió a fallar.

No me equivoqué.

Según el rabí, el entonces príncipe de este mundo —que no había sido encarcelado todavía— se las ingenió para engañar a Eva.

—Caligastía, el príncipe —añadió el Hijo del Hombre—, le dijo a Eva: «Si te mezclas directamente con los humanos, la evolución será más rápida». Y Eva le creyó... Aceptó tener hijos con uno de aquellos hombres primitivos y violó las leyes cósmicas.

—¿Y cómo reaccionó Adán?

—Con amor...

El Galileo leyó en mi rostro. En efecto, no entendí... Y el Maestro aclaró:

—Adán no repudió a su compañera. La amaba intensamente... Tomó entonces a una nativa y se acostó con ella, violando igualmente la ley de los cielos. De esta forma se puso del lado de Eva. Adán no la abandonó a su suerte.

—Y Dios los echó del Paraíso...

Jesús sonrió, benévolo. Y proclamó:

—No fue Dios quien expulsó a Adán y Eva del jardín del Edén... Al enterarse de lo ocurrido, las tribus cercanas asaltaron la ciudad y obligaron a los elevadores a huir hacia el este. Adán y Eva escaparon con sus hijos. Uno de ellos se llamaba Nod...

Y Jesús, pícaro, me guiñó el ojo.

Mensaje recibido.

El martes, 21 de octubre (año 27), la inflamación casi había desaparecido. La recuperación fue espectacular.

Y Jesús empezó a caminar.

Fue esa mañana cuando indicó que había llegado el momento de retornar al monte Gilboá, donde esperaban sus discípulos.

Recuerdo que podía ser la octava (14 horas).

Faltaban tres horas para la puesta de sol (ese día se registró a las 16 horas y 59 minutos).

Le hice ver que no llegaríamos muy lejos. Merecía la pena esperar. Además, su pie...

No hizo caso.

Y, optimista, me animó a coger las pertenencias e iniciar la marcha de inmediato.

Mesraya, sentada muy cerca, escuchaba entristecida.

Fue en esos instantes cuando Sekiwen, el benjamín de la familia, se lanzó a los brazos del Maestro y suplicó, entre lágrimas:

—¡¡No..., no..., te... va... va... yas!!...

El tartamudeo se hizo doloroso e interminable.

—¡¡Eres... mi... mi... a... a... a... ami... ami... go!!...

La madre se alzó e intentó apartar al hijo.

Jesús no lo permitió y abrazó al niño con ternura.

Fueron segundos duros y emotivos. Noté un nudo en el estómago.

Sekiwen gemía y repetía:

—No... no... te... te... va... va... va... yas!!... ¡¡Eres... mi... mi... mi... ami... ami... go!!

Jesús besó los rubios cabellos del ciego y entornó los ojos.

Me pareció que el Maestro musitaba algo, en bereber, pero no estoy seguro.

Oí la palabra «*lal*» (nacer)...

Y noté cómo el rostro del Hijo del Hombre palidecía.

Fue instantáneo.

Una intensa y familiar luz azul llenó la choza.

¡Y todo se volvió azul!: ropas, caras, manos, paredes, cacharros de cocina...

¡Oh, Dios!... Yo sabía lo que aquello significaba. El corazón enternecido del Maestro estaba haciendo el prodigio; un nuevo prodigio.

¡Azul, en bereber, significa «salud»!

Y la luminosidad celeste se prolongó durante cinco segundos; no más.

Después, todo regresó a la normalidad.

Jesús apartó al muchachito con dulzura, tomó el saco de viaje, y salió de la choza.

En el ambiente flotaba un suave y agradable olor a mandarina. Lo asocié al inmenso amor de aquel Hombre-Dios.

Y este explorador —perplejo— asistió a otro imposible.

Mesraya dio un grito y aseguró que veía.

Me aproximé y examiné su rostro.

¡¡Dios bendito!!

Los ojos aparecían limpios, ¡sin rastro de la homocistinuria!...

Retrocedí, desconcertado.

¿Cómo lo hizo? ¿Cómo restableció el cristalino?

Me negué a pensar...

Y la mujer terminó abrazando al hijo.

Sekiwen también había recuperado la vista, y repetía con un hilo de voz, sin tartamudear:

—¡No te vayas!... ¡Eres mi amigo!... ¡No te vayas!

La increíble misericordia de aquel Hombre había devuelto la «salud» a la madre y al muchacho.

Me fijé en las manos de Sekiwen.

¡Asombroso!

Los dedos habían recuperado la normalidad.

Cuando acerté a reaccionar salí de la choza a la carrera.

A mis espaldas oí otra palabra, también en bereber:

—*Tanemmirt!!*... («Gracias»).

Y, confuso, busqué el camino del norte.

Al poco divisé al Galileo.

Caminaba bien, con sus típicas zancadas.

Y marchamos por la costa oriental del mar de la Sal, siempre en dirección norte.

Al principio no hablamos. No era necesario.

Pero, al poco, volví a meter la pata:

—¿Cómo lo hiciste? —pregunté.

Jesús se detuvo, sonrió, compasivo, y declaró:

—Pregunta mejor por qué lo hice...

—¿Por qué lo hiciste?

—Por amor...

Y el lago salado —cómplice— se volvió blanco como la leche.[1]

Llegamos al monte Gilboá el sábado, 25 de octubre del año 27 de nuestra era.

El camino fue tranquilo y sin novedades dignas de mención.

En el campamento, los enfermos habían mejorado y continuaban enredados en las habituales y ridículas polémicas.

No quedaba rastro de las hormigas gigantes...

[1] A mi regreso a la «cuna» me interesé por el singular emblanquecimiento del mar Muerto. No fue una alucinación. El fenómeno se había detectado también el 25 de agosto de 1943 y en 1959, igualmente en verano. Eso era lo que constaba en los registros oficiales. En diciembre de 1943, las aguas recuperaron la transparencia.

El singular fenómeno —según «Santa Claus»— se debía a una súbita presencia de calcita ($CaCo_3$), provocada, quizá, por un seísmo o por la inesperada caída de las paredes de marga en la lengua de Lisán o en el istmo de Lynch. Nosotros, en esos momentos, no percibimos ningún terremoto.

En 1959, Neev y Emery demostraron que el fenómeno del emblanquecimiento era la expresión óptica de la presencia de pequeñas cristalizaciones de los minerales de aragonito y yeso en las aguas del mar de la Sal. La formación de estos cristales demuestra que el agua del mar Muerto se comporta como una disolución saturada respecto a estos dos minerales y que la intensa evaporación contribuye al referido emblanquecimiento.

Según los científicos, el emblanquecimiento tiene duraciones muy variadas: desde horas a meses. Finalmente, las partículas se precipitan al fondo, por gravedad. *(N. del m.)*

Dos días después —el lunes, 27 de octubre— recibí una visita inesperada.

Tarpelay, el *sais* negro que siempre vestía de amarillo, se presentó en el Gilboá.

Llevaba días buscándome.

El fiel compañero de viajes explicó que Kesil, nuestro siervo, me reclamaba con urgencia.

Tar no supo darme razón. Ignoraba el porqué del requerimiento. Expresó, únicamente, que Kesil parecía preocupado; muy preocupado.

El Galileo y los íntimos se disponían a marchar al cercano territorio de la Decápolis. Era un lugar neutral, bajo la tutela de Roma, en el que la policía del Templo de Jerusalén no tenía competencia. Se trataba, por tanto, de una zona segura para el Maestro.

Ante la insistencia de Tarpelay no tuve más remedio que abandonar el Gilboá y dirigirme al *yam* o mar de Tiberíades.

Informé a Jesús sobre este cambio de planes y, tomándome aparte, comentó:

—Confía *mal'ak*... Confía siempre.

Depositó las manos sobre los hombros de este explorador y añadió, sonriente:

—Ahora regresa al lago... Después vuelve e infórmame.

Me guiñó el ojo y se alejó a lo alto del monte, seguido de cerca por *Zal*, el perro de color estaño.

«Ab-bā» le esperaba...

Y sin despedidas —como a Él le gustaba— dejamos atrás el Gilboá.

NOTA

Siguiendo instrucciones del mayor de la USAF incluyo el siguiente texto (de su puño y letra): «En los presentes diarios han sido introducidos —intencionadamente— errores de tercer orden, así como afirmaciones no probadas e inconclusas, sucesos anunciados y no narrados, y supresiones que no afectan a lo esencial. Todo ello obedece a la necesidad de rebajar, en lo posible, la credibilidad de lo narrado.»

Si desea ponerse en contacto con J. J. Benítez puede hacerlo en el Apartado de Correos número 141, Barbate, 11160, Cádiz (España) o bien en su página web oficial: jjbenitez.com

LIBROS ESCRITOS POR J. J. BENÍTEZ

1. *Existió otra humanidad,* 1975. (Investigación)
2. *Ovnis: S.O.S. a la humanidad,* 1975. (Investigación)
3. *Ovni: alto secreto, 1977.* (Investigación)
4. *Cien mil kilómetros tras los ovnis,* 1978. (Investigación)
5. *Tempestad en Bonanza,* 1979. (Investigación)
6. *El enviado, 1979.* (Investigación)
7. *Incidente en Manises,* 1980. (Investigación)
8. *Érase una vez un ovni,* 1980. (Investigación) (Inédito)
9. *Los astronautas de Yavé,* 1980. (Ensayo e investigación)
10. *Encuentro en Montaña Roja,* 1981. (Investigación)
11. *Los visitantes,* 1982. (Investigación)
12. *Terror en la Luna,* 1982. (Investigación)
13. *La gran oleada,* 1982. (Investigación)
14. *Sueños,* 1982. (Ensayo)
15. *El ovni de Belén,* 1983. (Ensayo e investigación)
16. *Los espías del cosmos,* 1983. (Investigación)
17. *Los tripulantes no identificados,* 1983. (Investigación)
18. *Jerusalén. Caballo de Troya,* 1984. (Investigación)
19. *La rebelión de Lucifer,* 1985. (Narrativa e investigación)
20. *La otra orilla,* 1986. (Ensayo)
21. *Masada. Caballo de Troya 2,* 1986. (Investigación)
22. *Saidan. Caballo de Troya 3,* 1987. (Investigación)
23. *Yo, Julio Verne,* 1988. (Investigación)
24. *Siete narraciones extraordinarias,* 1989. (Investigación)
25. *Nazaret. Caballo de Troya 4,* 1989. (Investigación)
26. *El testamento de San Juan,* 1989. (Ensayo)
27. *El misterio de la Virgen de Guadalupe,* 1989. (Investigación)
28. *La punta del iceberg,* 1989. (Investigación)
29. *La quinta columna,* 1990. (Investigación)
30. *Crónicas desde la Tierra,* 1990. (Narrativa). Inédito.
31. *A solas con la mar,* 1990. (Poesía)

32. *El papa rojo,* 1992. (Narrativa)
33. *Mis enigmas favoritos,* 1993. (Investigación)
34. *Materia reservada,* 1993. (Investigación)
35. *Mágica fe,* 1994. (Ensayo)
36. *Cesarea. Caballo de Troya 5,* 1996. (Investigación)
37. *Ricky B,* 1997. (Investigación)
38. *A 33.000 pies,* 1997. (Ensayo)
39. *Hermón. Caballo de Troya 6,* 1999. (Investigación)
40. *Al fin libre,* 2000. (Ensayo)
41. *Mis ovnis favoritos,* 2001. (Investigación)
42. *Mi Dios favorito,* 2002. (Ensayo)
43. *Planeta encantado. La huella de los dioses. La isla del fin del mundo,* 2003. (Investigación)
44. *Planeta encantado 2. Los señores del agua. El mensaje enterrado,* 2004. (Investigación)
45. *Planeta encantado 3. El secreto de Colón. Un as en la manga de Dios,* 2004. (Investigación)
46. *Planeta encantado 4. El anillo de plata. Tassili,* 2004. (Investigación)
47. *Planeta encantado 5. Astronautas en la Edad de Piedra. Escribamos de nuevo la historia,* 2004. (Investigación)
48. *Planeta encantado 6. Una caja de madera y oro. Las esferas de nadie,* 2004. (Investigación)
49. *Cartas a un idiota,* 2004. (Ensayo)
50. *Nahum. Caballo de Troya 7,* 2005. (Investigación)
51. *Jordán. Caballo de Troya 8,* 2006. (Investigación)
52. *Al sur de la razón,* 2006. (Ensayo)
53. *El hombre que susurraba a los «ummitas»,* 2007. (Investigación)
54. *De la mano con Frasquito,* 2008. (Ensayo)
55. *El habitante de los sueños,* 2008. (Narrativa) (Inédito)
56. *Enigmas y misterios para* Dummies, 2011. (Investigación)
57. Caná. Caballo de Troya 9, 2011. (Investigación)
58. *Jesús de Nazaret: nada es lo que parece,* 2012. (Ensayo)
59. *Rojo sobre negro,* 2013. (Narrativa). Inédito.
60. *El día del relámpago. Caballo de Troya 10,* 2013. (Investigación)
61. *Estoy bien,* 2014. (Investigación)
62. *Pactos y señales,* 2015. (Investigación)
63. *Amado gurú,* 2016. (Narrativa) (Inédito)
64. *Solo para tus ojos,* 2016. (Investigación)
65. *«Tengo a papá». Las últimas horas del Che,* 2017. (Investigación)

66. *Gog,* 2018. (Narrativa)
67. *El diario de Eliseo, Caballo de Troya 11,* 2019. (Investigación)
68. *Mis «primos»,* 2020. (Investigación)
69. *En Blanca y negro,* 2022. (Ensayo)
70. *Belén. Caballo de Troya 12,* 2022. (Investigación)